장편 실화 소설

붉은 안개

이현준 대하소설 1

붉은 안개 1권

초판 1쇄 인쇄일 2015년 08월 17일
초판 1쇄 발행일 2015년 08월 21일

지은이 이현준
펴낸이 김양수
편집·디자인 곽세진
교　정 조준경

펴낸곳 도서출판 맑은샘
출판등록 제2012-000035
주소 경기도 고양시 일산서구 중앙로 1456 604호(주엽동 18-2)
대표전화 031.906.5006　**팩스** 031.906.5079
이메일 okbook1234@naver.com
홈페이지 www.booksam.co.kr

ISBN 979-11-5778-065-5 (04810)
ISBN 979-11-5778-064-8 (세트)

「이 도서의 국립중앙도서관 출판시도서목록(CIP)은 서지정보유통지원 시스템 홈페이지(http://seoji.nl.go.kr)와 국가자료공동목록시스템(http://www.nl.go.kr/kolisnet)에서 이용하실 수 있습니다.(CIP제어번호: CIP2015022551)」

목차

- 1 -
황폐한 도시

닷새째 보물찾기를 하던 날.

저무는 태양이 야자수 가지 위에 걸터앉아 마지막 열기를 뿜어내고 있었다. 길가에 늘어선 야자수들은 어깨를 축 늘어뜨린 채 심한 빈혈에 시달리면서도 지뢰 폭발로 팔이나 다리를 잃은 걸인들이 기대어 앉을 수 있는 등받이가 되어 주었고, 머리 위의 따가운 햇볕은 비릿한 냄새를 함께 뿜어내며 대지를 태우고 있었다.

캄보디아는 오랜 전쟁의 공포와 배고픔에 지친 사람들이 주린 배를 움켜쥔 채 휑하니 파인 눈으로 허공을 바라보며 깊은 한숨 속에 힘겹게 살아가는 꿈을 잃은 땅이다.

프놈펜의 외곽 두싯호텔의 한산한 로비에는 낡고 커다란 에어컨이 힘겨운 듯 경련을 일으키며 허덕이고 있다. 3층짜리 이 호텔에는 여행자를 위한 안내 센터나 꽃이나 기념품 등을 살 만한 쇼핑 공간도 없다. 물론 비즈니스 센터조차도 없다. 그저 자고 먹는 것 이외에는 아무것도 해결할 수가 없는 곳이다.

미국인으로 보이는 60대의 배불뚝이 남자가 옆자리의 대나무 소파에 무료하게 앉아 있다가 천천히 몸을 일으켜 느린 걸음으로 위층의 객실로 오르는 계단을 향했다. 로비엔 기철만이 홀로 남았다.

그가 휘갈겨 몇 자 적은 메모지를 들고 일어나 프런트로 향했다. 그는 프런트의 사내에게 메모지를 건네며 팩시밀리로 서울에 전송해 달라고 부탁하고는 느릿한 걸음으로 등나무 소파로 돌아왔다. 안쪽에서 레스토랑의 유리벽을 넘어 Tom Jones의 〈Green Green Grass Of Home〉의 선율이 음식 냄새와 함께 흘러들어 와 에어컨 소음과 뒤섞였다. 학창 시절 통기타를 뜯어 대며 어지간히도 불러 대던 곡이다.

기철은 신혼 시절에 있었던 Tom Jones의 내한공연 분위기를 떠올려 본다. 가사에 담긴 슬픈 의미도 생각해 보고 금발에 체리 같은 입술을 지녔다는 메리의 모습도 상상해 보려 했지만, 거기까진 불가능했다. 캄보디아 사람들이 겪는 삶의 무게를 공유할 생각은 없지만, 왠지 음악을 들어도 감흥이 생기지 않는다.

무심히 주변을 둘러보던 그의 시선이 현관 앞에서 딱 멈추었다. 몇 시간 전에 김일성 거리에서 만났던 돌탑이 호텔 앞까지 따라와 버티고 서 있었다. 칠순을 바라보는 기철의 아버지가 계급장도 없는 군복에 레이밴 선글라스를 쓰고 양손으로 받쳐 든 권총은 돌탑의 심장을 정확히 겨누고 있었다. 공산군의 침략으로부터 조국을 지켜 낸 아버지가 뙤약볕 아래에서 그렇게 아들을 지켜 내고 있는 것이었다.

페인트가 벗겨져 나가 흉물스럽게 변해 가는 낡은 건물들과 사방으로 뒤엉킨 거미줄 같은 전선들이 늘어져 있는 거리를 두리번거리며 걸었었다. 갈라진 길에서 막 오른쪽으로 꺾여져 들어간 어느 거리의 입구에서 맞닥뜨린 커다란 돌탑. 고개를 치켜들고 바라본 돌탑의 가슴에는 굵고 붉은 글씨로 '김일성대원수거리'라고 새겨져 있었다. 북한과 캄보디아 간의 우호 선린 관계의 표상으로 그의 앞에 떡하니 버티고 선 돌탑.

빨갱이, 공산주의자, 해방, 통일이라는 단어 뒤에 남영동, 서빙고 등과 함께 국가보안법이라는 단어가 따라붙으며 갑자기 머릿속이 복잡해졌다. 슬그머니 고개를 숙여 코를 만지는 척하며 얼굴을 가리면서 곁눈질로 주변을 둘러보았다. 다행히 자신을 지켜보는 사람은 없는 것 같았다. 깊게 들이마신 숨을 한 모금씩 천천히 내쉬며 다시 올려다본 탑 위에는 잠자리 날개 같은 구름 조각들이 서쪽 하늘을 천천히 날고 있었다.

어떤 위험에 자신이 노출되기 전에 자리를 떠야만 했다. 그 돌탑 앞에 서 있는 자신의 모습이 담긴 사진이 증거가 될 수 있지 않은가. 국가보안법 위반 사범으로 교도소에 들어앉아 딸과 마누라의 면회를 기다리고 앉아 있을 수는 없는 노릇이었다.

'쳇, 빨갱이보다 더 무서운 게 국가보안법이로구먼.'

서둘러 돌아온 호텔의 로비에서 언젠가 아버지와 마주 앉았던 기억이 떠올랐다.

"안두희 저 사람이 무슨 죄가 있어. 죄라면 빨갱이 때려잡은 죄밖에 더 있어? 김구는 빨갱이야!"

기철의 눈치를 힐끗 살피며 아버지가 말을 이어 나갔다.

"물론 처음에는 빨갱이가 아니었겠지만, 김일성이 보낸 남북연석회의 초청장을 받고 북엘 들락거리다가 결국엔 물들어 버리고 말았지. 누구든지 빨갱이를 두 번만 만나면 빨갱이 물이 들게 되어있거든!"

새로 장만한 거실의 대형 TV 화면 속에는 40여 년 전에 김구를 암살한 안두희가 목에 깁스를 한 채 병원의 침상에 누워 있었고, 차분한 목소리의 여자 앵커는 그가 누군가에게 테러를 당했음을 알리고 있었다.

반공을 가훈으로 삼은 아버지는 안두희가 썼다는 〈시역의 고민〉이라는 책자를 슬그머니 기철의 책상 위에 올려놓은 적도 있었다. 아버지는 그렇게 공산주의자들로부터 가족들을 지켜 내고 계셨다. 기철은 TV 옆에 놓인 아버지의 약봉지로 슬그머니 눈길을 돌렸다.

캄보디아는 한국과는 20여 년 전에 단교을 한 이후 서로 등을 돌리고 있지만, 북한과는 오래전부터 우호관계를 계속 유지하고 있다. 몇 년 전에는 공산주의를 버리고 시장경제를 표방하고 나섰지만, 공항이나 항만, 도로 등의 인프라가 너무 부족한 데다가 정치적인 불안과 치안의 부재가 외자를 유치하는 데 걸림돌이 될 수밖에 없는 상황이다.

부패한 정치 지도자들은 국제사회에서 보내 주는 달콤한 구호품에 중독된 채 국정은 강 건너 불구경이었다. 오직 자신들의 권력 유지에만 급급하니 국민은 굶주려야 했고 치안도 유지될 수가 없었다. 며칠을 두고 보아도 호텔엔 두어 명의 외국인이 잠깐씩 모습을 보일 뿐이었다.

아랫도리를 둘러 감은 듯한 '썸뺏'이라는 민속 의상 차림의 여종업원이 생각에 잠겨 있는 기철의 머그잔에 커피를 리필해 주고 막 돌아섰다.

"어쿤 찌란!"

기철이 캄보디아어로 고맙다는 인사를 하자, 그녀는 연신 뒤돌아보며 수줍은 미소를 감추지 못한다. 적당히 검은 피부와 매혹적인 눈빛에 볼륨 있는 몸매를 지닌 그녀의 뒤태를 힐끔거리며 기철은 모처럼 한가로운 시간을 보내고 있다.

사십을 막 넘긴 기철이지만 균형 잡힌 체형과 걸음걸이는 삼십대 초반 정도의 사내로 보였고, 눈매가 날카로우면서도 눈꼬리에 살짝 주름이 잡히는 웃음은 그가 매력적인 남자로 보이게 하기에 충분했다.

기철이 호텔에 도착한 날 저녁부터 객실로 전화를 해대어 여자가 필요하냐고 묻던 20대 초반의 사내가 얼굴의 절반을 덮은 여드름 자국과는 어울리지 않게 말쑥한 검은 양복을 입고 프런트에 서서 근무시간을 보내고 있다. 그는 여직원과 이야기를 나누면서도 한편으로는 로비에 앉아 있는 기철에게 계속해서 야릇한 미소를 던졌다. 옆의 여직원도 덩달아 기철을 향해 살포시 짓는 미소에 메시지를 실어 날려 댄다. 구원요청이었다. 아마도 자신을 캄보디아에서 벗어나게 해달라는 그런.

오늘도 온종일 프놈펜의 시장바닥 구석구석을 뒤지고 다닌 기철은 중국인 약재상들을 찾아 상담을 끝내고 호텔로 돌아와 간단히 점심 겸 저녁 식사를 마쳤다. 커피 한 잔을 앞에 놓고 펼쳐 놓은 수첩을 들여다본다. 낮에 만났던 사람들과 대화 중에 메모한 내용이다. 흡족한 표정으로 메모를 훑어가던 그가 일어서서 객실로 오르는 계단으로 향하자, 종업원들의 시선이 그의 뒤를 쫓았다.

3층의 객실에 들어선 그는 더위와 피로에 지친 몸을 침대 위에 벌렁 뉘었다. 그의 시선은 무심히 돌아가는 천장의 실링팬에 머물렀다. 기철이 베트남을 거쳐 캄보디아에 들어와 5일째 되는 날이다.

팔베개를 하고 가만히 지난날들을 기억해 보니, 어느덧 무역업을 새로 시작하고 3년 남짓한 세월이 흘러가고 있었다. 일에 대한 욕심으로 중동의 사막과 동남아시아 지역의 산야를 마치 들개처럼 뛰어다니던 기억이 새롭다.

7년 전쯤, 기철이 늦은 공부를 접고 사업을 해 보겠다고 나섰을 때였다. 운이 좋았던 것일까. 당시 한국의 정권은 무주택 서민을 위해 주택 200만 호를 건설하겠다는 정책을 내어놓았다. 그 정책은 '전 국민을 투기꾼화 하고 전 아파트를 장물화 한다.'는 이야기가 나돌 정도로 발 빠른 사람들에겐 평생 먹고살 만한 거금을 거머쥘 수 있는 기회가 되었다.

아파트를 지을 땅을 찾아야 했던 정책 입안자들에게 영향력을 행사할 수 있는 정치인들은 신도시개발예정도면을 미리 뽑아내어 비밀리에 돈줄을 끌어들였다. 그 검은돈은 개발예정지 일대의 논밭이나 과수원 등을 싹쓸이했다. 곧 그 땅들의 지목은 주거지역의 대지로 변경되고, 돈 냄새를 맡은 고급 승용차가 밭두렁을 누비기 시작하면 이미 작업을 끝내고 배를 채운 기철의 일행은 유유히 돌아섰다.

그런 기회를 이용해 정치인들은 개인적으로 막대한 재산을 치부하기도 하고 정치자금을 조성하는 호기로 삼았다. 기철도 정권의 2인자로 인정받던 거물급 정치인의 하수인이 되어 정치자금을 조성하는 일에서 그의 수완을 인정받았고, 충실히 바람잡이와 심부름꾼의 역할을 하면서 적지 않은 돈을 거머쥘 수 있었다.

그러나 화무십일홍(花無十日紅)이라 했던가. 몇 해가 지나지 않아 정권 말기로 접어들며 권력누수현상이 나타나기 시작했다. 그는 불안하지 않을 수 없었다. 더 이상 발을 깊이 들여놓았다가는 정권이 바뀌면서 지난 정권의 인사들이 몇 가지 죄목을 둘러쓰고 줄줄이 교도소행을 할 때 덤으로 그들과 같은 신세가 될지도 모른다는 생각에 밤잠을 설치며 고민해야 했다.

그가 돈푼 꽤나 벌었다고 소문이 자자했지만 치부하는 과정이 떳떳할 수는 없었다. 선거가 끝나고 새로 들어선 정부에서는 전격적으로 금융실명제를 시행했다.

어영부영 벌여 놓은 사업으로 거느린 식구들은 늘어났고 이제 와서 그들을 내칠 수도 없었다. 부동산개발이나 건설업은 소규모 시행사업만으로 명목을 유지하기로 하고 다른 사업을 찾느라 고민을 거듭했다. 결국 대안은 무역업이었다.

한 줌밖에 되지 않는 영어 실력과 실무 경험도 전혀 없는 무역 지식을 믿고 가방을 꾸려 길을 나섰다. 외환관리법 때문에 번거롭고 시간이 걸리는 자금의 이동은 동네 아주머니들을 동원하며 경조사비로 위장하여 송금을 하기도 하고, 이태원과 남대문시장 등지에서 환전한 여행자수표를 몸에 차고 수차례 들락거리며 자금을 뺐냈다. 환치기나 위장거래도 한 방법이 되었다. 그렇게 국내외에 새로 설립한 무역회사들은 3년이 지난 지금에 와서야 겨우 손익분기점을 넘어서고 있다.

항상 남다른 사업 아이템을 찾아야 한다는 생각을 했었다. 뭔가 튀는 모습을 보이고 싶은 열망에 휩싸여 위험도 무릅쓰고 고생도 마다하며 여러 나라의 낯선 도시들을 헤집고 다녔다. 다행히 이번 출장의 결과는 나쁘지 않았다. 베트남에서 바이어와의 상담도 나름대로 만족스러워서 김포의 차고지에 애물단지처럼 널브러져 있는 D자동차의 중고 덤프트럭들을 한꺼번에 처리할 수 있는 기회를 잡은 것 같다.

호치민에서의 일정을 끝내자마자 다음 날 베트남항공을 타고 프놈펜에 들어왔다. 캄보디아에서는 '떵까우'라고 불리는 '공사인'이라는 한약재의 시장조사차 들어왔는데, 프놈펜에서 5일간의 일정도 순조로워서 희망적이었다. 고가의 약재는 아니지만, 위장계통의 약을 만드는 데는 빠질 수 없고, 한국과 일본의 크고 작은 한약재 수입상들은 물론 제약회사들의 수요도 엄청났다. 캄보디아에서 한국과 일본으로 떵까우를 수출하는 것은 승부를 걸어 볼 만한 아이템이 확실했다.

주먹이 불끈 쥐어지고 자신도 모르게 입가로 미소가 삐져나왔다. 이제 내일 하루를 쉬고 모레 아침에는 다시 호치민을 경유하여 서울로 돌아가는 날이다. 혼잣말로 중얼거려 본다.

'그래, 이기철. 넌 역시 대단한 놈이야!'

침대에서 벌떡 일어나 화장대 앞에 앉았다. 한쪽에 놓인 3장의 엽서 중 캄보디아의 민속춤인 압살라댄스 공연 사진이 담긴 엽서를 골랐다. 그는 항상 해외의 어느 도시에 가더라도 자기 자신에게 엽서를 쓰곤 했다. 한국에 돌아가 출장 중에 자신이 보낸 엽서를 기다리며 지난 일정들을 되돌아보는 것이 습관처럼 되어 있었다. 캄보디아에서 띄우는 엽서가 서울까지 잘 도달이 될지는 의심스러웠지만. 엽서의 내용은 간단했다.

'기철아, 늘 건강하고 열심히 하자. 프놈펜에서……'

볼펜을 내려놓고 엽서 앞면의 압살라댄서가 취한 관능적인 자세를 한동안 들여다보다가 일어서서 천천히 창가로 걸었다. 그가 어둠이 내려앉기 시작하는 거리를 내려다본다. 호텔 앞의 줄지어 선 키 작은 가로등들이 그를 유혹하고 있었다.

치안이 불안한 곳이지만 거리에 나가 밤공기를 마셔 보고 싶다는 충동이 일었다. 삭막하기 그지없는 도시이지만 어딘가에는 이방인의 외로움을 달래 줄 만한 곳이 있지 않을까. 돌아서서 화장대 위의 손가방으로 눈을 돌리자, 김일성거리의 그 돌탑이 다시 떠올랐다. 움츠러드는 자신이 느껴졌다.

닷새 동안 프놈펜에서 지내면서 한 번도 밤에 외출을 한 적이 없었다. 하지만 외롭고 낯선 지역에서 혼자 잠자리에 드는 것을 싫어하는 사람이 자신뿐만은 아닐 것이라는 생각이 들었다. 술잔을 비워 가며 밤새도록 이야기를 나눌 말동무가 필요했다. 아니, 하룻밤의 쾌락을 함께 즐기기 위한 상대가 필요한 것인지도 모른다.

요란한 엔진 소리를 따라 고개를 돌려 본다. '모토'라고 불리는 영업용 오토바이의 뒷좌석에 매달리듯 올라탄 덩치 큰 젊은 백인이 두리번거리며 가로등 밑을 지나친다. 그 모토가 시야에서 벗어날 때까지 유리창에 머리를 붙이고 바라보던 기철의 시선이 다시 호텔의 앞 도로로 돌아왔다. 앞쪽과 건너편 쪽에 아직 가족들의 끼닛거리를 해결하지 못한 꼬질꼬질한 모습의 기사들이 줄지어 선 모토 옆에 모여 앉아 있었다.

서둘러 샤워를 마친 그가 화장대 앞에 섰다. 옆모습과 뒷모습을 거울에 비춰 본다. 이제는 익숙해진 청바지 차림의 자신을 거울 속에서 만난다. 넥타이를 풀어 버린 해방감에 켈빈클라인의 향기가 녹아들었다. 그는 기어코 손가방을 들고 객실을 나섰다.

보물찾기를 하는 심정으로 발을 들여놓은 캄보디아에서 얼핏 보물의 실체를 확인했다는 기쁨에 가볍게 흥분되었고, 모든 일정을 소화해 냈으니 이제는 술이라도 한잔 하며 자축하고도 싶었다.

치안상태가 별로 좋지 않은 낯선 도시에서 만취가 될 때까지 마실 수는 없지만, 프놈펜이라고 해서 여러 나라의 도시들을 다니며 밤의 문화를 즐겨 보는 특권을 포기할 수는 없지 않은가. 낯선 도시에서 새로운 사람들과 만나는 두려움은 시간이 흐르면 어두운 뒷골목의 모습에까지 관심을 갖게 하곤 했었다.

호텔을 빠져나온 기철이 길을 건넜다. 뼛속의 골수까지 말려 버릴 것 같았던 한낮의 더위도 한풀 꺾여 있었다. 그는 메콩 강가의 선상 카지노로 가려다가 가까운 곳에서 가볍게 한잔하기로 마음을 고쳐먹 었다. 낮에 보아둔 거리로 방향을 잡았다. 호텔에서 대각선으로 길을 건너면 제법 괜찮아 보이는 술집들이 모여 있는 홍등가로 들어가는 입구였다.

어디를 가느냐고 물어 대는 모토기사들과 주린 배를 움켜쥔 걸인 들이 외국인인 기철에게 필사적으로 따라붙었다. 아무런 대꾸도 하 지 않고 손사래를 치며 겨우 그들을 따돌렸다. 무심히 올려다본 밤 하늘엔 수많은 별들이 반짝이며 눈길을 두는 곳마다 걸인들로 가득 했던 회색빛의 낮거리와는 대조를 이루고 있었다. 빛나는 별들이 활 짝 편 그의 가슴과 어깨에 내려앉았다.

천천히 걸었다. 청바지에 노란색 티셔츠 차림의 그가 이방인 같아 보여서인지 가끔씩 지나치는 시선들이 그의 모습을 훑어 내렸다. 모 퉁이를 돌아서자, 여기저기에서 취객들의 모습이 보여야 할 홍등가 가 예상과 달리 썰렁한 모습으로 시야에 들어왔다. 거리에는 K-TV, PARADISE, MISS SAIGON…… 대여섯 개의 요염한 불빛의 네 온사인들만이 영업 중임을 알리고 있었다.

건물과 건물 사이의 작은 빈터를 지나칠 때는 바람결을 타고 오는 쓰레기 썩는 냄새가 인상을 찌푸리게 하였다. 쓰레기더미 옆에는 허 름한 차림새의 중년 사내가 술에 취한 듯 쓰러져 있었다. 그 옆에 부 인으로 보이는 여인네가 그를 일으켜 세우려다 포기하고 옆에 쪼그려 앉아 울음을 터트리고 말았다.

어둠 속에서 또 다른 인기척이 느껴졌다. K-TV 옆의 골목 안쪽에서 불량해 보이는 젊은 사내들 대여섯이 웅성거리며 모여 있었다. 기철의 모습이 보이자 두 사내가 양손을 주머니에 찔러 넣은 채 빠른 걸음으로 다가왔다. 사내들은 알아들을 수도 없는 이야기를 건네며 그의 양쪽에 바짝 따라붙어 걸었다. 곁눈질로 살피며 그들을 의식하지 않는 척 지나치려는데, 작은 체구에 앞니가 서너 개나 빠진 사내가 불쑥 앞을 가로막고 나섰다.

기철이 걸음을 멈추자, 사내가 주머니에서 불쑥 주먹을 꺼내어 펼쳐 보였다.

언제 씻었는지도 알 수 없는 그의 손바닥 위에는 반짝이는 비닐봉지에 담긴 코카인가루가 올려져 있었다. 옆의 다른 사내의 손에는 하얀 종이에 쌓인 한 묶음의 대마초가 보였다. 여러 나라의 홍등가를 돌아다니다 보니 처음 대하는 모습은 아니다. 기철이 앞에 선 녀석의 눈을 뚫어져라 바라보았다. 대마초에 절은 녀석은 땅바닥에 하얀 거품의 침을 뱉어낸다. 반쯤 감긴 눈으로 태엽 풀린 시계처럼, 실성한 사람처럼 픽- 하고 웃어 댄다.

언제부터 입고 다닌 옷인지 땟국에 쩌든 바지와 어깨 없는 셔츠에 발가락을 끼우는 슬리퍼를 신은 녀석은 가슴에 바람을 잔뜩 불어넣고 당당히 걷는 기철의 앞을 더 이상 막아설 수는 없었다. 그들을 떨쳐 냈지만, 저만치에 또 한 무리의 사내들이 모여 있었다. 그 거리의 안쪽으로 더 들어가면 귀찮은 일이 생길 것 같은 생각이 들었다.

녀석들을 물리친 그가 바로 옆의 'PARADISE'라는 간판을 달고 있는 2층의 계단을 망설임 없이 올랐다. 출입문에는 'WELCOME TO PARADISE'라는 문구 아래 캄보디아 민속 의상을 갖춰 입은 여인의 사진이 붙어 있었다. 연극공연장처럼 붉은색의 비닐을 씌운 두꺼운 문을 밀고 안으로 들어섰다.

에어컨의 냉기가 전신을 덮쳐 왔다. 한동안 앞을 분간할 수 없을 정도로 홀 안의 조명이 어두웠다. 출입문의 맞은편에 앉아 있던 마마상으로 보이는 뚱뚱한 중년 여자가 피우던 담배를 옆의 아가씨에게 건네면서 환한 웃음으로 그를 반긴다. 불독이 연상될 정도로 볼살이 늘어져서 여자로서의 매력은 이미 오래전에 상실한 모습이지만 눈빛은 차갑지 않았다.

반기는 그녀에게 기철도 여유로운 미소로 답했다. 손님이 일행 없이 혼자 온 것을 확인한 그녀는 안쪽에서 달려 나온 웨이터에게 기철의 안내를 지시했다. 허리를 굽혀 깍듯이 인사를 하고 돌아서는 웨이터의 뒤를 따랐다. 검정색 바지에 흰색 와이셔츠, 가냘픈 체구의 웨이터는 엉덩이의 살이 없어서 뒷주머니에 찔러 넣은 지갑만이 덜렁거리며 자신의 위치를 확인시키고 있었다. 기철의 뒤에 차가운 물수건을 받쳐 들고 마마상이 좁은 복도를 휘저으며 따랐다.

복도의 끝에 위치한 룸은 예상과는 달리 깔끔했다. 기철은 웨이터의 안내로 문이 바라보이는 쪽으로 자리를 잡고 앉았다. 라틴계로 보이는 긴 머리의 여인이 촉촉이 젖은 혀로 자신의 입술을 핥으며 가슴을 드러낸 채 살짝 고개를 돌려 사진 속에서 그를 바라보고 있었다.

한쪽에는 가라오케 설비가 되어 있을 뿐만 아니라 방문의 입구 쪽에는 화장실도 있었다. 가라오케 기계가 놓여 있는 맞은편의 벽에는 선글라스를 낀 불독이 시가를 입에 물고 있는 낯익은 그림이 붙어 있었다. 기철은 UNTAC이 들어와 있는 동안에 달러의 맛을 본 캄보디아의 모습을 자신이 보고 있다는 생각이 들었다. 은은한 향기의 정체를 찾아 두리번거리던 그의 시선이 테이블 위의 작은 화분에 멈추었다. 이름을 알 수 없는 붉은 꽃이 활짝 피어 있었다.

물수건으로 손을 닦으며 웨이터가 펼쳐 놓는 메뉴판을 들여다보았다. 술값도 적당했다. 안주로 먹을 스테이크와 과일을 헤네시 코냑 한 병과 함께 주문했다. 주문 내역을 다시 한 번 확인한 웨이터가 룸에서 나가고 잠시 후 10명 정도의 아가씨들이 줄지어 들어섰다.

기철의 앞에 나란히 정렬한 그녀들 옆에서 마마상이 기철의 눈치를 살피며 한 명씩 소개해 나갔다. 아가씨들은 자기 차례가 되면 이름과 나이를 이야기했다. 안쪽의 7명 정도가 베트남에서 온 아가씨들이고 뒤에 따라 들어온 3명은 캄보디아 아가씨들이라고 했다. 프랑스 식민지 시절부터 베트남 사람들이 프랑스어를 잘한다는 이유로 정책적으로 베트남 사람들을 캄보디아에 이주시키고 베트남 사람을 캄보디아에서 지방의 관리로 임명하기도 했었다고 하더니, 이젠 홍등가까지 베트남 사람들이 장악하고 있구나 하는 생각이 들었다.

베트남 아가씨들은 코믹하거나 요염한 자세를 취하며 서로 자기 자신을 손가락질로 가리키면서 선택해 달라는 사인을 보냈지만, 캄보디아 아가씨들은 그저 쑥스러운 미소만 지을 뿐 적극적이질 못했다. 의

상이나 화장도 베트남 아가씨들이 훨씬 화려했고 도발적이었다. 오히려 너무 짙은 화장 때문에 천박해 보이는 아가씨도 있었지만.

마마상도 기철이 세련되어 보이는 베트남 아가씨들 중에서 파트너를 선택할 것이라고 예상을 했는지 뒤쪽의 캄보디아 아가씨들에겐 별로 신경을 쓰지 않는 눈치였다.

이야기라도 나누어 볼 파트너를 선택하기 위해 기철이 아가씨들을 천천히 바라보았다. 그리고는 눈이 마주치자 슬그머니 고개를 돌리는 제일 끝의 키가 큰 캄보디아 아가씨를 선택했다.

약간 마른 체구에, 얼굴에 순진함이 엿보이는 예쁘장한 아가씨였다. 마마상이 의외라는 표정을 지으며 '그 아가씨는 영어를 전혀 못한다.'고 했다. 다가와 옆에 앉으려던 그녀가 기철의 난감해 하는 모습을 보며 얼른 앉지도 못하고 머뭇거렸다. 그녀의 모습을 한눈에 훑어 내린 기철이 미소를 보여 주며 턱으로 오른쪽 옆자리를 가리켰다. 그녀가 환하게 미소를 지으며 기철의 옆에 슬그머니 궁둥이를 붙이며 앉았다.

다른 아가씨들에게 눈을 돌려 '누가 영어를 잘하느냐'고 물었다. 마마상이 추천을 한 아가씨를 그의 또 다른 한편에 앉혔다. 짧은 커트머리에 눈이 부리부리하고 가슴이 풍만한, 관능미가 넘치는 베트남 아가씨였다. 그녀는 자신을 선택한 결정이 당연하다는 듯 자신감이 넘쳐 보였고 기철에게 바짝 다가앉으며 어깨에 기대었다. 잘해 보라는 듯 미소를 흘리며 마마상이 나머지 아가씨들을 앞세우고 룸을 나갔다.

베트남 아가씨는 거북할 정도로 기철의 얼굴에서 눈을 떼지 않았다. 자기를 보아 주길 바라는 것이겠지만 기철은 왠지 그 시선이 곱게 느껴지지 않았다. 슬그머니 딴청을 부리며 룸 안을 두리번거렸다. 일어서서 붉은 꽃이 피어 있는 화분에 얼굴을 가까이하고 향기를 맡아 보려 했지만 베트남 아가씨의 향수 냄새와 뒤섞여 분간을 할 수가 없었다. 잠시 후엔 술이 안주와 함께 들어왔다.

상차림을 마치고 돌아서는 웨이터를 불러 세웠다. 기철이 다가온 그의 손에 10불짜리 지폐 한 장을 쥐어 주었다. 웨이터가 입이 귀에 걸리도록 벌어진 채 허리를 굽히고는 뒷걸음질로 룸을 나섰다. 두 여인의 눈길을 한몸에 받으며 언제 보아도 예술품 같은 코냑 병을 바라본다. 이젠 그 안에 담긴 우아하고도 럭셔리한 향기로 자신을 뜨겁게 달구기만 하면 된다. 자신의 이름을 '란안'이라고 소개한 베트남 아가씨는 활달하고 목소리도 굵직했다.

팔찌와 반지를 치렁거리며 숙달된 손놀림으로 술병을 따고 나무로 된 둥근 얼음통과 집게를 들고 기철을 바라본다.

"얼음?"

"아니, 그냥."

그녀가 기철의 앞에 놓인 통통하게 배가 부른 유리잔에 술을 따랐다.

이름이 뭐냐고 묻는 질문을 겨우 알아들은 캄보디아 아가씨는 자신의 이름을 '쯔아'라고 답하고는 어색한 미소를 지었다. 란안이 자기는 술을 마시지 않는다며 웨이터를 불러 과일주스를 주문하고는 아예 기철의 무릎 위에 올라앉으며 목을 끌어안았다.

"멋쟁이 아저씨 일본 분이세요?"

"응? 으응……."

"이름이 뭐예요?"

앞자락을 열어 놓은 블라우스로 그녀의 가슴골이 훤히 들여다보였다.

"내 이름은 '여보' 야."

기철의 장난기 어린 대답이었다.

"미스터 여보?"

"아니, '미스터 여보'라고 하지 말고 그냥 '여보'라고 부르면 돼."

"알았어, 여보."

란안이 가슴을 부풀리며 달려들었다. 란안의 가슴에 안긴 채 기철이 옆의 쯔아를 바라보았다.

"여보?"

쯔아도 기철의 이름을 불러 보며 웃는다. 살포시 보조개가 들어간다. 란안이 서둘러 기철의 손을 끌어당겨 자신의 짧은 스커트 아래 허벅지에 얹었다. 썩 호감이 가는 여인은 아니지만, 동물적 욕구가 슬며시 고개를 들었다. 가라오케 기계의 화면은 말없이 필리핀 보라카이 해변의 모습을 보여 주고 있었다.

기철이 화분에 핀 꽃의 이름을 묻자, 란안이 나서서 그 꽃의 이름이 '아데니움'이라며 베트남에도 많다고 대답했다. 란안은 손으로 여러 가지 모양을 만들어 가며 베트남의 꽃들에 대한 이야기를 하느라 분주했다. 쯔아는 기철의 손을 꼭 쥔 채 그런 란안의 모습을 바라보기만 할 뿐 이야기에는 끼어들지 않았다.

건배를 하며 마주치는 란안의 눈길은 느끼했다. 혀와 입술을 적셔 가며 즐기던 코냑이 석잔 째 목을 타고 넘어가자 기철의 몸이 달구어지기 시작했고, 눈치 빠른 란안이 분위기를 능숙하게 이끌었다. 노래를 부르며 춤을 춰 보이기도 하고 기철의 손을 끌어다가 자신의 가슴에 얹기도 하며 잠자리의 파트너가 되기 위해 애처로울 정도로 정성을 들였다.

복도에서 소음이 일었다. 몇 명인지 알 수는 없으나 손님들이 맞은 편 방으로 들어가는 것 같았고 곧 여자들의 웃음소리와 캄보디아 사내들의 시끄러운 말소리로 소란스러웠다.

노래를 한 곡 불러 본다고 일어선 기철의 목을 란안은 끌어안고 놓아 주질 않았다. 목청을 가다듬은 기철은 오랜만에 〈Release Me〉를 불러 보았다. 가사의 내용을 알 만한 란안이었지만, 기철의 목을 더욱 꼭 끌어안고 놓아 주지 않으며 매달렸다. 쯔아는 노래하는 기철의 옆에 서서 손뼉을 치고 가볍게 몸을 흔들면서도 란안의 눈치를 살폈다. 두 여인 중에 누굴 데리고 나가야 하나 하는 고민을 하며 마신 코냑 병이 바닥을 드러낼 즈음 란안이 술을 더하겠냐고 물었다.

"아니, 그만 마실래. 계산서 가져오라고 그래."

란안이 문을 열고 웨이터에게 계산서를 가져오라고 소리를 지르고 자리로 돌아왔다.

"여보, 오늘 밤은 나하고 같이 지내는 거지?"

"물론. 오늘 밤 날 행복하게 해 줄 수는 있는 거지?"

기철이 즉시 맞받았고, 란안이 얼굴을 바짝 들이밀며 대답을 기다린다.

"글쎄……."

기철이 머리를 갸우뚱하고는 장난기 어린 웃음을 머금은 채 쯔아쪽을 바라보았다. 그녀는 기철과 란안이 무슨 이야기를 하는지도 모르는 듯 그저 맑고 큰 눈만 껌벅거리고 있었다. 란안이 기철을 따라나서려고 작정을 한 듯 서둘러 계산서를 가지고 오겠다며 쫓아나갔다.

둘이 남게 되자, 쯔아가 기철의 볼에 입을 맞추고는 살포시 웃으며 눈을 맞춘다. 란안과 마마상이 함께 들어왔다. 계산을 마치자 거스름돈을 가지고 오겠다는 마마상에게 기철이 잔돈은 필요 없다고 했다. 흡족한 표정의 마마상이 기철의 기분을 살피며 물었다.

"아가씨와 함께 나가실 건가요?"

란안이 기철의 팔짱을 끼며 찰거머리처럼 바짝 달라붙었다. 기철이 대답을 머뭇거리자, 마마상이 두 아가씨를 번갈아 바라보며 다시 물었다.

"누구와 함께 나가실래요?"

그때서야 분위기를 눈치채고 쯔아도 슬며시 기철의 다른 한쪽의 팔짱을 꼈다.

"둘 다."

잠시 망설이던 기철이 양쪽을 번갈아 보며 그렇게 결정을 내렸다.

"둘 다 데리고 나가신다고요?"

마마상이 재미있다는 표정을 지으며 여자들을 바라보았다.

"예. 둘 다."

란안이 기철의 앞으로 나서며 빤히 바라본다.

"우리 둘 다?"

"응. 왜?"

"샌드위치?"

"응. 하하!"

기철이 목젖이 훤히 들여다보이도록 고개를 뒤로 젖혀 크게 웃었다. 그리곤 취한 듯한 게슴츠레한 눈으로 그녀들을 바라보았다.

두 여자를 데리고 나가는 조건으로 마마상이 원하는 50불을 지불하였고, 기철이 혼자 앉아 담배를 한 대 피우는 사이에 란안과 쯔아가 옷을 갈아입고 룸으로 돌아왔다. 란안은 짧은 베이지색 반바지에 가슴골이 드러나는 노란색 셔츠 차림이었고, 쯔아는 긴 청바지에 엷은 초록색의 반팔 티셔츠를 입고 나섰다. 쯔아가 마마상에게 받은 듯한 20불짜리 지폐를 꼬깃꼬깃 접어서 청바지 주머니에 찔러 넣으며 기철과 눈이 마주치자 '여보'라고 부르면서 수줍은 웃음을 지어 보인다. 란안은 자신과 기철의 셔츠가 같은 노란색이라는 소리를 몇 번이나 해대며 기철의 눈치를 살폈다.

두 여자와 함께 PARADISE를 나섰다. 그리고 그녀들을 마치 전리품처럼 양쪽에 거느리고 띄엄띄엄 가로등이 서 있는 거리를 따라 호텔을 향해 걸었다. 한국에서라면 있을 수 없는 일이겠지만 이곳에선 누구도 아는 사람 하나 없지 않은가. 체면 따위에 얽매일 필요도 없다. 그저 동물적 욕구를 좇으며 하룻밤을 외로움에서 벗어나고 싶을 뿐이다. 기철은 여전히 별들이 자리를 지키고 있는 하늘을 올려다보며 길게 담배연기를 뿜어냈다.

K-TV 앞을 팔짱을 끼고 나란히 걷는 그들을 향해 마약을 팔려고 했던 사내들의 시선이 쏟아졌다. 야유를 하는 것 같은 소리들을 지껄여 댔지만 기철은 개의치 않았다. 란안이 그들에게 손을 한 번 흔들어 주고는 기철의 귀에 대고 속삭였다.

"저기 뽈리 있어."

"뭐? 뽈리가 뭐야?"

"저 사람 중에 경찰도 있다고."

마약 장사꾼들 틈에 경찰관이 있다는 이야기였다.

"별짓을 다 하는구나. 미친놈들."

기철이 씁쓸한 표정을 지으며 한국말로 중얼거렸다. 그들 쪽을 돌아다보고 싶었지만, 훗날을 생각해서 얼굴을 돌리지 않았다.

길을 건너 호텔에 들어서면서 프런트의 직원들과는 눈도 마주치지 않고 곧장 계단을 올라 객실로 들어섰다. 두 여인이 빠른 걸음으로 바짝 따라붙었다. 몇 년을 떠돌아다니다 보니 시설이나 친절을 떠나 호텔 생활에 익숙해졌다.

객실로 들어서며 두리번거리는 두 여인에게 기철이 100불짜리 지폐 1장을 지갑에서 꺼내어 보여 주었다. 그리고 화장대 위에 펼쳐 놓으며 그녀들을 향해 말했다.

"오늘 밤에 나를 더 행복하게 해 주는 사람에게 이 돈을 주겠어."

돈을 본 두 여자의 눈이 휘둥그레졌다.

"여보, 어떤 걸 원해?"

란안이 활짝 웃는 얼굴로 기철의 목을 끌어안으며 코맹맹이 소리를 낸다.

"글쎄……."

"이런 거?"

란안이 마이크를 쥔 것처럼 주먹을 쥐고 핥아 대는 모습을 보였다.

기철이 장난꾸러기 같은 웃음을 지어 보이자 란안이 서둘러 바지의 앞주머니에서 콘돔을 꺼내 100불짜리 지폐 위에 올려놓았다.

기철이 욕실을 가리켰다.

"샤워부터 해."

그때까지도 소극적이기만 하던 쯔아가 먼저 벗어던지고 욕실로 향했다.

"여보, 쟤 보내 버리면 안 될까? 내가 10불 줘서 보낼게. 응?"

란안이 쯔아가 들어간 욕실 쪽을 힐끗거리며 말했다.

"누구? 쯔아를 보내자고?"

"응. 내가 쟤한테 10불 줘서 보내 버릴게. 그리고 내가 오늘 밤 여보를 행복하게 해 줄게."

란안의 시선이 화장대 위의 100불짜리 지폐와 기철의 얼굴 사이를 한 차례 오고 가더니 슬그머니 기철의 바지 위로 그곳을 더듬어 댄다.

"아니야. 그냥 다 같이 자자."

기철이 란안을 슬그머니 밀어내며 셔츠를 벗으려는 자세를 취했다.

"여보, 알았어."

기철의 단호한 표정에 란안이 입을 삐죽거렸다. 그녀가 티셔츠와 바지를 벗는 기철을 뒤에서 끌어안으며 몸을 바싹 밀착시켰다.

기철이 담배 한 대를 다 피우기도 전에 욕실에서 나온 쯔아가 앞을 가린 타월의 자락을 여미며 침대 위로 올라가는 모습을 보고는 란안도 서둘러 욕실로 향했다.

신혼여행처럼 평생을 두고 잊혀지지 않을 그런 밤을 원하는 것은 아니다. 하지만 색다른 밤을 맞은 것임은 틀림없다. 순간의 쾌락을 좇는 일이지만 가슴속에 불만이 가득하거나 무언가 마음에 걸리는 그 어떤 것에서 벗어나고 싶을 때는 오늘 같은 밤도 괜찮겠다는 생각이 들었다.

침대 위에 올라 홑이불을 덮어쓴 채 얼굴만 내밀고 기대어 앉은 쯔아가 생글거리며 웃고 있었다. 다가간 기철의 가슴을 가볍게 더듬는 그녀를 천천히 눕혔다. 지난밤과 같은 침대였지만 포근한 구름 위의 그녀에게서는 상큼한 사과 향기가 물씬 풍겨 나왔다. 아스팔트 위에 건포도 알이 떨어져 있는 것 같은 빈약한 그녀의 가슴이었지만 코를 통해 스며드는 그녀의 향기가 온몸에 젖어들었다.

그녀의 긴 팔과 다리가 흐느적거리며 기철의 몸에 엉겨 붙는다. 화장기 없는 그녀의 얼굴과 윤기가 흐르는 검은 피부가 카키색의 침구들과 조화를 이루며 그를 유혹했다. 기철은 취기가 물러나면서 그 자리를 불끈 일어난 욕정이 채워지는 것을 느꼈다.

쯔아가 천장의 형광등을 가리켰다. 기철이 침대 옆의 탁자에서 조명을 줄였다. 그녀가 깊은 키스를 멈추고 흥분한 기철의 가슴을 떠밀며 길쭉한 손가락으로 화장대 위를 가리켰다.

"뭐. 돈?"

기철의 물음에 고개를 저으며 다시 화장대를 가리켰다.

"아하, 콘돔?"

그녀가 하얀 치아를 드러내며 환하게 웃으면서 머리를 끄덕거렸다.

벌떡 일어선 기철이 화장대로 가서 돈 위에 있는 콘돔의 포장을 뜯었다. 기철의 발기된 남성을 본 그녀가 두 손으로 얼굴을 가렸다.

란안이 들어가 있는 욕실에서 들려오던 물소리가 끊어졌다. 기철과 그녀가 침대의 쿠션감을 한참 즐기고 있을 때 란안이 샤워를 끝내고 욕실에서 나왔지만 두 사람은 개의치 않았다. 쯔아의 욕정이 기철을 원하는 것인지 100불짜리 지폐에 대한 탐욕이 그녀를 몰아붙이는 것인지 알 수 없었지만, 기철은 쯔아의 눈동자 속에서 망망대해를 떠다니는 돛단배를 보았다.

포개어진 두 사람의 머리맡에 무릎을 세우고 앉은 란안이 기철의 등과 머리를 어루만졌고, 고개를 들어 바라본 기철의 시야에 붉은 란안의 장미꽃잎이 들어왔다. 란안은 기철의 시선이 자신의 그곳과 가슴에 몇 차례 돌아오는 것을 확인하고는 기철을 낚아채 끌어안았다. 그녀의 풍만한 가슴에 얼굴을 묻은 기철이 그녀의 장미를 탐하여 덤벼들었다.

"이거 바꿔야지."

란안이 기철의 그것을 쥔 채 시선이 화장대 위를 거쳐 쯔아를 향했다.

"쯔아. 너 콘돔 가져온 거 내놔."

"……."

못마땅한 쯔아가 대답을 하지 않았다.

"얼른 내놓으라니까!"

"난 없어."

퉁명스럽게 대꾸를 하는 쯔아를 기철은 바라볼 수가 없었다.

"뭐라고? 나올 때 마마상이 하나씩 나눠 주었잖아."

"몰라. 난 안 가지고 왔어."

입을 삐죽거린 쯔아가 등을 보이며 돌아누웠다.

쯔아에게 눈을 흘겨 대던 란안이 잠시 망설이는 듯했지만 어쩔 수 없다는 표정으로 기철을 그냥 받아들였다. 기철의 코끝에서 쯔아의 사과 향기가 채 가시기도 전에 다시 한 차례의 격랑이 휘몰아치고 있었다. 란안의 깊은 그곳의 열기에 기철은 숨이 막힐 것 같았고, 란안의 교태 어린 신음소리와 기철의 가쁜 숨소리가 한동안 어우러졌다. 란안은 가쁜 숨을 몰아쉬며 기철의 머리를 감싸 안고 쓰다듬었다. 방 안을 휘젓고 돌아다니던 두 사람의 울부짖음이 가라앉고 란안의 가슴에 깊이 묻힌 채 기철은 잠이 들었다.

다음 날 아침.

기철이 인기척에 눈을 뜬 시간은 10시가 넘은 시각이었다.

두 여자는 이미 옷을 갖춰 입고 있었고 쯔아는 티테이블의 의자에, 그리고 란안은 침대 모퉁이에 걸터앉아서 기철을 지키고 있었다. 아니, 화장대 위의 100불짜리 지폐를 지키고 있었는지도 모른다.

잠결에 손을 뻗어 머리맡의 물병을 찾아 더듬거리던 기철이 벌떡 일어나 냉장고에서 물병을 꺼내 들었다. 급하게 갈증을 해소하며 두 여인을 번갈아 바라보았다. 란안의 환한 미소와는 달리 쯔아의 표정은 시무룩했다. 반쯤 비운 물병을 화장대 위에 두고 욕실로 향했다. 양치질을 하고 물을 끼얹어 지난밤의 흔적을 지웠다. 샤워를 마치고 나와 옷을 입는 기철에게 란안이 다가와 말을 건넨다.

"여보. 우리 이제 가야 하는데……."

"응, 그래. 가야지."

기철이 기가 죽은 채 앉아 있는 쯔아에게 시선을 돌리자, 란안이 얼른 화장대 위의 돈을 집어 들었다.

"여보, 이건 내가 가진다. 응?"

란안은 벌써 자기의 주머니에 100불짜리 지폐를 찔러 넣고 있었고, 그 모습을 바라보는 쯔아는 당혹스런 눈빛으로 기철의 눈치를 살폈다.

"아니야. 두 사람이 반반씩 나눠 갖도록 해. 50불씩……."

"싫어. 저 계집애는 콘돔도 안 가져왔는데 왜 나눠 가져? 내가 다 가져야 해."

서둘러 기철의 볼에 가볍게 입을 맞춘 란안이 손을 흔들어 보이고는 돌아서서 방문 쪽을 향하자, 쯔아가 급히 따라가 그녀의 옷자락을 잡았다. 돌아선 란안에게 쯔아는 오른손으로는 숟가락질로 밥을 떠먹는 흉내를 내보이면서 왼손을 벌려 란안 앞에 내밀었다.

"얌마이."

란안은 밥값이라도 달라는 그녀에게 야멸차게 눈을 한 번 흘기고는 냉정히 돌아섰다. 하는 수 없다는 표정의 쯔아도 기철에게 가볍게 손을 들어 인사를 하고는 힘없는 발걸음으로 란안의 뒤를 따라 열린 문을 향했다. 그리고 객실의 문이 닫혔다.

란안이 쯔아에게 돈을 나누어 주지 않는다고 쯔아가 밥을 굶지는 않겠지만 기철의 마음이 다급해졌다. 서둘러 문을 열고 복도로 따라나섰다. 복도의 끝에서 막 계단으로 내려서는 쯔아의 모습이 보였다.

"쯔아!"

잠시 후 그녀가 모퉁이에서 살짝 얼굴을 내밀었다.

"이리 와 봐."

손짓을 하며 그녀를 불렀다. 한쪽으로 고개를 숙인 그녀가 힘없는 걸음으로 다가왔다. 그녀의 뒤에 먼저 계단을 내려간 란안의 모습은 보이지 않았다. 기철이 뒷주머니의 지갑을 꺼내 들었다.

"이거……."

그녀에게 100불짜리 한 장을 내밀었다.

"여보……."

놀란 눈으로 바라보는 쯔아에게 그녀가 란안에게 보여 주었던 것처럼 밥을 먹는 시늉을 하며 말했다.

"얌마이."

예상 밖의 상황에 돈을 얼른 받지도 못하는 쯔아의 눈에 어느새 눈물이 글썽거렸다.

"얼른 받아."

"여보…… 어쿤 찌란. 어쿤 찌란."

두 번을 곱게 접은 돈을 청바지 주머니에 찔러 넣으면서도 그녀는 눈물을 찍어냈다.

"얼른 가. 란안이 기다리겠다."

기철이 그녀를 가볍게 밀며 가라고 손짓을 했다.

"여보……."

"얼른 가라니까."

복도 끝에서 다시 뒤돌아보는 그녀에게 기철이 손을 흔들어 보였다. 환하게 웃으며 손을 흔들던 그녀의 모습이 사라진 복도 끝을 지켜보던 기철이 객실로 돌아섰다.

침대에 누워 아침 식사를 어떻게 할까 하는 생각을 하다가 지난밤의 기억을 좇던 그가 깜박 잠이 들었다. 다시 일어난 시간은 12시가 훨씬 넘은 시간이었다.

식당으로 내려가 베트남식의 국수에서 향차이를 건져 내고 한 그릇을 비웠다. 객실로 돌아온 기철이 가방을 꾸리기 시작했다. 그리고 항공권도 확인했다. 내일은 호치민을 경유하여 서울로 돌아가는 날이다. 자신은 10년짜리 미국비자를 가졌으니 트랜싯비자가 없어도 호치민의 탄손누트 공항을 빠져나갈 수 있다는 생각에 이르자, 가족을 위한 쇼핑도 호치민에서 하기로 마음먹었다. 호치민 시내에서 한국 음식점을 찾아 얼큰한 김치찌개에 밥 한 그릇을 해치울 생각을 하며 입맛을 다셨다.

객실의 창가에서 내려다보이는 거리는 어제와 다를 바 없다. 모토들이 줄을 지어 있었고 며칠 사이에 얼굴을 익힌 걸인들이 호텔의 담장을 따라 여전히 자신들의 자리를 지키고 있다. 구름 한 점 없는 하늘엔 작열하는 태양이 도시의 모든 것을 통째로 삶아 내기라도 하려는 듯 여전히 그 열기를 뿜어내고 있었다.

- 2 -
공화국 사람들

오늘도 어김없이 뙤약볕이 쏟아지는 거리에서 걸인과 모토 기사들이 승용차에서 내리거나 호텔에서 나오는 외국인을 기다리고 있었다. 한가로운 오후의 침묵 속에도 묵직한 절망이 드리워진 거리를 바라보며 호텔 로비의 등나무 소파에 깊숙이 앉은 기철이 손가방에서 프놈펜 시내 지도를 꺼내어 펼쳤다. 지도 위에 볼펜으로 표시된 동그라미에서 한동안 눈을 떼지 못하던 그가 손가락으로 더듬어가며 돌탑을 만났던 김일성거리를 찾아냈다. 며칠 동안 시내를 돌아다니면서도 보기 드물게 깔끔하고 한적했던 김일성거리. 아직도 그 돌탑은 기철의 어깨를 움츠러들게 하고 있었다.

이 도시 어디엔가 남한 사람도 있지 않을까 하는 생각을 해 보다가 지도를 손가락으로 짚어 가며 오른쪽으로 천천히 시선을 옮겼다. 모니봉거리를 따라 올라가던 그의 시선이 다시 동그라미로 표시된 북한 대사관 위치에 고정되었다. 그 옆에는 커다란 로터리의 중앙에 독립 기념탑이 표시되어 있었다.

두 차례나 오토바이의 뒷좌석에 앉아 지나쳤던 북한 대사관의 맞은편에는 '소나무 식당'이라는 커다란 한글 간판도 보였었다. 지난 5일간 모든 일정이 차질 없이 진행되었지만, 북한 사람들의 존재가 확인되는 광경들은 그를 불안감으로 휩싸며 놓아 주지 않았었다. 한편으로는 그들을 직접 만나 보아야만 한다는 알 수 없는 의무감도 느끼게 했다.

지도 위에서 눈을 떼지 못하며 입으로 가져가려던 커피잔을 그냥 내려놓고는 벌떡 일어나 3층의 객실로 뛰어올랐다. 옷장의 문을 열고 카메라를 꺼내어 화장대 위에 놓인 손가방에 집어넣다 말고 잠시 머뭇거리던 그가 창가로 다가가 거리를 내려다보며 생각에 잠겼다.

'당연히 북한 사람들을 만나게 될 텐데 만난다면 어떻게 행동을 해야 하는 것일까.'

잠시 후, 망설임을 접은 그가 손가방을 들고 로비에 다시 나타났다. 인사를 하는 호텔 직원들에게 가볍게 손을 들어 보이고 거리로 나섰다. 군데군데가 깨진 아스팔트 길을 건너자 호텔 쪽을 뒤돌아보면서 저기쯤이 내 방이겠구나 하고 짐작을 해 보았다. 길을 건넌 기철이 손가방의 끈을 손목에 감았다.

건너편에서 기철을 발견한 모토 3대가 급히 방향을 바꾸어 일제히 달려들었다. 제일 앞에 땀과 먼지로 얼굴이 얼룩진 곱슬머리 기사가 기철의 앞에 흙먼지를 날리며 오토바이를 급히 세웠다. 그리곤 행선지를 물었다.

"코리아 엠바시!"

기철이 행선지를 이야기하며 손가방으로 햇빛가리개를 하고 다른 한 손으로 손사래를 치며 얼굴로 달려드는 먼지를 날려 댔다.

"꼬레 엠바씨?"

뒤에 온 모토 기사가 되묻자 그에게 눈을 한번 흘긴 제일 앞의 기사는 서둘러 '오케이'하고는 뒷자리에 뽀얗게 앉은 흙먼지를 손으로 털며 기철을 바라보았다. 기철은 기사가 '열다섯 살이나 되었는가 보다.'라는 생각을 하며 뒷자리에 올라앉았다. 키는 작아도 눈이 작고 입술이 두터워 강인해 보이는 소년 기사가 액셀러레이터를 힘껏 잡아당겼다. 달려드는 바람결에 기사의 땀 냄새는 숨이 탁 막힐 정도로 지독했다.

낡은 100cc짜리 혼다오토바이 뒷좌석 앞의 손잡이를 꼭 잡았다. 오토바이가 바람을 가르며 시내의 중심부를 가로지르는 모니봉거리를 달리기 시작했다. 기철이 흘러내리는 선글라스를 두어 번 밀어 올리며 거리의 이쪽저쪽을 두리번거리는 사이에 오토바이는 북한 대사관의 건너편에 다다르고 있었다. 기철이 오토바이를 세워 달라고 소리를 질렀다. 더 이상 가까이 가고 싶지는 않았다. 북한 대사관 앞은 4차선의 도로였지만, 차량이나 행인의 통행이 거의 없어 적막하기까지 했다.

니콘카메라의 표준렌즈를 꽉 채우는 북한 대사관 건물은 웅장했다. 지붕에는 인공기가 힘차게 펄럭거렸고, 정문에 세워진 아치에는

'조선민주주의 인민공화국 대사관'이라는 붉은 글자가 붙어 있었다. 한글이지만 왠지 낯설게만 느껴졌다. 정문의 좌우에는 경비초소와 홍보용 게시판이 행인도 뜸한 거리를 물끄러미 바라보고 서 있었다. 김일성이 사망하고 해가 바뀌었지만 김일성의 유훈이나 김정일의 동정(動靜)이 사진과 함께 여전히 홍보게시판을 채우고 있을 것이라는 생각이 들었다.

서둘러 카메라의 셔터를 대여섯 번 눌러 대고 돌아서는 그의 앞에 '소나무 식당'이라는 간판이 눈에 들어왔다. 외국 출장길에도 하루 한 끼는 꼭 한국 음식을 먹어야 하는 식성. 하다못해 양파라도 고추장에 찍어 먹어야 밥을 먹은 것 같은 식성 때문이었을까, 아니면 북한 사람들에 대한 강한 호기심이 그간의 불안감을 떨쳐 냈던 것일까. 그호기심은 주저하는 그를 식당 안으로 밀어 넣고 있었다.

문을 밀치고 식당으로 들어서려는 그의 뒤에서 오토바이 기사가 연신 알 수 없는 소리를 질러 댔다. 나이 어린 기사는 기철에게 받은 1불짜리 달러를 손에 꼭 쥔 채였다. 식사가 끝날 때까지 기다리겠다는 이야기일 거라고 판단한 기철이 뒤돌아보며 한 손을 들면서 고개를 끄덕여 주었다.

안으로 들어선 그가 한눈에 살펴본 식당의 내부는 밖에서 보기보다 훨씬 넓었고 내부도 제법 잘 꾸며져 있었지만, 저녁 식사 시간으로는 조금 이른 시간이라 그런지 손님이 한 사람도 없었다.

근무복으로 보이는 푸른 원피스를 입은 젊은 여자 두 명이 주방으로 보이는 곳의 안쪽에서 커튼을 걷고 나오면서 '어서 오시라요.'라고 인사를 했다. 기철도 가볍게 고개를 숙였다. 권하는 자리로 걸음을 옮기며 실내를 살펴보았다. 한쪽으로는 작은 무대가 만들어져 있었다. 기철이 앉은 자리는 무대가 마주 보이는 쪽이었다. 구형일 것으로 보이는 커다란 에어컨도 약간의 소음과 함께 냉기를 한껏 뿜어내며 소임을 다하고 있었다.

식탁 위에 유리컵을 내려놓으며 마실 물을 따라 주는 아직 소녀티를 벗지 못한 북한 아가씨가 함께 따라와서 옆에 서 있는 여인을 지배인 동지라고 소개했다.

"어서 오시라요. 혹시, 남조선에서 오셨습네까?"

"예, 그렇습니다. 안녕하세요?"

한눈에 기철이 남한 사람이라는 것을 알아보는 지배인이라는 여인은 상당한 미모의 소유자였다. 적당한 키에 전형적인 조선 여인의 계란형 얼굴. 화장이 짙지도 않은 뽀얀 피부를 지닌 그녀에게 기철도 가볍게 고개를 숙이며 미소로 인사를 나누었다. 남한 사람인 자신을 특별히 경계하는 눈초리로 바라보지 않는 것 같아서 다행스러웠다.

지배인이 돌아가고 메뉴판을 펼쳐 놓는 아가씨의 가슴에는 '강성희'라는 명찰이 붙어 있었다. 이름은 기억이 없지만 고교시절 통학버스 안에서 만나면 가슴을 뛰게 하던 어느 여고생의 모습이 떠올랐다.

"혼자 오셨습네까?"

"예."

"식사 하시겠습네까?"

"예."

자신이 서울 말씨를 사용하는 것이 왠지 미안하다는 생각도 들었고, 그들에게 서울 말투가 자극이 될 수도 있을 것이라는 판단에 짧게 대답을 했다. 메뉴판을 들여다보는 기철의 앞에 아가씨가 두 손을 앞으로 가지런히 모으고 주문을 기다렸다.

메뉴판을 본 기철이 깜짝 놀랐다. 사진과 함께 한글과 영어 그리고 캄보디아어로 음식의 이름과 설명이 곁들여진 메뉴판이 상당히 고급스러워 보였기 때문이다. 많은 나라를 다녀 보았지만, 그 어디에서도 그렇게 잘 만들어진 메뉴판을 본 적이 없었다. 인쇄 기술의 수준으로 보아 캄보디아에서 제작된 것이 아님을 한눈에 알아볼 수 있었다. 필리핀이나 인도네시아, 베트남 등에서의 인쇄기술이 형편없어서 한국에서 명함을 만들어다가 사용했던 경험이 있지 않은가.

'메뉴판을 평양에서 만들어 왔구나. 북한의 인쇄 기술이 상당한 수준이로구나.' 하는 생각을 하며 뒤적거리던 메뉴판 위의 '갈비국'을 손가락으로 가리켰다.

"갈비국을 드시겠습네까?"

"예."

돌아서는 아가씨의 원피스 자락이 펄럭거렸다.

주문을 마치고 음식이 나오기를 기다리면서 천천히 식당 안을 둘러보았다. 출입문 쪽의 계산대에 앉아 지배인은 무언가를 열심히 들여다보고 있었다.

'매상에 대한 걱정을 하고 있을까?'

기철이 일어서서 술병들이 진열되어 있는 장식장 앞으로 다가갔다.

한쪽 벽의 절반을 차지하다시피 한 진열장의 술병들은 개성고려인삼술, 목련포도술, 들쭉술, 산머루술 등의 낯선 이름표를 달고 가지런히 진열되어 있었다. 기념 삼아 사진이라도 찍어야겠다는 생각에 기철이 테이블로 돌아와 카메라를 꺼내 들고 진열장 쪽으로 돌아서려는 찰나, 단호한 목소리가 들려왔다.

"여기서 사진 찍으시면 안 됩네다!"

소리가 나는 쪽으로 돌아서는 기철을 바라보며 소녀티를 채 벗지 않은 아가씨가 정색을 하고 서 있었다. 기철은 어이가 없었다.

"식당인데……?"

기철은 동의를 구하는 표정으로 계산대 쪽의 지배인을 바라보았다. 지배인이 계산대에서 일어섰다. 그녀의 말투는 단호했다.

"예. 기래도 이곳에서는 사진을 찍으시면 안 됩네다."

기철은 어쩔 수 없이 떨떠름한 표정을 지으며 식탁으로 돌아와 앉았다.

'식당에서도 사진을 못 찍게 하다니, 남한 사람이기에 경계를 하는가 보다.'라는 생각이 들었다. 무대 앞에 놓인 악기들에 눈길이 갔지만, 분위기에 위축된 기철은 일어서서 가까이 다가가 보고 싶은 것을 포기하고 카메라도 가방에 집어넣어 버렸다.

'그래, 그때 마신 술이 들쭉술이었지.'

순간 갇혀 있던 기억이 되살아났다.

이제는 2년이 훨씬 지난 것 같다. 그가 출장 중에 인도네시아에서 마두라 섬으로 들어갔다가 돌아오는 길에 배를 타고 내린 곳은 자카르타 다음으로 큰 도시인 수라바야였다. 마침 그곳에서는 북한물산 전이 열리고 있었다.

집안 형님의 집을 찾아 들어가면서 자카르타에서부터 동행했던 통역인을 렌트했던 지프와 함께 돌려보냈다. 저녁을 먹고 한자리에 모여 앉은 형님네 가족들과 그간의 밀린 이야기로 밤을 지새우다시피 했다. 꾸벅꾸벅 졸고 있는 기철을 이제 그만 재우라는 형님의 핀잔을 듣고서야 형수의 수다는 멈추었다.

다음 날 아침. 조카 성민이의 성화에 못 이겨 모자라는 잠을 억지로 떨치며 눈곱만 겨우 떼어 내고 식탁 앞에 앉았다. 입안은 까칠했지만 형수와 성민이가 숟가락에 얹어 주는 반찬에 밥 한 그릇을 뚝딱 해치웠다.

영어로는 의사소통이 거의 불가능한 그곳에서 제법 인도네시아어에 자신이 있다는 열두 살짜리 조카 성민이가 현지 사정에 어두운 삼촌을 위해 가이드를 자청하고 나섰다. 녀석은 인도네시아에서 2년째 어학 공부를 마치고 국제학교에 다니고 있는 중이었다. 마침 방학 중이던 성민이가 북한물산전을 구경하러 가자고 기철을 졸라 댔다.

성민이의 손에 이끌려 반바지 차림의 기철이 모자와 선글라스를 챙겨 들고 집을 나섰다. 두 사람이 앞자리에 나란히 앉는 '베짝'이라는 영업용 자전거로 수라바야 시내 한복판을 거쳐 북한물산전이 열리고 있는 행사장을 향했다. 성민이가 신이 나서 '저 길로 곧장 가면 동물원이 나오고 그곳엔 하얀 호랑이가 있다.'고 이야기를 하기도 하고 '이쪽으로 가면 자기가 다니는 학교가 나온다.'며 수다를 떨어 대기도 했다.

　북한물산전이 열리는 행사장은 대여섯 칸의 교실이 엉성하게 목조로 지어진 교문도 없는 학교 건물이었고, 북한에서 생산된 것으로 보이는 여러 가지 물건들이 교실마다 질서정연하게 진열되어 구경 나온 현지인들을 맞이했다.

　뒤를 힐끗거리며 앞장선 성민이의 뒤를 따라 들어서는 전시장의 분위기는 나름대로 신경을 쓴 듯해 보였지만, 에어컨도 없는 실내에는 몇 대의 선풍기가 힘겹게 돌아가고 있었다. 서울에서 태어나 40여 년을 살아온 기철의 눈에 그들의 상품들이나 분위기가 눈에 찰 수가 없는 것은 당연했다.

　하지만 깎아 놓은 듯한 여직원들의 미모만큼은 기철의 시선을 빼앗고도 남았다. 남쪽의 남자와 북쪽의 여자가 인물이 좋다는 '남남북녀'라는 말이 실감이 갔다. 조금은 유행이 지난 듯 보였지만 그들은 은행잎처럼 노랗고 단풍잎보다 더 붉은 한복을 곱게 차려입고 있었다.

　현지인들의 틈에서 성민이의 손을 잡고 매장들을 둘러보는 기철의 모습이 보이자 여직원들은 살포시 고개를 숙이며 인사를 했고, 기철도 미소로 인사를 하며 이곳저곳을 둘러보았다.

　여직원들은 한결같이 밝고 건강해 보였다. 인사를 하면서 지나치면 습관처럼 슬그머니 뒤돌아보며 여직원들의 뒷모습을 다시 살피곤 했다.

　행사장을 거의 다 돌아볼 때까지도 살 만한 물건을 찾을 수가 없었다. 성민에게 원하는 게 있으면 사 주겠다고 했지만, 이곳저곳을 두리번거리면서도 마땅히 사고 싶은 것이 없는 눈치였다. 기철이 마지막 교실에 들어섰다. 저녁 시간에 형님과 함께 과거 고국의 군사정권과 독재체제를 안주 삼아 마실 술을 한 병 사기로 마음을 정했다.

술을 파는 매장을 찾는 것은 그리 어렵지 않았다. 가지런히 진열된 민속주 등을 천천히 훑어보던 기철이 들쭉술에 관심을 보이는 듯하자, 유난히도 눈망울이 크고 맑은 여직원이 다가섰다. '위스키 같은 술과는 비교될 수 없는 공화국에서 만든 특별한 술'이라며 커다란 눈에 미소까지 담고 하는 설명은 기철의 침샘을 자극했다. 함께 밤새워 술잔을 기울여 가며 이야기라도 나누어 보고 싶은 모습의 여인이었다.

술에 대한 설명을 이어 가는 여직원의 턱밑에서 고개를 치켜든 성민이의 시선이 꽂혀 있는 곳은 그녀의 가슴이었다. 아니, 그녀의 가슴에 매달린 김일성 사진이 담긴 배지였다. 배지를 뚫어져라 바라보는 성민이의 시선을 의식한 그녀가 내려다보며 가볍게 웃으며 가슴의 배지를 떼어내면서 말했다.

"이거 수령님 빠찌인데 내가 선물할까?"

마치 유치원 선생님 같은 따뜻하고 부드러운 말투로 성민이의 가슴에 자신의 가슴에서 떼어 낸 배지를 달아 주려 하자, 성민이가 갑자기 몸을 한쪽으로 비틀며 고함을 질렀다.

"싫어요! 김일성이는 나쁜 사람이에요."

마치 비명을 지르는 듯한 성민이의 목소리에 주변 사람들의 시선이 일제히 집중됐다. 어디서 나타났는지 북한 사람으로 보이는 중늙은이 사내 둘이 옆에 와 떡 버티고 서서 잔뜩 인상을 찌푸리고 있었다.

순간적으로 놀란 기철이 성민이를 끌어안고 나무라며 미안한 얼굴로 여직원을 바라보았고, 여직원도 상기된 얼굴로 잠시 동안 할 말을 잃고 그대로 멈춰 서 있었다. 잠시 어색한 침묵이 흘렀다. 성민이는 기철의 뒤에 숨어서 고개만 내밀고 있었다.

"정말 미안합니다."

기철이 시선을 아래로 내리며 말했다.

"일 없습네다. 학생이 교육을 잘못 받아서리 그런 것이니끼니 너무 나무라지 마시라요."

이내 평온을 되찾은 그녀는 가볍게 미소까지 띠며 떼어 냈던 배지를 다시 자신의 가슴에 달았다. 배지가 올바르게 달렸는지 다시 한 번 확인한 그녀는 두 팔을 하늘로 치켜들고 '수령님은 민족의 태양이시며 불세출의 영웅이시고……' 하며 무던히도 읊어 온 듯한 판에 박힌 이야기를 이어 갔다. 술값을 주고받으면서도 그녀의 수령님 찬양은 이어졌다. 성민이의 손을 잡고 기철은 미안하다며 거듭 고개를 숙여 인사를 하고는 서둘러 자리를 벗어났다.

학교 운동장의 가장자리를 따라 담장처럼 늘어선 야자수에 매달린 코코넛 열매들이 옆구리에 들쭉술 한 병을 끼고 뒤를 힐끗거리며 행사장을 떠나는 기철과 성민이의 모습을 묵묵히 지켜보고만 있었다.

"삼촌, 내가 잘못한 건가요?"

베짝에 나란히 앉아 돌아오는 길에 말이 없는 기철의 눈치를 살피며 성민이 물었다.

"응. 아니……."

고개를 갸우뚱거리는 성민이의 손을 기철이 가만히 잡아 주었다.

"성민아, 집에 가서 이야기하자."

저녁 식사를 하면서 북한물산전의 행사장에서 있었던 일에 대한 이야기가 있었지만, 성민이는 침묵하는 아빠의 눈치만을 살폈다. 늦은 밤 술자리가 끝나 가는 시간에 얼큰히 취한 형님이 기철에게 건넨 이야기는 뜻밖이었다.

"다 똑같은 놈들이야. 이쪽이든 저쪽이든."

그는 물끄러미 빈 술잔을 내려다보고 있었다.

"형님, 아무리 그래도……."

"너, 작년에 이곳에서 일어났던 폭동에 대해서 알고 있니?"

형님의 눈빛에서 스쳐 가는 불길이 보였다.

"예. 어젯밤에 형수 님이 잠깐 이야기하신 그 사건 말이지요?"

"응, 그래. 아마 한국에서는 그 사건에 대해 잘 모르고 있을 거야."

"예. 저도 어제 처음 듣는 이야기였습니다."

입에 문 담배에 불을 붙이며 형님이 사건에 대한 이야기를 시작했다.

"그때 말이야. 마침 미국의 LA에서 한인들을 상대로 한 흑인들의 폭동이 일어났던 때였다. 한국에서는 온통 LA에 시선이 몰려 있어서 이곳의 이야기는 매스컴에서 크게 기사화되지도 않았겠지."

"아니, 양식장의 새우가 떼죽음을 당했다지만 왜 하필 애꿎은 한국 사람들을 상대로 그렇게 폭도들이 난리를 쳤을까요?"

담배 연기를 길게 뿜어 대는 형님의 모습에서 눈을 떼지 않으며 기철이 미간을 찌푸렸다.

"그러게 말이야. 참 어처구니가 없는 일이었어. 흥분한 폭도들이 한국 교민들의 집에 방화를 하고 충혈된 눈으로 농기구 같은 연장들을 들고 설쳐 대던 그때의 상황이 떠오르면 요즈음까지도 잠을 자다가도 벌떡 일어나곤 한다."

"그래도 뭔가 이유가 있었겠지요?"

지난밤에 형수에게 이야기를 들으면서 너무 잠이 쏟아진 나머지, 미처 하지 못했던 질문이었다.

"그게 말이야. 이곳에 진출한 한국기업체에서 방출한 폐수가 새우 양식장으로 흘러들어 가서 새우가 집단폐사를 했다는 거야. 말도 안 되는 이야기였어. 이 나라 정치하는 놈들의 공작이지."

"이곳 정치인들의 공작이라고요?"

기철이 알 수 없다는 표정을 지어 보였다.

"응. 농업과 어업의 정책이 실패를 하고 어려운 경제난으로 흉흉해진 민심을 수습하기 위해 악성루머를 퍼트려 폭동을 일으키고, 그 난리 통에 정치적 현안에서 국민의 눈을 돌리는 그런 거 말이야. 이를테면 공작정치이고 관제폭동이었던 거야. 결국 한국 교민들이 희생양이 된 사건이었어."

"그래요? 그럼 산업폐수라는 것은 원래 없던 이야기인가요?"

"그럼. 전혀 상관없는 이야기였지."

기철이 서너 차례 고개를 끄덕였다.

"하긴 우리 한국인만 당하는 일은 아니지. 화상들은 선거철이 되면 아예 가게 문을 닫아 놓고 선거가 끝날 때까지 대만이나 홍콩에 가서 지내다가 오는 경우가 많아. 경제정책의 실패를 화교들에게 덮어씌우곤 했었던 거야. 화상들 때문에 경제 사정이 나쁘다는 유언비어를 만들어 퍼뜨려서…….”

“…….”

“하긴 박정희도 쿠데타 후에 장롱 속에 숨겨져 있을 것이라는 화교들의 돈을 노리고 화폐개혁을 비밀리에 추진했다가 미국 정부로부터 혼이 난 적이 있지.”

땡전뉴스. ‘9시 뉴스를 말씀드리겠습니다. 전두환 대통령 각하께서는…….’ 뉴스가 시작되면 당연히 제일 먼저 얼굴을 드러내던 전두환 전 대통령의 모습 위로 매시간 뉴스마다 제일 먼저 등장하는 수하르토 대통령의 모습이 포개어졌다. 과거 군사독재 시절엔 그랬었다. 선거철만 되면 꼭 간첩단이 검거되고 북에서 무장공비가 내려와 미장원 여주인을 살해하고 도주를 했던 일도 있었지. 쓴웃음이 입가로 삐져나왔다.

“그런데 말이야. 그보다도 더 울화통이 터지게 하는 것은 이곳에 나와 있는 우리 대사관놈들의 모습이었어.”

“왜요?”

고개를 살짝 옆으로 기울이며 기철이 의아하다는 표정을 지었다.

“뭐가 왜야? 자기들 뒈질까 봐 얼굴도 안 내밀고 있다가 나중에 원망이라도 듣게 될지 모르니까 교민들이 피난해 있는 호텔에 불알 뺄건 젊은 직원 한 놈이 슬그머니 얼굴만 한 번 내밀더니 언제 간지도 모르게 자카르타로 도망치듯 가 버리더라니까! 하하하. 차라리 대사관이 없었으면 믿지나 않았을 텐데 말이야. 허……."

뿜어 대는 담배 연기 속에 한국 대사관에 대한 실망과 증오가 함께 피어올랐다.

"한국도 정치가 썩었어. 지난 수십 년간 국민들이 허리가 휘어지도록 피땀을 흘려 가며 노력했고, 우리의 경제가 이만큼 발전을 해서 이곳의 인도네시아 사람들도 한국에 대해 관심이 높아진 건 사실이야. 그런데 이곳 뉴스에서는 한국의 전직 대통령 구속에 대한 이야기나 나오고, 이곳의 대사관 직원 놈들은 고급 승용차나 타고 교민들 위에 군림하면서 거드름이나 피우지, 제대로 하는 일이 없어. 사업하는 교민들한테 술이나 얻어먹으며 밤 문화나 즐기러 쫓아다니는 놈들이니 교민 보호 같은 것은 기대도 할 수가 없는 거야. 이곳 사람들한테 한국 비자나 팔아 처먹는 데 혈안이 되어 있는 놈들이지."

기철이 머리를 연신 끄덕이며 형님의 이야기에 공감을 표했다. 몇 나라를 다녀 보았지만 대부분의 교민은 주재국 대사관의 교민에 대한 봉사정신은 찾아볼 수가 없다고 불만을 털어놓곤 했었다.

"너도 외국에 나다니다가 어렵고 급한 상황이 발생해도 대사관의 도움은 생각도 하지 마라. 도움을 받기는 고사하고 실망만 하게 될 게 뻔하다. 들은 바로는 그래도 북한 대사관은 조금은 다르다고 하더라만. 휴우-."

경찰공무원으로 용산경찰서에 근무하다가 어느 해 광복절기념식장에 동원되었는데, 하필 그날 발생한 육영수 여사 저격사건으로 인해 면직을 당하고 가전제품대리점을 몇 년간 운영하다가 느닷없이 가게를 정리하고 인도네시아로 건너와 3년째 무역업을 하고 있는 형님은 그동안 너무나도 변해 있었다.

"형님, 그래도 우리는 산업화를 통해 경제 성장을 이루어 내지 않았습니까? 북쪽과는 비교도 할 수 없지요."

"맞아, 이제 우리의 경제력이 북쪽과 비교도 될 수 없을 정도로 성장했지. 그런데 너 혹시 경제 성장을 박정희의 공로라고 생각하고 있는 건 아니겠지?"

"아무래도 1960~1970년대에 산업화가 이루어졌으니 당시 지도자의 공로라고 봐야 하지 않을까요?"

기철이 대답하며 형님의 눈치를 살폈다. 형님은 피식 웃고 있었다. 이어지는 형님의 이야기가 궁금했다.

"우리의 경제가 북한과 대등해진 것은 1976년경부터야. 그 이전까지는 북한이 더 우세했어. 1953년도에 전쟁이 끝나고 양쪽 모두가 폐허 속에서 살아남기 위한 몸부림을 쳐야 했지. 남쪽도 남쪽이지만 북쪽의 산업시설도 남은 것이 하나도 없었다. 일본 사람들이 건설한 동양 최대의 수력발전소인 압록강의 수풍발전소도 파괴되었고, 흥남의 비료공장 등도 미군의 폭격으로 완전히 파괴되었지."

기철이 머리를 끄덕이는 모습을 바라보며 형님이 이야기를 이어 갔다.

"남이나 북이나 어려움은 마찬가지였다는 이야기야. 박정희가 집권을 하고 15년이 지나서야 남북이 대등한 경제력을 갖게 되었는데,

중요한 것은 전후 복구를 위해 다소 중국의 도움을 얻기는 했지만, 북한은 국방과 경제 모두 자력으로 갱생을 한 것이고 남한은 국방은 미국에 의존하고, 국교정상화랍시고 굴욕적으로 일본의 전후 보상금을 얻어 냈다. 북한은 일본으로부터 그런 보상금 한 푼도 받지 못했지. 또 남한은 월남전에 파병하여 젊은이들의 목숨과 바꾼 돈으로 산업화를 이루어 냈다는 거야."

기철은 더 이상 말을 잇지 못했고, 혼란스러운 머릿속을 정리해 볼 요량으로 들쭉술의 잔을 연거푸 비워 댔다.

"벌써 20여 년의 세월이 흘렀구나. 광복절 행사장에서 육영수 여사가 피격되던 날. 그날 나는 행사를 지원하기 위해 그 현장에 동원되었었지. 박정희, 그는 태평양전쟁과 한국전쟁이 끝나고 혼란기를 틈타 쿠데타로 정부를 전복시키고 스스로 조선의 총독이 되었다. 그는 총독임무를 수행하기 위해 김종필을 일본에 보내 전후 보상금이라는 명목으로 통치자금을 얻어 냈지. 그가 목숨을 바쳐 충성하겠다고 혈서로써 맹세를 했던 일본의 천황으로부터 말이야. 그러니 일본과의 관계에서 해결된 것이 하나도 없을 수밖에. 강제징용이나 정신대로 끌려간 위안부 문제가 해결 안 되는 걸 봐라. 억울한 그 사람들은 누가 위로하고 보상하겠니? 우리의 경제 발전은 순전히 국민이 흘린 피와 땀의 결실이지, 당시 지도자의 능력이라고 판단되어서는 안 된다."

듣고 보니 수긍이 가는 내용이었다.

"우리 부모님 세대는 주린 배를 졸라매면서까지 자녀 교육에 얼마나 헌신적이었니? 그 교육열은 단연 세계 최고였다. 심지어 큰오빠 하나 공부시키려고 누나나 여동생들이 공장에서 밤을 새워 가면서 일을 했었다. 그 교육이 밑바탕이 되어 오늘의 대한민국이 되었다고 본다. 두고 봐라. 그때 교육받은 그 사람들이 앞으로 민주화를 이룰 것이고 경제도 발전시켜 나갈 것이라고 난 믿는다."

어느 나라든 정치인이 정신을 올바로 차려야 백성이 행복할 수 있다는 이야기를 끝으로 형님의 이야기는 끝이 났다. 이후로 인도네시아 생각을 하면 맨 먼저 떠오르는 것은 긴 한숨을 토해 내는 형님의 모습이었다.

막연하게나마 북한 사람들과도 대화가 가능할 것으로 생각했었다. 인도네시아에서 만났던 북한 여인에게 미안하다는 생각을 하고 있었고, 혹시라도 북한 사람들을 만나게 된다면 그날과 같은 실수를 하지 말아야겠다고 마음을 먹었었다.

그런데 오늘 프놈펜의 소나무 식당에서 마주하는 냉랭한 분위기는 기철의 가슴 한쪽에 슬그머니 냉기를 불어넣고 있었다. 풀이 죽은 모습의 기철이 식탁 위의 물수건으로 손을 닦았다. 사진 찍는 것을 제지당하고 나니 식당 내부를 두리번거리는 것조차 어색했다.

잠시 후, 여종업원이 날라 온 반찬들이 줄지어 식탁의 공간을 채워 나가기 시작했다. 갓김치와 배추김치도 있었고 갖가지 나물에 이어 감자조림, 찹쌀로 만들어진 부침 같은 것 등으로 상 위가 푸짐하게 채워졌다. 상차림을 하는 여직원이 주먹보다 더 큰 만두를 식탁에 내려놓으며, 지배인 동지가 특별히 드리는 것이라고 한마디 덧붙였다.

기철은 계산대 쪽에 앉아 있는 지배인에게 가볍게 고개를 숙이며 눈웃음으로 인사를 했다. 고맙다고, 잘 먹겠다고 한마디 건네고 싶었지만 그냥 꿀떡 삼키고 말았다.

이게 대체 얼마 만에 만나는 한국 음식인가. 젓가락을 들어 김치부터 하나씩 맛을 보았다. 음식은 대체로 싱거웠다. 밥과 국을 기다렸다. 곧 상차림이 끝나자 갈비국을 한 숟가락 떠서 간을 보고는 갈비국에 밥을 말았다. 한쪽에서 여종업원이 그 모습을 가만히 지켜보고 있었다.

손님이 없다가도 그 사람이 어떤 식당이나 커피숍 같은 곳엘 가면 갑자기 손님이 들이닥치는 그런 사람이 있다. 그날의 기철도 그랬다.

국에 만 밥을 막 먹기 시작을 하려는데, 두세 명씩 또는 너덧 명씩 손님들이 무더기로 들이닥쳤다. 갑자기 식당 안이 소란스러워졌다. 평안도와 함경도 사투리의 그들은 얼핏 20대 후반과 30대의 중후반 사람들로 보였다. 무슨 유니폼인 듯 단체복을 입은 그들 틈에 양복을 입은 사람들이 간간이 섞여 있었다. 그들과 눈을 마주치지 않으려고 고개를 숙인 채 식사를 하는데, 왠지 모를 불안감과 살벌한 분위기가 감지되었다.

밥을 한 숟가락 입에 떠 넣고 젓가락으로 갓김치 하나를 집어 입에 넣으며 슬그머니 고개를 들어 그들이 자리한 쪽을 힐끗 쳐다보았다. 섬뜩했다. 들어설 때는 시끌벅적하던 사람들이 식탁에 자리를 잡고 앉으면서부터는 일체 대화가 없었고 일제히 기철을 뚫어져라 바라보고 있었다. 대여섯 개의 식탁에 나누어 앉은 그들의 눈빛은 하나같이 시비를 걸고자 하는 눈빛이었다. 마치 사냥감을 발견하고 발톱을 세운 채 노려보는 맹수들 같았다.

베트남을 몇 차례 다니면서 캄보디아 국왕의 경호를 북한의 현역 군인들이 하고 있다는 이야기 들은 적이 있었다. 그들 중 대부분이 캄보디아 국왕의 경호원들인 것 같아 보였다. 그들은 낯선 기철이 남쪽 사람이라는 것을 한눈에 알아본 것이 틀림없었다.

긴장이 되었지만, 애써 불안감을 떨쳐 내며 서둘러 먹고 일어서는 것이 상책이라는 생각이 들었다. 얼핏 고개를 들다가 한 녀석과 시선이 마주치자, 기철은 급히 식탁 위로 눈길을 돌리며 반찬을 집어 들었다.

"남조선 어디메서 왔시요?"

강한 평안도 사투리의 억양이었다.

"서, 서울에서 왔습니다."

기철의 음성이 가볍게 흔들렸다. 대답을 하느라 어쩔 수 없이 녀석과 눈이 다시 마주쳐야 했다. 그들과 더 이상 대화하고 싶지 않았지만, 자기들끼리 이야기를 주고받던 30세 전후로 보이는 사내가 자리에서 벌떡 일어나더니 기철의 식탁 앞으로 뚜벅뚜벅 걸어왔다.

어깨가 떡 벌어지고 광대뼈가 불거져 나온 사내의 걸음걸이는 마치 조직폭력배들의 걸음걸이 같았지만, 빈틈이 없는 무인의 모습이었다. 기철이 앉은 식탁의 맞은편 의자 등받이에 두 손을 턱 올려놓으며 버티고 선 사내의 오른쪽 눈썹 위에 꿰맨 지 그리 오래되지 않은 듯 붉은 흉터가 선명했다.

'녀석이 어떤 식으로 시비를 걸어올까?'

언제까지 사내를 무시한 채 밥을 먹는 척을 할 수만은 없는 노릇이었다. 사내의 셔츠 아래로 허리춤의 권총 지갑이 훤히 드러나 보였다. 무슨 일이 벌어지고야 말 것이라는 생각에 몸서리가 쳐졌다.

"선생은 뭐 하는 사람입네까?"

눈이 마주치기를 기다렸다는 듯이 앞의 사내가 기철을 쏘아보며 물었다. 마치 죄인을 취조하는 듯한 말투였다.

"무역업을 하는 사람입니다."

기철이 숟가락질을 멈추고 그를 올려다보며 대답했다. 그리곤 다시 고개를 숙였다. 사내의 눈을 피하고 싶었다. 기철이 기 싸움에서 이미 밀려 버린 것이다.

"캄보디아에 언제 들어왔습네까?"

'그걸 당신이 왜 물어?'라고 말하고 싶었지만 기철의 입에서 나온 대답은

"예. 일주일이 되어 갑니다."

였다.

"기래요?"

사내가 미간을 잔뜩 찌푸려 주름을 잡으며 고개를 갸우뚱거렸다.

각이 진 얼굴과 가느다란 눈에서 뿜어져 나오는 눈빛이 날카롭고 차가웠다. 사내가 뒤돌아보며 눈짓으로 다른 사내를 불렀다. 거의 삭발에 가까울 정도로 짧게 이발을 하고 손에 붕대를 감은 한 사내가 다가오자 그와 몇 마디 귓속말을 주고받았고, 불려 왔던 사내는 계산

대의 전화기로 달려갔다.

그는 계속 버티고 서 있었다. 기철은 '이 자식이 도대체 어떻게 하자는 거야?'라는 생각에 은근히 짜증이 났다. 그렇다고 그와 맞설 수도 없는 분위기에서 그 자리를 피하고 싶었지만, 밥을 먹다 말고 일어선다는 것은 그들에게 등을 보이는 꼴이 될 것이고 자존심이 상하는 일이다. 먹는 것을 포기하고 일어서서 식당을 나가려고 한다고 해도 놈들이 순순히 돌아가도록 그냥 두고 보겠는가.

불안했다. 식탁 위의 유리잔에 담긴 물도 가볍게 흔들리고 있었다. 계속 시비를 걸어올 것이 뻔한 그들 앞에서 어떻게 하여야 하나. 진퇴양난의 상황 아닌가.

긴장을 하고 조심을 하면 일이 더 꼬이는 것일까. 깊은 물 속에 가라앉아 있는 듯한 침묵이 흘렀다. 그리고 갑자기 생겨난 급한 물살에 휩쓸려 떠내려가 버릴 것만 같은 위태로움이 느껴졌다. 어떻게든 짧은 그 순간의 위험을 깨고 싶었다. 기철의 다급함이 드러난 것이다.

"캄보디아에는 북한 분들이 많이 계신가 봅니다?"

애써 여유를 찾아보려고 던진 기철의 질문은 도리어 화근이 되고 말았다.

앞에 선 사내의 얼굴이 심하게 일그러지는가 싶더니 삿대질을 해대며 고함을 지르기 시작했다.

"이봐, 선생 지금 메라 기랬어. 엉?"

맹수의 울부짖음 같은 사내의 고함소리가 솟구쳐 올라 천정에 부딪힌 후에 기철의 머리 위로 쏟아져 내렸다.

사내가 그렇게 화가 난 이유를 기철은 미처 알 수가 없었다. 식당 안의 사람들이 벌떡 일어서기도 하고 삿대질을 해대며 저마다 소리를 질렀고, 분위기는 급격히 험악해져 가고 있었다.

"메야? 지금 메라 기랬어?"

"북한? 북한이 머이야요. 북한이!"

"선생! 지금 북한이라 기랬어?"

"이쌍, 여기가 어딘 줄 알고 개수작을 부리는 거이가?"

마치 벌집을 쑤셔 놓은 것처럼 사방에서 고함소리가 터져 나왔다. 계산대에서 통화를 하던 사내도 메모를 하다 말고 기철을 뚫어지게 바라보았다.

윽– 하고 숨이 멈추는 순간이었다. 갑자기 기철이 마치 자라처럼 왼쪽 어깨를 올리며 머리를 숙였다. 왼쪽으로 한 테이블 건너에 앉은 사내가 커다란 유리 재떨이를 집어 드는 것을 얼핏 보았다. 그 사내에게서 눈을 떼지 않고 있다가 재떨이를 던지는 순간에 피해야겠지만 시선을 어느 누구에게도 둘 수가 없었고, 고개를 반쯤 숙인 채 운명에 맡길 수밖에 없었다. 들고 있던 젓가락을 슬그머니 식탁에 내려놓는 자신의 손이 심하게 떨리고 있음을 느꼈다. 땀을 쥔 손을 슬며시 바지에 닦아냈다.

평안도 박치기에 콧등이라도 제대로 얻어맞은 것 같은 기분에 화가 치밀기도 했지만 어쩔 수 없는 상황이었다. 앞의 사내가 주먹을 다른 한 손으로 감싸 쥐며 우두둑하는 소리를 냈다.

링 위에서 벌어지는 권투 시합이라면 코너에 몰렸다 하더라도 두 주먹으로 상대의 좌우 훅을 막아 내며 기회를 보아 라이트어퍼와 레프트훅으로 반격을 가하고 빠져나오면서 반전의 기회를 노려야 했지만, 지금의 상황은 권투 시합이 아니지 않은가. 일대일의 싸움도 아니고 상대는 무려 20여 명이다. 무기로 사용할 만한 물건을 찾아야한다.

앞의 녀석을 그 무기로 느닷없이 한 방에 날려 버리고 튄다? 출입문 쪽을 슬쩍 바라보았다. 가깝지 않은 거리였다. 게다가 출입문 바로 옆의 테이블엔 또 다른 한 무리가 앉아 기철의 식탁 쪽을 지켜보고 있었다. 손에 붕대를 감은 사내는 계산대에서 어딘가에 통화를 하면서도 계속 기철을 힐끗거렸다. 마치 상황을 중계방송하는 모습처럼.

극도의 긴장감으로 입안이 타들어 가며 입천장이 뜨거웠다. 놀란 심장에서 뿜어 올린 피가 얼굴을 벌겋게 달구었다. 물을 마시고 싶었지만 식탁 위의 물컵을 바라만 보았다. 심하게 떨리는 손으로 물을 마시는 것은 그들에게 보여 주는 마지막 모습이다.

경험이 있지 않은가. 상대가 여럿일 때 말로 기를 세우며 어느 한 녀석을 노린다. 상대가 방심할 때 순간적으로, 결정적인 한 방으로 노렸던 그 녀석을 보기 좋게 때려눕히고 공격 자세를 취하며 욕설과 함께 독을 뿜어낸다. 상대들이 움찔할 때 두 번째 상대를 찾거나 튈 기회를 포착한다.

아, 그러나 오늘은 잘 풀리지 않을 것 같다. 녀석들이 권총이라도 뽑아드는 날에는 예측 불허의 상황이 벌어질 것이다.

팽팽하게 감도는 긴장감에 팔다리의 힘이 모두 빠져나가고 일어설

기운도 없다. 우리 해님이. 딸아이의 모습만 눈앞에 어른거린다.

이때, 출입문이 열리는가 싶더니 양복을 입은 50대 중반 정도로 보이는 남자가 일행 한 명과 함께 들어섰다. 식당 안의 모두가 일어서며 허리를 굽혀 공손히 인사를 했다. 몇몇은 거수경례를 하기도 했다. 기철의 앞에 선 사내도 그에게 경례를 하고 기철에게 다시 돌아섰다. 그가 누구인지 알 수는 없었지만 기철도 혼자만 앉아 있을 수 있는 분위기가 아니었다. 얼떨결에 같이 일어나 눈이 마주치는 그에게 고개를 숙여 인사를 했다. 혹시라도 그의 출현으로 최악의 순간이 비켜가 줄지도 모른다는 실낱같은 희망을 가져 보면서.

그는 고개를 약간 숙여 낯선 기철의 인사도 받으면서 지배인이 안내하는 자리로 천천히 발걸음을 옮겼다. 약간은 마르고 왜소한 체구였지만 부리부리한 눈매나 걸음걸이, 그리고 사람들을 대하는 여유로움에서 그가 대사관의 고위직이거나 캄보디아를 방문 중인 북한의 고위공무원일 것이라고 짐작할 수 있었다.

그가 감색의 양복저고리를 벗자 지배인 여자가 받아들었다. 식탁 앞에 앉으며 분위기가 예사롭지 않다는 것을 느낀 듯 천천히 식당 안을 둘러보던 그의 눈길이 음식을 먹다 말고 일어서 있는 기철에게 멈추었다.

상황을 분석하기 위해 그가 주변을 둘러보는 동안 젊은 사내 하나가 그간의 상황을 옆에서 소곤거리며 설명을 하였고, 그는 기가 꺾여 있는 기철의 모습을 천천히 살폈다. 훑어보는 그의 시선이 따가워서 기철은 고개를 다소곳이 숙인 채 숨을 죽였다.

그가 지배인의 손에 들려 있는 자신의 양복저고리에서 수첩을 꺼내어 펼쳐 들었다. 수첩을 뒤쪽으로 두어 장 넘겨 가던 그의 시선이 어느 한 곳에 고정되었다. 그리곤 날카로운 시선으로 기철을 쏘아보았다. 옆에 서서 상황을 설명하던 사내의 시선도 기철에게 꽂혔다.

수첩의 내용과 기철의 모습을 번갈아 바라보던 그가 자리에서 천천히 일어나 기철에게 다가오자 지배인 여인이 빠른 걸음으로 따라와 기철의 식탁 맞은편의 의자를 빼내어 주었고, 그는 주저하지 않고 자리에 앉았다. 지배인 여자와 처음에 기철에게 시비를 걸었던 험상궂은 사내가 그를 수행이라도 하듯 두 손을 앞으로 가지런히 모으고 그의 뒤쪽에 버티고 섰다.

계산대에서 통화를 하던 사내가 수화기를 내려놓고 다가와 그에게 쪽지를 건넸다. 그는 쪽지를 들어 적힌 내용을 스치듯 보고 난 후 셔츠의 가슴에 달린 주머니에 집어넣었다.

식당 안의 북한 사람들이 왜 그렇게도 흥분을 했었는지 이유도 정확히는 알 수 없었지만, 기철은 두 손을 모으고 고개를 반쯤 숙인 모습으로 서 있었다. 식탁 위에 펼쳐 놓은 수첩을 다시 한 번 힐끗 내려다본 후 그가 입을 열었다.

"앉으시라요."

그가 짧게 지시했다.

"예."

기철의 목소리는 입안에서 맴돌았고 다소곳이 앉은 채 양손을 무릎 위에 얹었다. 감히 눈을 맞출 수가 없어서 그의 넥타이 매듭에 시선을 고정시켰다.

그가 '평양' 담배를 꺼내 입에 물고 불을 붙였다. 지배인이 손짓을 하자 여종업원이 재떨이를 그의 앞에 가져다 놓았다. 깊숙이 빨아들인 연기를 허공에 뿌려 대며 뱉어낸 그의 한마디는 충격이었다.

"리 선생. 외화벌이하는 무역 일꾼입네까?"

외모와는 달리 그의 목소리는 묵직했다.

"예? 예. 그렇습니다."

기철은 소스라치게 놀랐다. 그는 분명 기철을 '리 선생'이라고 불렀다. 어떻게 이름을 알았을까? 성만 알았을까? 이름까지? 아니면 그 이상까지? 머릿속이 바쁘게 돌아가고 있었다. 호텔? 아니다. 그래, 공항이구나. 공항의 입국신고를 통해 한국인이 입국한 사실과 인적사항을 알아낸 것이 틀림없다는 생각이 들었다. 아니, 알아낸 것이 아니라 공항입국심사대 직원이 북한 대사관 쪽에 스스로 알렸을 것이라는 데 생각이 미치자, 기철은 입국신고서에 기재했던 내용을 떠올렸다.

영문 이름과 국적, 여권번호, 직업 그리고 캄보디아 내의 거처 등을 기재했었다. 그렇다면 묵고 있는 호텔도 알고 있을 것이다. 조그마한 시골의 간이역사 같은 포천통 공항 입국심사대의 모습이 떠올랐고, 이어 돋보기안경을 쓰고 있었던 비쩍 마르고 유난히도 얼굴이 검었던 나이 먹은 직원의 모습이 그려졌다. 입국심사를 받는 승객도 몇 명이 안 되었고 심사를 하는 직원도 혼자였다.

슬쩍 건너다보고 싶은 그의 수첩엔 기철의 인적사항들이 빼곡히

적혀 있을 것이라는 생각이 들자, 자신의 처지가 그들의 손바닥 위에 올려진 것 같은 기분이 들었다. 기철은 저항할 수 없는 벽에 부딪힌 채 머리를 조아리고 그의 처분만을 기다리는 꼴이 되고 만 것이다.

다른 사람들도 음식을 주문할 생각도 않고 기철의 식탁 쪽으로 시선을 모으고 있었다. 기철이 조심스럽게 고개를 들어 그의 표정을 살폈다. 기철을 동정하는 듯한 표정을 지으며 가벼운 웃음까지 흘리고 있었다. 바로 옆의 테이블로 옮겨 앉은 한 무리의 사내들은 아예 의자까지 돌려놓고 앉은 채 기철의 옆모습을 바라보고 있었지만, 기철은 행여나 또 다른 시빗거리가 생길까 봐 그들 쪽으로는 눈길도 돌리지 않았다.

"거저 조선 사람은 조선 음식을 먹어야 힘을 쓸 수가 있지요. 안 기렇습네까? 하하하─."

그가 기철의 식탁 위를 내려다보며 한바탕 웃어 젖혔다.

"예."

기철이 어색하게 웃으며 대답을 했다.

"그런데 우리 리 선생이 오늘 저녁에 실수를 많이 했더구만 기래요."

"……."

내가 무슨 실수를 한 것일까 하고 생각을 해 나가던 기철은 그들이 흥분했던 이유를 대충 짐작을 할 수는 있었지만 말수를 줄여야 했기에 그저 고개만 숙였다.

"남조선은 력사가 없지 않아요. 력사가……."

"예……?"

긍정도 부정도 아닌 그렇다고 반문도 아닌 어정쩡한 기철의 대답이 이어졌고, 역시 자신의 '북한'이라는 호칭이 실수였다는 것을 명확히 알 수 있었다. 그들에게 그들의 국가에 대한 정체성을 부정하는 말을 한 것이었구나 하는 생각이 들었다. 이유라도 알고 나니 조금은 여유가 생기고, 내심 그들이 소리를 질러 대며 격분했던 모습을 생각해 보며 '어쩔 수 없는 놈들'이라는 생각이 들기도 했다.

"보자 하니끼니 우리 리 선생도 인텔리 같은데, 젊은 사람들이 기래 가지구서야 어케 조국이 통일이 되갔시오. 안 기래요?"

"죄송합니다."

연신 고개를 깊이 숙이는 것으로 이 위기를 모면할 수 있기를 바랄 뿐이었다. 그리고 다행스럽게도 조금씩 분위기가 달라지고 있음을 느낄 수 있었다.

아무리 대한민국 대사관도 없는 곳이지만 그들이 자신을 납치하거나 감금을 하는 일은 없을 것이라는 판단이 서기도 했다.

'그래, 나는 납치를 한다거나 할 만한 가치도 없을 텐데. 뭘. 나는 신상옥 씨나 최은희 씨의 경우와는 다르지.'

"아, 그리고 나, 공화국 대사관의 박정택 참사관이요. 소개가 늦었구만 기래."

"예."

기철이 벌떡 일어서서 두 손으로 공손히 그의 손을 잡았다. 생각 외로 그의 손은 작고 부드러웠다. 악수를 하고 자리에 앉으며 다시 머리를 조아렸다.

"명함 가지고 있시오?"

그가 기철에게 자신의 명함을 건네며 물었다.

"아, 예……. 제가…… 명함을 가지고 오지 않았네요."

큰 실수를 할 뻔했다. 그에게서 받은 명함을 셔츠의 가슴에 달린 주머니에 넣으며 스친 생각이었다. 만일 그에게 명함을 건넸다가 후일 수사기관에서 자신의 그 명함을 마주하게 된다면 뭐라 변명을 한단 말인가. 그런 상황이 아니라고 해도 한국의 회사 전화번호 등이 그들과의 연결고리가 되어서는 안 되는 일 아닌가.

그가 기철의 옆 의자에 놓인 손가방을 슬쩍 바라볼 때, 기철은 또 한 번 가슴을 쓸어내려야 했다. 손가방엔 명함지갑이 들어 있지 않은가.

자신의 신분을 밝히면서 마치 오늘의 이러한 상황을 미리 알고 준비라도 했던 것처럼 박 참사의 거침없는 이야기가 시작되었다. '조선이야말로 한반도의 유일한 정부이고 공화국의 남반부인 남조선은 일제의 앞잡이였던 친일세력과 미제국주의자들의 괴뢰정부로서 그러한 사실은 력사가 입증을 하고 있다.'며 입에 거품을 물며 쏟아부어 댔다.

"알아듣갔시오?"

"예."

잽싸게 기철의 대답이 따라붙었다.

그는 이야기를 하면서도 내내 기철의 표정을 살폈다. 자신의 이야기로 한 사람의 동지를 만들어 낼 수 있을지 여부가 식당 안의 사람들 앞에서 시험대에 올려 있는 것이었을까.

"우리 공화국은 남조선과 대화를 원하지, 절대로 전쟁을 원하지 않습네다. 과거 박정희 괴뢰도당은 수령님께서 대화를 하기 위해 내려보낸 황태성이라는 밀사를 죽이는 짓까지 저질렀지요."

잠시 어색한 침묵이 흘렀다.

"밀사를 죽이는 자와 어케 대화를 하갔습네까. 그래도 우리는 대화를 하기 위해서 공화국남반부를 남조선이라고 불러 주며 존중해 주는 것이지요."

"역시……."

기철이 깊이 머리를 조아렸다.

"기런데 오늘 여기에서 리 선생이 공화국을 북한이라고 한 것이 우리 동지들을 격분하게 한 것이지요, 북한이라는 나라는 이 세상 어디에도 없단 말이외다. 이제는 확실히 알갔시오?"

"예."

기철이 겨우 허리를 펴고 고개를 들어 대답했고, 박 참사의 이야기는 계속되었다.

"일제 때는 일본천황에게 충성을 하겠다고 혈서로 맹세를 했던 박정희의 괴뢰도당이 군대를 일으켜 남조선의 지도자가 되겠다고 나섰을 때, 우리 수령님께서 보낸 밀사를 왜 사형까지 시켰는지 그 이유 모르지요?"

당연히 모를 것이라는 표정을 지으며 그가 말을 이었다.

"민족해방전쟁 이전에 박정희는 친형 박상희와 우리 남조선노동당에 가입을 했었지요. 기랬던 박정희가 체포되었을 때 동지들을 배반하고 배양되던 세포조직원을 모두 불어 버린 악질 반동배신자였기에 군사반란을 일으킨 후에 수령님께서 밀사로 보낸 황태성 동지를 만나는 것이 떳떳하지 못해서리 간첩이라는 감투를 씌워서 죽이고 만 것이지요."

기철이 가만히 고개를 끄덕거려 주었다.

"황태성 동지가 누군지 알고 있었습네까?"

"아니요. 모르고 있었습니다."

대답을 한 기철은 다음 이야기가 몹시 궁금해졌다.

"황태성 동지는 박정희의 형 박상희와 둘도 없는 친구였지요. 박정희도 황태성 동지를 무척이나 따르고 존경했더라고 들었습네다. 결국 황태성 동지가 체포되어 있을 때 박정희의 형수가 감옥소에 있는 황태성 동지의 면회를 다니며 사형을 당할 때까지 옥바라지를 했다고 하지 뭡네까. 허허……."

대답 없는 기철에게 박 참사가 물었다.

"이후락이는 알고 있시오?"

"아, 예. 중앙정보부……."

"기래요. 기래도 남조선에서 그 이후락이를 밀사로 보내어 대화를 하갔다고 하길래 수령님이 받아 주셨고 7·4 공동성명까지 발표를 하고 기랬는데, 결국은 박정희가 정권 유지에만 이용을 해 먹고 말았지요."

미동도 하지 않고 듣고 있는 기철에게 올바로 알아야 한다며 '해방

이후 북쪽에서는 친일세력을 말끔히 제거하였으며 상해임시정부 출신의 인사들은 모두 북한에서 그 공로를 인정받아 행복한 생활을 하였다.'고 이야기하면서 '임시정부시절에 무관학교를 설립한 교장이나 광복군 출신의 사람들까지 사망 후에도 모두를 렬사능에 모셨는데, 권력에 눈이 멀어 버린 남반부의 정치인들은 배를 타고 귀국하는 임시정부 인사들을 며칠 동안 배에서 내리지도 못하게 하기도 하고 심지어는 여운형 선생이나 김구 선생을 살해하는 짓도 서슴지 않았으며, 무엇보다도 우려스러운 일은 잘못된 교육으로 인하여 남반부의 젊은이들이 왜곡된 역사의식을 갖고 있는 것이다.'라고 하면서 '이제라도 역사를 올바르게 알고 조국의 통일을 위해 일을 해야 한다.'는 이야기가 막힘이나 쉼도 없이 이어졌다.

"예. 제가 미처 생각지 못했습니다. 죄송합니다."

박 참사의 긴 이야기 끝에 얼굴이 벌겋게 달아오른 기철의 대답이 따라붙었다.

기철의 표정을 살피던 박 참사의 표정에서 개선장군의 기세가 얼핏 비치며 잔잔한 미소가 번져 가고 있었다. 그는 식당 안의 사람들을 둘러보면서 '식사를 하라'며 여유를 부렸다.

"리 선생. 우리 공화국에는 이런 속담이 있지요. '숙인 머리는 베지 않는다.'라는……."

기철의 심장박동이 조금씩 안정을 찾을 수 있게 하는 이야기였다.

"리 선생 혹시 리광수 동지를 아십네까? 글 쓰는 작가 동지 말이야요."

"아, 예."

"그 동지도 일제 때 친일앞잡이 노릇도 하고 우리 공화국에도 반동 반당행위를 했었지만, 훗날에 과오를 깊이 반성하고 스스로 자기비판도 하고 기랬지요."

"예."

기철은 이야기 내용의 사실 여부를 떠나 그저 머리를 조아렸다.

"기래서 우리 수령님께서 모다 용서를 하셨으며, 그 동지는 거져 죽은 후에도 렬사능에 묻혔습네다."

"아, 예."

"그런 줄도 모르고 있었지요?"

"예, 모르고 있었습니다."

"그리고 남조선에서는 우리 수령님께서 조국의 광복을 위하여 목숨을 걸고 항일빨치산 활동을 하신 사실 등은 학교에서 가르치지도 않는다지요?"

"예."

갑자기 박 참사의 목소리가 격해지는 듯했다.

"바로 그것이 큰 문젭네다. 친일파 앞잡이 박정희가 그걸 가르치게 했갔습네까? 생각해 보시라요."

"예."

기철의 재빠른 대답에 심각해 하던 박 참사의 표정이 슬그머니 풀어졌다. 예상했던 것처럼 역시 김일성에 대한 이야기를 빼놓지 않았고, 기철은 그의 이야기에 적극적으로 공감을 표시해 주었다.

"우리 공화국에서는 반성하는 사람은 절대 벌하지 않습네다."

기철에게는 이 말이 반성하는 듯한 모습만 보여 주면 이 상황에서 벗어나게 해 준다는 메시지로 들렸다.

"예, 알겠습니다."

"기럼 기럼 길티안쿠서리. 하하하하!"

그가 고개를 뒤로 젖혀 가며 호탕하게 웃었다. 기철의 태도가 마음에 들었는지, 자신의 설득으로 기철이 공감을 하도록 만들어 가는 것을 은근히 과시하면서 만족스런 표정으로 식당 안의 사람들을 둘러보기도 했다. 기철은 연신 고개를 숙였고, 옆자리에서 지켜보던 사내가 한마디 끼어들었다.

"잘되는 놈은 엎어져도 떡함지에 엎어지고 재수가 없는 놈은 뒤로 넘어져도 코가 깨진다는데 리 선생은 오늘 정말로 운이 좋았시다래. 박 참사 동지를 만났으니끼니. 하하!"

식당에 들어올 때 박 참사와 동행을 했던 사내의 이야기였다. 주변의 몇몇 사내들도 한마디씩 거들었다.

"정말이지 운이 좋았시다래."

"길티요. 길티요."

중간에 끼어드는 사람들의 이야기를 손을 들어 제지하면서 이야기를 이어 가는 박 참사는 자신의 형이 베트남 전쟁에 전투기 조종사로 참전하여 미국 비행기를 최고로 많이 격추시켰고 현재는 평양시 동쪽의 제2공군전투비행사단장으로 복무 중이라는 등 형제들 자랑도 잊지 않았다. 그리고 자신이 중앙검찰소에서 근무했었다는 이야기를 하면서 기철의 눈치를 한 번씩 살폈고, 기철은 그때마다 연신 고개를 끄덕이며 '네', '네'를 반복했다.

"리 선생. 역시 총구가 있어서리 인차 알아듣는구만 기래. 하하하!"

기고만장해진 그의 웃음소리에 분위기가 풀리어 가고 있었다. 하지만 그들과는 달리 기철은 그들의 생긴 모습이 자신과 전혀 다를 바 없지만 말소리나 걸음걸이, 심지어 숨소리에서조차도 깊은 이질감을 느껴야만 했다.

분란이 났을 때 처음으로 기철의 식탁 앞에 버티고 서서 기철에게 시비를 걸었던 사내를 박 참사가 옆에 앉히고 기철과 인사를 나누게 했다. 기철에게 악수를 청하는 그는 자신을 '인민군 상위 허창호'라고 소개했다. 시아누크 국왕의 경호원이며 격술 사범이라고 했다. 그는 기철에게 미소까지 지어 보였고 기철도 웃으며 그의 돌덩어리 같은 손을 잡았다.

"저는 이기철입니다."

다행히도 분위기가 화해무드로 바뀌며 기철은 안도의 한숨을 쉬었고 돌아갈 기회를 엿보았다. 박 참사도 흡족한 표정이었다.

"얼른 식사를 마치고 돌아가도록 하시라요."

"예."

분명 식사를 마치고 돌아가라고 했다. 기철이 수저를 집어 들었다.

"그리고 리 사장 동지가 캄보디아에서 요구되는 게 있으면 언제든지 날 찾아오시라요. 내래 무슨 일이든 리 사장 동지를 방조해 줄 테니끼니. 외국에 나와서리 일하면서 같은 동포끼리 서로 도와야 하지 않캈습네까? 어험, 흠."

그가 헛기침으로 목을 가다듬었다. 기철을 부르는 호칭이 리 선생에서 리 사장 동지로 바뀌어 있었다. 기철은 숟가락을 든 채 고개를 끄덕거리며 대답했다.

"예. 감사합니다."

박 참사가 자신의 자리로 돌아갔다. 긴박했던 상황이 대충 마무리되어 가는 순간이었다.

몇몇의 사내들이 힐끗거리며 바라보는 상황에서 당장에라도 벌떡 일어나 돌아가고 싶었지만, 남은 음식을 먹는 척이라도 하는 것이 기철이 그들에게 보여 줄 수 있는 최소한의 자존심이었다.

기철은 쇠기름이 허옇게 엉겨 붙은 식은 갈비국을 몇 숟가락 입에 떠 넣었다. 아직도 가볍게 떨리고 있는 손으로 5불짜리 지폐를 지갑에서 꺼내어 식탁 위에 올려놓았다. 그리고 일어나 천천히 걸음을 옮겼다.

저만치에 앉은 박 참사에게 공손히 인사를 하면서 게걸음으로 출입문을 향했다. 출입문을 막아서려던 두 녀석이 박 참사 쪽을 한번 바라보곤 슬그머니 비켜섰다.

문밖으로 나서게 된 기철이 몰아쉬던 숨을 길게 내뿜었다. 올 때 타고 온 나이 어린 모토기사의 모습이 보였다. 그렇게 반가울 수가 없었다.

뒷좌석에 올라앉으며 '두싯호텔'이라고 행선지를 이야기하면서도 뒤를 돌아보지 못하다가 사거리에서 우회전을 하면서 힐끗 뒤돌아 본 소나무 식당은 마치 아무 일도 없었던 것처럼 낮에 지나치며 바라보았던 그 모습 그대로였다. 귓가에 그들의 비웃음 소리가 들려왔다.

어둠이 깔리기 시작한 모니봉거리엔 야자수의 실루엣이 질서정연하게 줄을 지어 있었고 낮게 드리운 구름 사이로 둘로 쪼갠 반달이 살짝 얼굴을 내밀고 있었다.

무사히 호텔로 돌아왔지만 도어맨의 얼굴도 로비직원의 인사도 왠지 낯설었다. 기철은 서둘러 객실로 올라갔다. 등짝에 배어나는 식은 땀은 더위 때문만은 아니었으리라.

서둘러 에어컨을 켜고 냉장고에서 캔맥주를 꺼내어 침대에 걸터앉았다. 차가운 맥주가 목덜미를 타고 넘어가자, 집채만 한 불안감을 집어삼켰던 가슴이 조금씩 진정되어 갔다.

그들의 모습이 다시 떠올랐다. '내가 돌아간 다음에 그들은 나를 두고 어떤 이야기들을 했을까?' 하는 생각이 다시 한 번 기철의 자존심을 무너트렸다. 그가 동지라 불러 주었지만 외딴섬에 혼자 고립된 것 같은 기분에 빠져들어야 했다.

동지. 그래, 동지라고 불렸던 것이 처음은 아니다. 나를 동지라고 불렀던 사람들이 있었다. 처음엔 누구였을까. 맞아, 유근이 아버지였다. 유신반대 운동을 하며 진보 정치권에서는 꽤나 이름이 알려진 사람이었다. 그는 평소에는 막내아들의 친구인 기철이 길거리에서 인사라도 하면 온화한 목소리로 '응. 그래, 기철이 공부 열심히 해라.' 하기도 하고, 유근이의 집에 놀러 가서 인사를 하면 '응, 그래. 기철이 왔구나. 어서 오너라.' 하다가도 막상 선거철이 되면 마치 억울한 매라도 맞은 듯한 표정과 격앙된 목소리로 막내아들의 친구인 그를 꼭 '기철 동지'라고 부르며 같이 투쟁을 하여야 한다고 하곤 했었다.

가족들끼리 있을 때에도 아들들에게 동지라고 부르며 함께 투쟁을 하자고 했을까? 아무튼 그때부터 동지라고 불리는 게 그렇게 불편하거나 어색하지 않았었는데, 오늘 동지라고 불린 것은 왠지 모욕을 당했다는 기분이 들었다. 동지. 동지라……

캄보디아의 야생 한약재인 떵까우는 캄보디아에 현지법인을 설립하고 직원을 몇 명 파견하여 상주시키면서 부지런히 한국과 일본으로 실어 보내기만 하면 돈벌이가 될 수 있는 아주 멋진 아이템이 틀림없다고 판단된다. 도와줄 캄보디아인 파트너를 찾는 것은 다음 일정으로 미루고 내일은 일단 한국으로 돌아가는 날이었는데, 이제는 북한 사람들의 존재가 사업상의 커다란 걸림돌이 될 것만 같았다.

'이대로 포기하고 말 것인가.'

단숨에 비워 버린 맥주 캔을 쓰레기통에 던져 넣었다. 새로 꺼낸 맥주 캔을 들고 씁쓸한 표정으로 창가에 서서 밖을 내다보던 기철이 창문을 열었다.

밤이 깊어 가고 선선한 바람이 부는가 싶더니 갑자기 세찬 바람이 길 건너 야자수들의 머리채를 쥐고 흔들어 대기 시작했다. 기철의 상처받은 자존심도 같이 꿈틀거렸다. 걸인들과 모토들도 어디론가 몸을 숨겼고, 우기철의 막바지에서 굵은 빗줄기가 쏟아졌다. 쏟아지는 스콜은 별들을 모두 삼켜 버렸고 반쪽짜리 달마저 먹어치워 버렸다.

호텔 앞마당의 가로등마저 저만치 멀어져 가며 어둠 속으로 숨고 있었다.

서울에 있는 가족들의 얼굴이 차례차례 주마등처럼 지나간다. 기철의 입가에 잔잔한 미소가 번졌다. 딸 해님이의 모습 앞에서. 마음의 평온을 해님이의 미소에서 찾으며 잠자리에 든 그는 꿈속에서 가족들을 만나고 있었다.

새로운 날이 밝았다. 이륙시간이 조금 늦은 호치민행 비행기는 무엇에 놀라기라도 한 듯 날개를 떨며 활주로를 달리다가 땅을 박차 오르며 고도를 잡기 위해 안간힘을 쓰고 있었다.

간밤에 쏟아진 빗물에 씻긴 짙푸른 야자수들이 가지를 흔들어 대며 작별인사를 하고 있었다. 새로 떠오른 태양 빛을 받으며 비행기는 은빛 날개를 활짝 펴고 프놈펜의 하늘을 벗어나기 시작했다.

기철은 가만히 그의 명함을 꺼내어 내려다보았다.

[조선민주주의 인민공화국 캄보디아국 주재 대사관. 참사관 박정택]

- 3 -
6번 국도에서 만난 여인

온 세상을 벌겋게 달구어 대면서도 태양은 도통 지칠 줄을 몰랐다. 하늘에는 한 줌 뜯어내어 입에 넣어 보고 싶은 솜사탕 같은 흰 구름이 몇 조각 떠 있을 뿐, 땅 위의 만물은 오후의 낮잠에 빠져 있는 듯 고요하다. 뽀얗게 먼지를 뒤집어쓴 짙푸른 수박색의 도요타 캠리 한 대가 6번 국도를 따라 남쪽으로 프놈펜을 향하고 있다. 캠리는 지친 몸을 연신 기우뚱거리며 비포장도로 위에서 느린 걸음을 재촉한다.

4박 5일간의 장거리 출장을 마치고 프놈펜으로 돌아오는 길은 그동안 쌓인 피로로 눈꺼풀이 무거웠다. 운전하는 하산의 옆자리에 기철이 깊숙하게 앉아 있다. 얼굴에는 피곤함이 역력하지만, 길가의 바나나 나뭇잎까지 흐느적거리게 하는 캄보디아의 따가운 햇볕 아래에서도 그는 항상 의욕을 잃지 않았다.

"그게 그럼 약 8개월 전의 일인데, 그동안 북한 대사관 측과 연락을 해 보시거나 박 참사라는 사람을 만나 보신 적이 없으신가요?"

핸들을 잡은 채 생각에 잠겨 있던 하산이 심각한 표정을 지으며 기철에게 물었다.

"아니, 없어. 그날 소나무 식당에서 그 일을 겪은 후에 다음 날 호치민으로 나가는 비행기에서 하산을 만나지 않았더라면 아마 나는 지금까지 캄보디아 땅에 발을 들여놓지 않았을지도 몰라."

물병의 마개를 열며 바라보는 기철의 표정에서 하산에 대한 신뢰가 묻어나왔다.

그는 한번 의사를 피력하면 틀림없이 관철을 시켜야만 직성이 풀리는 성격으로, 친구들에게는 '가슴독수리'라는 별명으로 불릴 정도로 배짱도 두둑했지만, 8개월 전 북한 사람들에게 혼쭐이 난 이후로는 북한 사람들과의 접촉만큼은 피하고 싶었다.

북한 사람들에게 예상하지 못했던 수모를 당하던 날. 호텔로 돌아와 곰곰이 생각해 보고 캄보디아에서 '떵까우'라는 한약재를 한국과 일본으로 수출하는 것은 시기상조라는 판단을 내렸었다. 몇 해가 지나고 난 다음에 한국과 캄보디아 간의 수교가 이루어지는 등 여건이 조성되면 다시 사업을 추진해 볼 생각이었다.

그래서 일단 한국으로 돌아가는 길이었는데, 호치민으로 향하는 비행기에서 캄보디아 출생의 미국 시민권자인 하산을 우연히 만났던 것이 그와의 인연이 되었다. 그리고 그로부터 4개월이 지난 지금, 캄보디아 땅에 다시 발을 들여놓게 되고 그와 함께 캄보디아 전역을 다니며 떵까우 군락지를 찾아다니고 있다.

물론 그동안 북한 대사관이나 북한 사람들의 근처에는 얼씬도 하지 않았다. 기철이 캄보디아에 들어와서 움직이는 모습을 그들이 훤히 알고 있을 것이라는 생각을 하면 마치 무슨 죄를 지은 사람처럼 위축되곤 했다.

기철이 믿고 의지하는 하산은 캄보디아에서는 보기 드문 지식인이고 영어는 물론 불어에도 능통했다. 기철은 그의 능력뿐만 아니라 사람 됨됨이에도 마음이 끌렸다. 게다가 캄보디아의 혼란스러운 정치적 분위기나 치안상태에서 하산마저 곁에 없다면 사업은 물론, 기철 자신의 신변 안전도 보장받을 수 없는 상황이다. 캄보디아에 다시 들어와 회사를 설립한 후에는 회사의 3층에서 그와 함께 머물며 지방 출장도 함께 다닌다.

이제 2시간 정도면 프놈펜에 도착할 수 있을 것 같다. 작은 마을을 앞두고 소변도 볼 겸 운전을 교대하기 위해 차를 세웠다. 차에서 내린 기철이 기지개를 켜며 하산과 함께 들판을 바라보며 나란히 섰다.

더위에 지친 길가의 바나나 나뭇잎이 어쩌다 슬쩍 불어온 실바람 한 올에 가볍게 흔들렸을 뿐 모든 사물이 마취에 빠진 듯 고요하다. 들녘엔 일하는 농부조차 한 사람도 보이지 않았다. 저만치 엉덩이에 오물을 잔뜩 두른 비쩍 마른 하얀 송아지가 선 채로 후두둑 오줌을 갈겨 대면서 되새김질을 하고 있다.

툭툭 털고 엉덩이를 뒤로 빼며 볼일을 마친 두 사람이 돌아섰다. 그들의 모습을 곁눈질로 살피며 꼬리로 파리 떼를 쫓는 송아지의 모습을 힐끗 뒤돌아보는 기철의 뒤를 더위가 바짝 따라붙었다. 기철은 서둘러 차의 문을 닫았다.

교대하여 핸들을 잡은 기철에게 '이정표 같은 것은 없지만, 그냥 큰길만 따라가면 된다.'고 말하고는 하산이 편한 자세로 고쳐 앉았다. 출장길의 성과는 기대에 미치지 못했고, 보물의 실체는 확인되지만 손에 쥐지는 못하니 안타까움만 더했다.

"하산, 피곤할 테니 잠깐 눈을 붙여."

운전석의 창문을 살짝 내린 기철이 담배를 꺼내 물었다.

한국과 필리핀, 인도네시아와 베트남 등 여기저기에 벌여 놓은 일들에 대한 생각을 머릿속에서 정리해 보던 기철이 백여 미터 앞의 검문소를 발견하고는 흠칫했다. 거의 동시에 검문소를 발견한 하산도 자세를 고쳐 앉았다. 출장길에 수없이 지나친 검문소지만, 통과할 때마다 항상 긴장을 늦출 수 없었다.

"절대로 차를 세우시면 안 됩니다. 그냥 천천히 지나가세요."

하산이 운전을 하면서 검문소를 통과할 때마다 옆자리에서 기철이 했던 역할을 이번에는 하산이 하기 위해 1불짜리 두 장을 꺼내 들면서 창문을 반쯤 내렸다. 차량은 걸음걸이 정도로 속도를 줄였고, 열린 창문으로 뜨거운 열기가 빠른 속도로 스며들었다.

검문소라고 해 봤자 초소 같은 건물도 없었고, 큼직한 돌덩어리를 길 가운데 두 개 정도 굴려다 놓고 돌을 가로질러 긴 대나무 장대 하나를 걸쳐 놓은 모습이었다. 그런 검문소마다 군복도 제대로 갖추어 입지 못한 군인 5~6명이 함께 지키고 있었다. 그들은 검문소 옆 길가의 나무에 해먹을 매달아 놓고 낮잠을 자기도 하고, 그늘에 앉아

농담이나 지껄이다가 지나는 차량으로부터 통행료를 받아 내곤 했지만, 그들은 1~2정의 AK소총을 지니고 있었다.

이번 5일간의 출장길에서도 10여 차례 이상 그렇게 비슷한 모습의 검문소를 지나쳤었다. 열린 창문으로 내밀어 흔들어 대는 돈을 보자한 명은 재빨리 바리게이트를 치우려 했고, 한 명은 총을 겨누었다. 또 다른 한 명은 돈을 받으려는 자세를 취하며 제각기 역할을 분담하고 있다. 자신을 겨누는 총구 앞을 향해 다가간다는 것은 불쾌하기이를 데 없는 일이었다. 항상 그랬듯이 1불짜리 2장을 건네주는 것으로 검문소를 무사히 통과했다.

돈을 낚아채는 그들은 차량에 타고 있는 사람들에게는 관심도 없어 보였다. 하산이 창밖으로 팔을 내밀어서 한번 흔들어 주고는 창문을 올려 닫았다. 지방을 다닐 때는 1불짜리 한 장을 건넸지만, 프놈펜 인근에서는 2불이 적정 통행료였다.

"그런데 왜 매번 차를 세우면 안 된다는 거야?"

검문소를 막 벗어나며 기철이 물었다.

"저들도 차를 세우는 것을 원치 않아요. 차를 세우면서 차 안에서자기들을 공격할 수도 있고 또 예기치 못한 상황이 벌어질 수도 있다는 생각을 하니까요. 그래서 돈을 흔들어 주면 미리 바리게이트를 치워 주는 것이지요. 그냥 몇 푼 벌겠다고 자기들 나름대로는 위험을무릅쓰고 나와 있는 겁니다. 그들 앞을 통과해야 하는 우리가 어떤방법으로든 그들을 공격할 의사가 없음을 먼저 밝히는 것이라고나할까요? 하하!"

하산의 대답은 명쾌했다. 기철이 맞장구를 치고 나섰다.

"그리고 우리도 여차하면 재빨리 달아나기 위해서라도 차를 완전히 세우지 말아야지? 하하……."

"맞습니다. 하하하하!"

두 사람은 그렇게 죽이 척척 맞았다.

"그리고 현금을 내밀어 흔들어 대는 것이 적이 아니라는 증표가 되는 것이네?"

"그렇게 되나요? 하하……."

하산도 무사히 검문소를 통과했다는 안도감에 환하게 웃었다.

"그런데 저들은 어느 쪽의 군대야?"

뒤로 멀어져 가는 검문소를 사이드미러로 바라보며 기철이 물었다.

"글쎄요. 잘 모르겠는데 아마 훈센 쪽의 병력인 거 같습니다."

제1 총리인 라나리드와 제2 총리인 훈센 쪽은 각각 별도의 군대를 관리하고 있었고, 군대를 유지할 비용이 부족하여 양측 모두 쥐꼬리만 한 봉급조차도 5개월 이상이 밀려 있다는 것이었다.

"참, 하산은 고향이 어디라고 했었지?"

도롯가의 외딴 집을 지나치며 기철이 물었다.

"깜퐁챰이라는 곳입니다. 조금 더 가다 보면 삼거리가 나오는데, 거기에서 우측으로 가면 프놈펜이고 좌측으로 가면 깜퐁챰으로 가게 됩니다."

"아, 참. 그랬었지."

기철은 언젠가 들었던 하산의 고향에 대한 이야기를 기억하지 못한 것을 미안해하며 그에게 다시 물었다.

"그런데 말이야. 캄보디아의 지명에는 '깜퐁'이라는 말이 많이 나오던데. 깜퐁챰, 깜퐁톰, 깜퐁솜…… 뭐 그런 식으로 말이지."

"아, 예. '깜퐁'이라는 말은 포구나 항구를 뜻하는 말입니다. '톰'이라는 말은 크다는 뜻이니 깜퐁톰이라고 하면 '큰 포구'라는 뜻이 되지요. 그리고 제 고향 깜퐁챰의 '챰'은 무슬림을 이야기합니다. 그러니까 무슬림 사람들이 사는 포구라는 뜻이 되지요. 저는 그곳에서 태어나서 열두 살까지 살았습니다."

"으응. 그래서 이름이 하산이었구나. 이제 이해가 되네. 하산이라는 이름은 중동의 무슬림국가 사람들이 많이 쓰는 이름이라 캄보디아에서는 흔한 이름이 아니라고 생각했었거든."

기철이 이해했다는 듯이 머리를 끄덕였다. 창밖을 응시하는 하산의 눈가에 지난날의 고향에 대한 기억들이 소복이 쌓여 가고 있었다.

그는 과거에 친미정권이었던 론놀의 정부가 크메르루주에 의해 붕괴되면서 부모님을 따라 미국으로 망명길에 올랐고, 20년 만에 드디어 고국으로 돌아온 것이었다. 경제이론에도 밝은 그의 꿈은 캄보디아의 경찰 총수가 되는 것이었다.

"그런데 말이야, 장래에 경찰 간부가 되기를 희망하는 하산이 왜 군인의 신분이 필요하다고 했던 것이지? 그리고 왜 캄보디아 남자들은 모두가 군인이어야만 하는 거야? 내가 만나 본 멀쩡한 젊은 남자치고 군인이 아닌 사람은 별로 없던데."

"예. 현재까지는 경찰이 제대로 조직화 되지를 못해 그 역할을 못하고 있는 상황에서 우선은 양쪽으로 갈라진 군부의 어느 쪽에서든 보호를 받아야 하기 때문이지요. 그리고 세를 불리느라 서로 자기편 군대의 병력수를 늘리려 하기 때문에 대부분의 남자는 어느 쪽이든 군대에 소속을 두어야만 하는 것입니다. 그래서 그들은 어쩔 수 없이 군인의 신분을 유지하면서 또 다른 일자리를 찾아다녀야 하는 형편이지요."

"일자리 찾기가 쉽지 않을 텐데……."

"일자리를 얻기가 힘들지요. 그래서 그들은 농사를 짓기도 하고 여유가 있으면 조그만 장사를 하기도 합니다."

기철이 계속 앞을 바라보며 머리를 끄덕였다.

"그러나저러나 병력만 많으면 뭘 해. 무장을 시키지도 못하고 훈련은커녕 군복조차도 제대로 입히지 못한 군인이 무슨 군인이야?"

기철은 한 무리의 군인들 속에도 여러 가지 군복을 각자 구해 입고 있던 군인들의 모습을 떠올리며 말했다.

"아무튼, 저의 경우도 어느 쪽이든 소속은 있어야 합니다."

"하산이 원하는 쪽은 어느 쪽이라고 했었지?"

"1총리 쪽입니다."

"왜?"

"2총리인 훈센은 과거 1975년도에 크메르루주가 프놈펜을 함락시킬 때 대령계급의 지휘관으로 최선봉에 섰던 사람입니다. 그 전투에서 한쪽 눈을 잃기도 했습니다. 하지만 그는 프놈펜을 함락시킨 후에 크메르루주의 숙청작업 대상이 되자, 베트남으로 망명을 했다가 훗날 베트남군을 이끌고 캄보디아에 다시 들어와 크메르루주와 한바탕 전쟁을 치른 사람이죠. 크메르루주가 프놈펜을 함락시킬 때 우리 가족은 고국 캄보디아를 탈출하여 태국으로 국경을 넘어 미국으로 망명을 하는 데 성공했지만, 당시에 엄청난 사람들이 목숨을 잃었습니다. 다시는 이 땅에 전쟁의 참화가 없어야 합니다."

"응. 나도 〈킬링필드〉라는 영화를 본 적이 있어. 정말 엄청난 일이었어. 어떻게 그렇게 많은 사람을 학살할 수가 있었는지……."

이상하리만치 캄보디아 사람들은 킬링필드 이야기가 나오면 마치 자신들의 이야기가 아닌 것처럼 입을 꾹 다물곤 했다. 기철은 하산의 이야기를 들어 보고 싶어서 눈치를 슬쩍 살피며 질문을 던졌다.

"지금의 훈센 총리도 크메르루주의 지휘관이었다면, 그도 킬링필드의 대학살에서 떳떳할 수는 없겠네?"

질문을 던진 기철은 하산의 변해 가는 표정이 읽히자 조심스러웠다. 그의 눈빛에는 예전에 볼 수 없었던 비장함이 서려 가고 있었다.

"이 사장님."

"응! 왜?"

"우리 한 번 더 쉬었다가 갈까요? 제가 드릴 말씀도 있습니다."

"여기서 쉬어 가자고?"

"예. 잠시만……."

잠시 쉬어 가자는 하산의 이야기를 거부할 수 없는 분위기였다. 차를 도롯가에 세우고 기철이 담배를 꺼내 들었다. 뒤따르던 흙먼지가 지나가고 긴 숨을 내쉰 하산이 입을 열었다.

"〈킬링필드〉라는 영화는 완전히 날조된 거짓입니다."

"거짓이라니? 크메르루주가 그렇게 학살한 사실이 없다는 이야기야?"

예상 밖의 이야기에 기철의 눈이 휘둥그레졌다.

"학살의 원흉은 키신저입니다. 헨리 키신저."

"뭐? 키신저? 아니, 노벨평화상을 수상한 그 사람이 학살의 원흉이라니? 그 사람은 미국의 국무장관을 지낸 사람 아니야?"

"예, 맞습니다. 하지만 그는 지독한 전쟁광입니다. 히틀러보다 더 미친놈입니다."

헨리 키신저 박사. 정치학 박사였던가? 좌우간 그는 1970년대 한국의 신문에도 자주 오르내리던 사람이다. 독일 출생의 유대인이고 미국 대통령의 무슨 보좌관인가를 지내기도 하고 국무장관을 지낸 사람. 한국의 신문에서 그가 협상의 귀재라는 기사를 본 기억도 있는데, 미국 국적의 하산이 그런 그를 미친놈이라고 이야기하고 있었다.

"하산, 그가 미국의 국익을 위해 일해야 하는 위치에 있었고 시대적 상황에서 피할 수 없었던 살상이 아니었을까?"

기철은 하산을 바라보며 그의 얼굴 위에 신문에서 보았던 키신저의 얼굴을 조심스럽게 포개어 보았다.

"저는 열두 살의 어린 나이에 누나와 함께 겁에 질린 채 부모님의 손을 놓치지 않으려 안간힘을 쓰며 전쟁터인 캄보디아를 등지고 떠났었지만, 그 아수라장 속에서 형은 행방불명이 되었습니다. 그리고 현재까지 형의 생사조차 확인이 되지 않습니다. 제 기억 속의 형은 아직도 열네 살이지요. 이후 미국에서 공부하고 성장하면서 캄보디아의 현대사를 올바르게 인식하게 되었습니다. 우리의 역사를 밖에서 보고 올바로 알게 된 것입니다. 헨리 키신저는 살인마임이 틀림없습니다. 미국은 학살문제 앞에서 절대 자유로울 수 없습니다."

기철이 영화 〈킬링필드〉의 장면들을 기억해 보며 하산에게 '그래도 학살의 주범은 지금 빠일린에 숨어 있는 크메르루주의 지도자 폴포트가 아니냐?'고 다시 질문해 봤다.

하산이 다시 깊게 숨을 들이마셨다가 뱉으며 반문을 했다.

"쁘렉뜨렝 마을에 가 보신 적 있으신가요?"

"아, 그 구덩이에서 유골이 쏟아져 나온 동네 말이지?"

"예. 학살당한 사람들의 유골이 몇 개의 구덩이에서 수천 구 발견되었었죠. 그게 미국의 양민학살 현장 중의 한 곳입니다."

"아니, 그거 크메르루주의 소행이 아닌가? 나는 크메르루주가 공산화하면서 150만 명인가 하는 양민을 학살한 것으로 알고 있었는데?"

"절대 아닙니다. 미국에서 알게 된 킬링필드의 진실을 제 눈으로 확인해 보기 위해 직접 그 동네는 물론 몬돌끼리 같은 곳까지 찾아다녀 보았고, 주민들의 이야기까지 들어 본 결과입니다."

"그럼 미국이 언제 그랬다는 거야?"

"킬링필드 대학살은 세 차례에 걸쳐 이루어진 것입니다. 그 첫째가 베트남 전쟁 당시 중립국이었던 캄보디아에 선전포고도 없이 미군이 폭격한 것입니다. 그 폭격에 희생된 사망자가 훗날에 크메르루주가 프놈펜을 함락시킨 다음에 숙청작업으로 학살했다고 알려진 양민의 수보다 훨씬 많습니다."

수많은 관광객이 다녀가는 그곳, 쁘랙뜨랭. 폴포트의 학살로 희생된 사람들이라며 유골로 쌓아 놓은 탑에 설명이 붙어 있었다. 하산이 뭔가 오해를 하고 있는 것은 아닐까.

"미군의 폭격이 그렇게 심했단 말이야? 전쟁 중인 이웃 나라 베트남도 아니고 캄보디아에서 그렇게 희생자가 많았어?"

"예, 그렇습니다. 태평양전쟁 당시에 미국이 일본에 퍼부어 댄 폭탄이 16만 톤인가 되는데, 1969년부터 1973년까지 약 4년 동안 캄보디아의 중동부와 남부지방에 퍼부어 댄 미군의 폭탄이 약 30만 톤이나 된다고 하니, 당시의 참상이 상상이 되십니까? 국제협약에서 금지된 불법 폭탄을 사용하기도 했던 그 폭격의 파괴력이 일본의 히로시마에 투하한 핵폭탄의 몇 배가 된답니다. 전쟁이 아니라 그냥 대학살이었을 뿐입니다."

하산은 확신에 차 있었다.

"학창시절에 네이팜탄을 만들어 실험해 보기도 했습니다. 왼팔에 불이 붙었을 때 오른손으로 털어 내려 하면 불은 오른팔로 옮겨 붙고, 결국 전신이 새까맣게 타 버린 다음에 불이 꺼집니다. 그렇게 타 버린 시신은 누가 누구인지 알 수도 없게 되고, 결국 한꺼번에 하나의 구덩이에 매장을 해야 하곤 했습니다. 그곳이 바로 수천 구의 유골이 발견된 쁘랙뜨랭입니다. 그 유골들은 미군의 폭격으로 희생된 사람들의 유골이 틀림없습니다."

하산의 이야기는 계속되었다.

"노인들의 이야기를 들어 보면, 갑자기 비행기들이 날아왔고 하늘에서 불비가 쏟아지며 사람들이 모두 타 죽었다고 합니다. 그 쁘렉뜨렝은 일부분에 지나지 않습니다. 제가 살던 깜퐁참에서는 피해가 거의 없었지만, 프놈펜의 남쪽에서 베트남 국경에 이르기까지 미군의 폭격을 당하지 않은 마을이 없을 정도입니다."

"그래? 그렇게 엄청나게……."

기철이 새로 알게 된 사실에 놀라며 눈을 동그랗게 떴다.

"당시 폭격에 참가했던 미군 폭격기 조종사가 민간인을 폭격 대상으로 삼아야 하느냐고 항명을 했다가 명령 거부 죄목으로 군사법정에 서야 했던 일도 있었다면 믿겨지십니까?"

평소 깔끔한 인상에 항상 표정이 밝았던 그가 상당히 흥분한 모습을 보이고 있었다.

"그런 일이 있었구나. 베트남전 당시지만 캄보디아에 그렇게 폭격을 한 이유가 있었을 텐데……?"

"예. 북베트남군이 캄보디아의 밀림지역을 몰래 경유하여 남베트남의 수도인 사이공지역으로 내려온다는 정보를 입수하고, 그들을 저지하기 위해 캄보디아 땅에 그토록 무참히 폭격을 감행한 것이지요. 키신저의 그러한 만행은 의회에 보고도 없이 비밀리에 행하여진 것이고, 뒤늦게 알게 된 의회에서 폭격을 중단하라고 난리를 치기도 했었습니다. 그리고 아이러니하게도 그 전쟁광 키신저는 노벨평화상을 받았습니다."

기철이 말없이 머리를 끄덕이며 간간이 불거져 나오는 한국동란 당시의 미군에 의한 민간인 학살사건들을 떠올려 보았다.

"그때 미군에게 학살된 양민의 수가 수십만 정도라고 합니다."

"어휴……."

"이 사장님. 저의 아버지는 공산주의자라면 무조건 치를 떨며 미워하시지만 저는 생각이 다릅니다. 미국도 언젠가는 그 대가를 치러야 하지 않을까요? 미국은 CIA를 앞세워 지금의 시하누크 국왕이 모스크바와 북경을 방문하는 사이 론놀이 쿠데타를 일으키게 하는 음모를 꾸몄고, 결국 자기들의 괴뢰정부를 세웠습니다. 그리곤 한마디 항의도 받지 않으며 캄보디아에 무차별로 폭격을 계속해 댔던 것이지요. 그리고 결국 그린베레를 동원하여 이 땅에서 북베트남군과 전투를 벌였습니다."

기철은 엄청난 화력을 앞세우고 캄보디아에서 전투를 벌이는 미군의 모습을 상상해 보았다.

"군사력은 마지막 외교 수단이 되어야 하는데, 키신저는 그냥 우월한 군사력을 앞세워 엄청난 학살을 자행한 것입니다. 그리고 노벨평화상을……."

하산의 눈가가 벌겋게 달아올랐다.

"그럼 두 번째 학살은 언제가 되지?"

왠지 미안하다는 생각이든 기철로서는 당연히 해야 하는 질문이었다.

"베트남에서 북베트남이 사이공을 함락시키기 며칠 앞서 크메르루주가 프놈펜을 함락시키며 외세를 뿌리치고 독립정부를 세웠던 시기였습니다. 그것은 민족해방전쟁이었습니다."

"민주캄푸치아공화국?"

"예. 크메르루주의 민주캄푸치아공화국입니다. 하지만 그들은 미국의 만행에 항거하여 시하누크 국왕의 지지를 받으며 친미정권을 몰아낸 혁명을 성공시켰을 뿐 국가를 경영할 준비가 되어 있지 않았던 것이지요."

"들은 바로는 크메르루주는 프놈펜을 함락시킨 후에 시민들을 생활기반이 전혀 없는 지방으로 쫓아내어 굶어 죽게 하기도 했다던데?"

어디에선가 읽었던 기억이 있는 글의 내용이었다. 기철의 질문에 하산이 긴 한숨을 내쉬고 이야기를 이어 갔다.

"미국의 괴뢰정부인 론놀정부가 무너지자, 미국인들은 서둘러 캄보디아를 빠져나갔지요. 당시 60만 정도였던 프놈펜의 인구가 피난민으로 인해 200만 명으로 늘어나 있어서 그야말로 포화 상태였습니다. 태평양전쟁 때 일본 본토에 대한 미군의 공습이 이어졌지만, 일본 군부는 무기를 생산하는 공장 등이 있는 도시를 지켜야 한다며 시민을 소개(疏開)시키지 않는 바람에 소이탄을 사용하는 미군의 폭격으로 시민 수십만 명이 사망한 사실이 있었습니다. 그래서 혁명정부는 미국의 대규모 폭격이 예상되니 먹는 것에 우선하여 프놈펜의 인구를 지방으로 소개했던 것입니다."

말없이 고개를 끄덕이는 기철이 한국동란을 떠올렸다. 수도를 지켜 내겠다는 정부의 호언장담을 믿었다가 얼마나 많은 시민과 미처 후퇴하지 못한 군인들이 끊어진 한강교를 바라보며 공포에 떨고 목숨을 잃어야 했던가.

"아, 그랬던 거구나. 영화에서는 지식인과 자본계급을 학살하고 강제노동에 종사시켰다고 하던데?"

"예, 그렇기는 합니다. 3년 반 정도 국가를 경영하면서 강경파들이 친미 성향의 인사들을 색출하고 처벌하는 과정에서 적지 않은 사람들을 죽인 것은 맞습니다. 개인적인 보복이나 파벌싸움도 있었고, 빈곤하고 무지했던 사람들이 하루아침에 지도자가 되자 비인간적이고 야만적인 행동으로 많은 사람을 죽인 것입니다. 하지만 크메르루주 집권 기간 동안 국제구호단체로부터 캄보디아로 들어오는 식량이나 의약품 등의 구호품을 미국이 차단하여 수많은 사람을 굶어 죽게 한 책임도 적지 않으니 두 번째 학살의 책임에서도 미국은 벗어날 수 없지요."

"그래? 아니, 구호품의 반입까지 막았단 말이야?"

열변을 토하던 하산이 지그시 눈을 감은 채 머리를 끄덕였다. 기철은 북한에 대한 미국의 경제 제재와 봉쇄정책을 떠올렸다.

"그리고 마지막 살상은 베트남이 캄보디아를 침공했을 때이겠지?"

운전석의 기철이 멀리 바라보이는 마을에 시선을 던진 채 물었다.

"1979년에 베트남의 침공으로 크메르루주가 수세에 몰려 태국 국경 지역으로 달아나게 되었고, 새로 수립된 베트남 괴뢰정부는 크메르루주에 몸담았던 사람들을 찾아내 학살을 자행했으니 그것이 세 번째 킬링필드입니다. 결국 프랑스와 미국이 캄보디아를 식민지배하고 양민을 학살하지 않았다면 킬링필드의 참사는 없었으리라는 것이 제 생각입니다. 킬링필드에 책임 있는 미국과 베트남은 슬그머니 뒤로 빠지고 그 책임을 모두 지금 빠일린에 숨어 있는 크메르루주 지도자인 폴포트가 뒤집어쓰게 한 것이지요."

"폴포트는 사회주의 신봉자가 아니었나?"

"사회주의 사상을 가진 민족주의자라고 보는 것이 맞습니다. 당시 훈센을 앞세우고 캄보디아를 침공한 베트남도 사회주의국가이고 훈센이나 폴포트 모두가 사회주의자였습니다. 사회주의자들끼리 전쟁을 한 것이지요. 결국 정치적 이념보다는 정치권력에 대한 야욕이 전쟁을 불러일으킨 것 아닌가요? 국가의 이익을 위한다는 명분을 앞세우고 말입니다."

기철이 묵묵히 고개를 끄덕였다.

"그리고 정치적 이념이야 논리에 어긋나거나 허술한 곳이 드러나면 정책을 점차적으로 수정해 나가면 되는 것 아닌가요?"

하산이 기철의 표정을 한 번 살피고는 이야기를 이어 갔다.

"폴포트는 혁명가로서 완전한 독립을 이루어 냈다고 하지만, 이후에 캄보디아를 안정적으로 발전시켜 나갈 능력 있는 인재가 없었던 것이지요. 그리고 더 우스운 일은 이번에는 태국 국경 지역으로 쫓겨난 폴포트의 크메르루주에게 베트남군과 싸우라고 슬그머니 뒤쪽으로 무기를 건네주기도 했던 것이 미국입니다."

"하하. 웃지 못할 일이구먼."

"다시는 이 나라에 전쟁이 없어야 합니다. 자신들의 정치적 야욕을 채우기 위해 전쟁을 일으킨 자들에게는 그 전쟁으로 인해 고통을 겪어야 하는 수많은 사람의 희생이나 슬픔은 안중에도 없습니다."

기철이 길게 한숨을 내쉬고 고개를 끄덕이며 하산을 바라보았다. 여전히 그의 얼굴은 상기되어 있었다.

"언제가 될지는 모르지만, 미국의 만행이 세상에 드러나는 날이 오겠지."

"예, 맞습니다. 언제라도 꼭 밝혀서 세상에 알려야 합니다. 제가 왕당파 쪽을 지지하는 이유가 훈센 총리보다는 반미감정을 가진 라나리드 총리 쪽이 그러한 사실을 밝혀내어 미국의 사과는 물론 보상도 받아 낼 수 있다고 생각하기 때문이지요."

"그래. 하산의 생각이 옳아."

"아, 참. 그리고 이제는 제가 라나리드 총리 쪽을 택해야 하는 또 다른 이유가 있습니다. 이 사장님께서 혹시라도 북한쪽 사람들과 어떤 문제가 생기는 경우, 라나리드 총리 쪽이 훨씬 해결하기 쉽습니다. 라나리드 총리의 아버지인 시하누크 국왕의 경호까지 북한에서 온 현역 군인들이 하고 있을 정도로 북한은 라나리드 총리 측과 가깝습니다."

"나도 그런 이야기를 듣기는 했었지만 아무리 그래도 난 국왕의 경호를 외국 군인인 북한군이 한다는 것이 아직도 이해가 잘 가질 않아."

"시하누크 국왕은 자신의 망명 시절에 김일성이 베풀어 준 은혜를 절대 잊지 않는다고 이야기하고 있습니다. 김일성은 오갈 데 없는 시하누크를 자신의 주치의를 시켜 건강을 살피게 해 주었고, 평양의 어느 강변에 별장까지 지어 주었다고 하던데요. 그리고 망명생활을 끝내고 돌아올 때는 지금의 경호원 100명과 함께 김일성의 전용기로 돌아갈 수 있게 해 주었답니다. 그러니 그 은혜를 어찌 잊겠습니까. 그래서 시하누크 국왕은 김일성 거리를 명명하기도 했지요. 그리고 캄보디아의 상황에서는 외국인 경호원이 하나도 이상할 게 없어요. 훈센 총리도 베트남에서 온 경호원들에게 둘러싸여 있으니까요."

"나도 들은 적이 있어. 평양의 대동강이라는 강변에 김일성이 시하누크 국왕에게 별장을 지어 주었는데, 이름이 '장수원'이었다고 하더군."

"장, 수, 원?"

"응, 건강하게 오래 산다는 뜻의 별장 이름이지."

하산의 표정이 한층 밝게 변하고 있었다.

"하산, 한 가지 더 이해가 안 가는 부분이 있어."

"그게 뭔가요?"

"김일성 같은 사회주의자가 보면 시하누크 국왕 같은 사람은 절대군주로서 이념적으로 적이 틀림없는데, 왜 국왕을 그렇게 돌보아 주었는지 모르겠어."

"예, 그렇지요. 하지만 론놀에 의해 축출된 시하누크 국왕과 김일성에겐 공동의 적이 있어서 가능하지 않았을까요? 미국이라는……."

시하누크와 김일성의 친분을 이해할 만하다는 생각에 기철이 천천히 머리를 끄덕였다.

"제 이야기를 들어 주셔서 감사합니다. 프놈펜까지 제가 운전을 하고 갈까요?"

"응? 아니야. 내가 운전하지, 뭐."

긴 한숨을 뱉어 낸 기철이 차를 출발시켰다. 하산이 화제를 바꾸며 이야기를 꺼냈다.

"그리고 이 사장님이 가 본 적이 있다는 소나무 식당 말인데요."

'소나무 식당'이라는 이야기가 나오자 기철의 신경이 곤두섰다.

"그 식당의 수입으로 북한에서 온 경호원들의 봉급을 충당한다고 하던데요."

"그래? 그것도 가능하겠네. 하하……."

"아무튼 이 사장님 하시는 일이 잘되었으면 좋겠어요."

"잘되겠지. 그리고 라나리드 총리의 군부 쪽에 확실한 선이 닿으면 이야기해. 돈은 내가 준비할 테니."

"예. 이달 말경이면 확실하게 말씀드릴 수 있을 것 같습니다."

역시 하산은 상황 판단이 빠르고 신중한 사람이었다.

기철이 운전하는 차가 어느덧 작은 마을로 들어서고 있었다. 마을은 한산했다. 큰길에서 좌우로 뻗은 작은 길들이 열려 있었고 그 작은 길들과 차량이 지나치는 큰길을 따라 자그마한 집들이 무질서하게 자리를 잡고 있었다. 골목 어귀에서 자동차가 다가오는지도 모른 채 쓰레기 더미를 뒤지던 앙상하게 마른 하얀 강아지가 경적 소리에 놀라 비명을 질러 대며 꽁지를 말아 넣고 멀리 도망을 쳤다.

키 높이 정도의 기둥 위에 세워진 캄보디아식의 주택인 '깐땡'들이 띄엄띄엄 늘어선 마을은 가난에 지배당한 채 말없이 그들을 맞이했다. 갈댓잎으로 지붕을 덮은 집안에서 유리도 없는 커다란 창문을 통해 내다보며 지나가는 차를 향해 손을 흔들어 대던 꼬마들이 눈에서 멀어져 가고, 까마득히 멀리 보이는 산자락에는 붉은 노을이 스며들기 시작했다.

주변의 풍경을 천천히 읽어 가며 지나치다 마을의 끝자락쯤에서 대문 앞의 정원까지 제법 말끔하게 손질된 마지막 집 앞을 지나칠 때였다. 약 50여 m쯤 앞에 웬 여인이 손을 들어 차를 세우는 것을 기철이 발견했다.

황토색의 블라우스에 붉고 노란 줄무늬가 대각선으로 그려진 치마의 썸폿 차림이었다. 얼핏 보기에도 캄보디아 여인치고는 상당히 하얀 피부를 지녔고 볼륨 있는 몸매를 지닌, 마을의 분위기와는 전혀 조화되지 않는 모습의 여인이었다.

"차를 절대 세우시면 안 됩니다!"

뒤늦게 그녀를 발견한 하산의 목소리가 다급했다.

기철이 한적한 길에서 미모의 젊은 여인을 만난 이 같은 상황을 머릿속에서 미처 정리도 해 보기 전이었다. 하산의 이야기에 기철은 그만 정신이 번쩍 들었다. 달리는 차에 달려들기라도 할 듯 두 손을 들어 연신 흔들며 다가서는 여인을 피해 지나치면서 기철은 그녀의 모습을 조금 더 자세히 볼 수 있었는데, 크메족이나 참족 등 캄보디아의 대표적인 민족이 아니라 외국인이거나 혼혈이라는 것을 짐작해 볼 수 있었다. 여인의 곁을 지나쳐 한참 만에 기철이 느닷없이 차를 세웠다.

"왜요? 여자를 태우시려고요?"

"우리는 둘이고 남자들인데……."

기철이 말꼬리를 슬그머니 감추며 하산의 동의를 구했다.

하산이 불안감이 역력한 표정을 지으며 서둘러 시트 밑에서 브라우닝 권총을 꺼내 들더니 장전을 했다. 철커덕- 하는 소리에 이어 자물쇠는 푸는 소리가 틱- 하고 들렸다. 기철은 '그냥 지나칠 걸 그랬구나.' 하는 후회를 해 보기도 했지만, 백미러를 통해 달려오는 여인의 모습을 보면서 차마 차를 출발시킬 수는 없었다.

달려온 여인은 무턱대고 뒷문을 열고 차에 올랐다. 멀지 않은 거리였지만 달려오느라 숨이 가쁜 목소리로 감사하다는 인사를 앞세웠다.

기철은 '이 여자에게 낯선 사람들의 차에 무조건 오를 정도로 급한 일이 있는가 보다.'라는 생각을 하면서 차 안의 백미러로 여인의 모습을 바라보았다.

"빨리 차를 출발시키세요."

하산은 여인의 일행이 도로 근처에 있을지도 모른다는 생각이 들었는지 계속 주변을 두리번거리며 다급한 말투로 재촉했다.

차가 출발하자, 하산은 재빠르게 뒤돌아 앉으며 여인을 향해 권총을 겨누었다. 기철도 바짝 긴장을 하는 순간이었다. 하지만 여인은 자신에게 겨눈 권총 앞에서도 놀라는 기색이 별로 없었다.

하산이 그녀에게 어디에 무슨 일로 가느냐고 물었다. 그는 여인의 대답을 듣고는 경계의 시선을 그녀에게서 떼지 않고 총을 겨눈 채 영어로 기철에게 전했다. 여인은 '할머니의 약을 사러 프놈펜에 가는 길'이라고 했다. 여인에게 영어를 할 줄 아느냐고 물었더니, 여인이 머리를 좌우로 한번 흔들었다.

"여인을 태우고 갈 것이면 여인의 몸을 수색해야 합니다."

하산이 계속 여인에게서 눈을 떼지 않으며 기철에게 말했다.

기철은 그의 동의도 없이 여인을 차에 태운 것도 미안했기에 얼른 고개를 끄덕여 동의를 했다. 하산이 왼손으로 권총을 바꿔 쥐고 그녀를 겨누며 말했다.

"프놈펜까지 태워다 주긴 하겠지만 대신 몸수색을 좀 하겠습니다."

"예, 그러세요."

여인은 당연하다는 듯한 표정이었다.

"가방부터 열어서 보여 주세요."

들고 있던 손가방을 열게 하여 깊은 곳까지 확인을 한 하산이 여인의 몸까지 수색을 해야겠다고 기철에게 말했다. 몸에 꼭 달라붙은 차림의 여인에게는 어디에도 흉기를 감출 만한 곳이 마땅히 없어 보였기에 기철은 하산이 좀 지나치다는 생각이 들기도 했지만, 한편으로는 그의 행동이 미덥기도 했다.

기철은 여인에게는 좀 미안하다는 생각을 하면서 백미러로 지켜보며 서서히 차의 속력을 줄었다. 권총을 겨눈 하산이 그녀를 옆으로 돌아앉게 하고는 등과 겨드랑이를 더듬어 갔다. 여인은 하산의 요구에 순순히 응하고 있었다.

앞을 보고 바로 앉는 여인에게 하산이 긴장이 풀리지 않은 목소리로 다시 요구했다.

"치마를 무릎 위까지 올려 주시겠습니까?"

기철이 백미러를 올려다보았다. 여인의 눈빛과 백미러 안에서 마주쳤다. 흔들리는 차 안에서 여인은 말없이 통이 좁은 썸풋치마를 걷어 올렸다.

하산의 손이 거침없이 여인의 사타구니 사이를 파고들었다. 여인이 움찔했다. 하지만 그녀는 이내 안정된 자세를 취했고, 치마 속을 휘졌고 다니던 하산의 손이 빠져나오자 여인은 살포시 웃음까지 지으며 앞자리의 두 사람을 번갈아 가며 바라보았다.

여인은 태어나면서 지금까지 끊이지 않은 전쟁과 내전 속에서 살아온 터라 검문이나 검색 등에는 별로 거부감이 없는 듯했다. 몸수색을 당했다고 불쾌한 생각을 한다는 것은 그녀에게 사치였던 것일까.

철저한 몸수색이 끝나자 하산이 앞을 향해 돌아앉았다. '비록 여자이지만 그런 곳에서 차를 세워 낯선 사람을 태운다는 것은 캄보디아의 치안 상황에서는 매우 위험한 일'이라고 기철에게 이야기하면서도 뒷자리의 여인에게 잔뜩 신경을 쓰는 눈치가 역력했다. 그녀에게 겨누었던 권총을 거두었지만, 시트 밑으로는 넣지 않고 자신의 허리춤에 꽂았다. 하지만 하산이 엄지손톱을 물어뜯지는 않았다.

'이 여인은 어떤 사람일까?'

기철은 여인에 대한 의문점들을 풀기 위해서라도 하산의 통역이 필요했다. 몇 마디가 오고 가면 그녀의 모습을 더 살펴볼 수 있을 것이라는 생각이었다.

"프놈펜에 나가야지만 할머니의 약을 구할 수 있답니다."

하산의 통역을 통한 그녀의 이야기였다.

"이 여인은 나이가 26살이고 이름은 '릭 지나'랍니다. 영어는 전혀 못 하는 것 같고요."

하산이 계속해서 여인의 이야기들을 기철에게 전했다.

하산과 여인의 대화가 이어졌다. '캄보디아는 버스노선이 없기 때문에 마을 사람들은 프놈펜에 볼일이 있으면 오토바이를 이용하거나 지나가는 트럭이나 승용차를 얻어 타고 다닌다.'고 했다. '오늘은 운이 좋았다.'는 이야기도 했다. 여인이 룸미러 속의 기철과 눈을 맞추며 웃고 있었다.

이윽고 도로가 강줄기와 나란히 달리는가 싶더니 멀지 않은 곳에 '재팬브릿지'가 보였다. 이 강을 건너면 프놈펜으로 들어서게 되는 것이다. 그리고 다리를 건너 마주 보이는 길을 따라가면 '뚤콕'이라는 지역으로, 사창가가 밀집된 곳이었다.

"운전하시는 분은 어느 나라 사람이세요?"

다리를 건너며 어색했던 침묵을 깨는 여인의 이야기를 하산이 영어로 전하며 기철의 눈치를 살폈다.

"이 분은 일본 사람입니다"

그녀의 질문에 머뭇거리는 기철을 대신하여 하산이 대답했다.

대부분의 캄보디아 사람들은 일본 사람에 대해서 상당한 호감을 갖고 있기에 함께 로컬레스토랑에라도 가면 하산은 항상 기철을 일본 사람이라고 소개하곤 했었다. 방금 지나온 재팬브릿지도 일본이 놓아 준 다리였다. 기철도 그것이 옳다고 생각했다. 우선 한국인이라고 하기에는 북한 대사관 사람들이 의식이 되었기 때문이다. 기철은 어떤 경로로든 자신의 움직임을 북쪽 사람들이 알게 되는 것을 원치 않았다.

그리고 과거에 한국이 일본의 침략을 받고 수탈을 당한 일로 대부분의 한국인은 일본에 대한 감정이 좋지 않지만, 캄보디아 사람들의 상당수는 태평양전쟁 때 캄보디아에 들어와 약 4년 동안 주둔했던 일본군을 침략군이 아닌 프랑스로부터 캄보디아를 일시적으로나마 해방시켰던 해방군으로 인식하고 있었다.

프놈펜 시내로 들어서자 그녀에 대한 경계심이 풀리기 시작했다. 뭔가 할 말이 있는 것처럼 보였던 여인이 조심스럽게 입을 열었다.

"우리 할아버지도 일본 사람인데……."

여인에게서 나온 뜻밖의 이야기였다. 두 사람은 어리둥절했다. 기철이 백미러로 그녀의 모습을 다시 살폈다. 여인도 두 사람의 눈치를 살폈다. 기철은 '남자 친구가 일본 사람이라면 몰라도 할아버지가 일본 사람이라니?'라는 생각에, 혹시 그녀가 일본어를 할 수 있느냐고 묻게 했다. 그리고 곧 일본어를 전혀 모른다는 대답이 이어졌다.

더 이상은 묻고 싶지 않았다. 친할아버지인지 외할아버지인지 묻게 하려다가 그냥 무심히 창가로 시선을 돌렸다. 캄보디아에서 오래 전부터 정착을 하며 살아온 중국계 혼혈은 쉽게 만날 수 있었고, 그들의 외모는 캄보디아인과 별반 다를 바 없었다. 그녀가 3대를 내려온 일본계 혼혈이라는 것은 뭔가 착오가 있는 것이거나 기철이 일본인이라고 하자 관심을 끌려는 의도된 거짓말일 수도 있다는 생각이 들었다.

차가 시내로 들어서자 도로에 한두 대씩의 차량이 띄엄띄엄 눈에 띄기 시작했다. 차량은 헤드라이트를 켜기 시작했고, 일행이 탄 차는 강변의 도로를 달리고 있었다.

전력 사정이 워낙 나빠서 해가 지고 나면 암흑천지가 되는 지방도시에 비하면, 그래도 프놈펜은 한 나라의 수도로서 체면은 유지하려는 듯 불이 켜진 간판들이 하나둘씩 보였다. 차는 톤레샵 강가의 프레스센터 앞을 지나고 있었다.

프놈펜에 들어섰고 대화를 많이 나누게 되면서 경계심을 풀어 버린 하산이 여인과 시시콜콜한 이야기들을 나누며 그 내용들을 계속 기철에게 전했다. 캄보디아의 전통음식이나 풍습 등에 관한 이야기였고, 압살라댄스에 대한 이야기였다.

차가 독립기념탑이 있는 사거리에서 우회전을 하고 있었다. 기철이 고개를 돌려 좌측 건너편의 소나무 식당 쪽을 바라보았다. 시장기를 느꼈던 것이다. 소나무 식당에 갈 수는 없지만 적당한 곳에서 저녁을 먹고 가볍게 술도 한잔 하고 싶었다.

"하산. 우리 지난번의 그 프랑스 식당에 가서 저녁 먹고 들어갈까?"

"아닙니다. 저는 들어가서 미국의 가족에게 전화도 좀 해야 하고……."

기철이 휴대폰을 가지고 있었지만, 프놈펜 시내 중심부 이외에는 연결이 되지 않는 지역이 많았고, 그나마도 연결이 되면 통화가 불가능할 정도로 잡음이 많거나 통화 중에 끊어지기가 일쑤여서 사실상 무용지물이나 마찬가지였다.

"그래? 그럼 그냥 회사에 들어가서 먹지, 뭐."

기철이 아쉽다는 표정을 지었다. 소나무 식당 쪽을 힐끗거리는 기철의 아쉬움을 읽어 낸 하산이 깜박 잊고 있었다며 이야기를 꺼냈다.

"아, 참. 그리고 요즈음은 북한의 경제사정이 너무 나빠서 소나무 식당에도 북한 쪽 손님이 별로 없답니다. 캄보디아인이나 외국인도 별로 가는 것 같지도 않고요."

"북한의 경제사정이 나쁘다는 걸 어떻게 알아? 나보다 더 잘 아네? 하하."

"그리고 내년쯤에는 라오스와 캄보디아가 한국과 수교를 하게 될 것 같던데요."

"그래?"

"지난번 한국에 다녀오시면서 그런 소식 못 들으셨어요?"

"아니. 난 못 들었는데."

"훈센 총리 쪽에서는 한국과의 수교를 서두르려 하고 라나리드 총리 쪽에서는 북한의 눈치를 살피고 있는 상황이랍니다."

"아니, 왜 라나리드 총리가 북한의 눈치를 본다는 거야?"

"북한이 캄보디아 정부에 대놓고 남한과 수교를 하지 말라고 할 수는 없겠지만, 아무래도 두 나라는 전통적인 우호관계도 있고 시하누크 국왕 때부터 김일성과 맺은 뿌리 깊은 우정이 있는지라 그렇겠지요. 캄보디아로서는 한국의 경제적 지원이 필요하기는 하고……."

기철이 이해할 수 있다는 듯이 고개를 끄덕였다. 언젠가 한국이 중공이라고 부르던 중국과 수교를 하면서 중국 측의 요구로 자유중국이라고 부르던 대만과 단교를 해야만 했고, 대만으로부터는 배신을 당했다는 원망을 들어야 했던 기억이 떠올랐다.

운전대를 잡은 기철이 길을 잘못 들어서지 않게 하려고 하산이 이쪽저쪽 손으로 방향을 가리키며 뒷좌석의 여인에게 물었다.

"어디에서 내려 드릴까요?"

"아무 곳이나 편하신 곳에서 내려 주세요."

내릴 곳을 묻는 질문에 여인이 창밖을 두리번거리며 대답했다.

"우리 회사 앞에서 내려 주지, 뭐."

기철이 하산에게 동의를 구했다.

도로의 양쪽으로 불 켜진 창문들을 바라보니, 긴 여행의 피로가 조금씩 물러가고 있었다.

기철은 왠지 그녀와 다시는 만나지 못할 것 같다는 생각에 아쉬움이 남았다. 자신이 일본 사람이라고 거짓말을 한 것이 미안하기도 하고 그녀를 대화에 끌어들여 이야기를 몇 마디 더 나누어 보자는 생각이 들기도 했다.

"사실은 나는 한국 사람입니다."

기철이 하산의 눈치를 슬쩍 살피며 백미러에 대고 이야기를 했다. 하산이 어쩔 수 없다는 표정을 지으며 여인에게 곧바로 전했다.

"네에? 그러세요? 우리 할머니도 한국 사람인데."

그녀의 그 한마디는 정말 뜻밖이었다. 그 말을 영어로 전하는 하산도, 전해 들은 기철도 놀라지 않을 수 없었다.

"아니, 어떻게 할머님이……?"

최근에 한국인 두어 명이 프놈펜에 들어왔다는 소리를 K-TV라는 술집에서 듣기는 했지만, 젊은 사람이 아닌 한국인 할머니가 캄보디아의 시골에 살고 있다는 이야기는 도저히 이해하기 힘들었다. 기철은 갑자기 자신이 한국인이라고 밝힌 것이 후회스러웠다. 틀림없이 그녀는 북한 대사관 쪽과 어떤 식으로든 연계되어 있을 것이 분명하다. 그것이 아니라면 그녀가 또 한 번의 거짓말을 하는 것이거나.

"북한분이신가요?"

조심스럽게 그녀가 기철에게 물었다. 두 개의 한국이 존재한다는 것을 알고 있는 그녀의 표정에 긴장감이 역력했다.

"저…… 남한 사람입니다."

선뜻 대답하지 못하고 머뭇거리다 기철이 대답했고, 하산도 다시 긴장을 했다.

"어머, 정말이세요? 우리 할머니도 남한 사람인데, 할머니께 말씀을 드리면 굉장히 좋아하실 것 같아요."

여인이 한술 더 뜨고 있었다. 놀란 두 사람이 서로를 바라보았다.

그녀의 나이로 보아 할머니는 적어도 70세 정도는 되었을 텐데 북한 사람이라고 해도 믿기지 않을 터에 남한 사람인 할머니가 그런 시골 마을에 살고 있다는 것은 도저히 믿을 수 없는 일이었다.

기철이 다시 물었다.

"할머니가 남한 사람이라고요?"

"예."

"친할머니신가요, 아니면 외할머니신가요?"

"외할머니신데 아까 그 집에서 모시고 같이 살아요."

"그래요? 남한의 어디가 고향이라고 하시던가요?"

"글쎄요, 거기까지는 잘 모르겠어요. 하지만 할머니는 고향이 남한 쪽이라고 기억을 하고 계시던데요."

중간에 이야기를 전하며 하산이 기철의 눈치를 살폈다.

"그래요?"

그녀가 차를 세우던 곳, 주변의 다른 집들과는 달리 보기 드물게 대문이 달려 있었고 대문 앞에 자그마한 꽃밭도 있던 그 집의 모습이 떠올랐다.

기철이 고개를 갸우뚱하는 모습을 보이며 그녀의 표정을 백미러로 살폈다. 그녀는 자신의 할머니 고향이 어디인지 대답을 하지 못하는 것에 대해 미안해했고, 표정에서 아쉬움이 배어났다.

기철이 할머니의 고향에 대해 묻는 것은 조금 더 떠보자는 생각에 던진 질문이었고, 역시 한국의 어느 지명도 나오지 않았다. 그런데 그녀에 대한 의심이 관심으로 변해 가는 것일까, 아니면 그녀의 할머니에 대한 궁금증 때문일까. 기철이 그녀에게 다음 만남을 청하고 있었다.

"할머님께 인사도 전해 드리고 다음에 혹시 프놈펜에 나오시면 한

번 들르시라고 전해 주세요. 저기 건너편의 옥상에 미국 담배 광고가 크게 붙어 있는 건물이 우리 회사입니다."

차를 두싯호텔의 낮은 담장 곁에 세운 기철이 뒷좌석을 돌아보며 건너편의 회사 쪽을 손으로 가리켰다.

"예, 할머니께 꼭 전해 드릴게요."

남한 사람을 만났다는 사실이 그녀를 적지 않게 고무시키는 듯 보였다.

"여기서 내리시면 할머니 약을 사러 가는 곳이 가까운가요?"

"멀지 않아요. 그리고 오늘은 늦어서 친구의 집에서 자고 내일 약을 사러 나서려고 해요."

그렇게 그녀의 할머니에 대한 이야기는 마무리되었다. 어둠이 조금씩 깊어 가며 거리엔 인적이 끊어지고 있었다.

하산이 주차를 하기 위해 운전하여 건물 뒤편의 차고로 간 사이, 비로소 두 사람만이 두싯호텔을 등지고 회사 쪽을 향해 나란히 서게 되었다.

기철은 앙금처럼 가슴 속에 가라앉아 있던 의문을 풀기라도 하겠다는 듯이 그녀의 모습을 재빠르게 훑어보았다. 사내들의 눈길을 받을 만하기 충분한 미모라는 생각이 들었다. 기철의 눈길이 그녀에게 달라붙어 떨어지지 못하듯이. 그 눈길들에 씻기고 닦여서일까? 그녀의 얼굴은 눈부시게 희고 밝았다. 기철은 그녀의 얼굴에서 숱한 사내들의 눈길이 남아 있는 것을 느꼈고, 비스듬히 돌아서는 모습에서는 호기심을 품은 뭇 사내들의 손길도 느껴졌다.

한 줄기 바람이 그녀의 치맛자락을 흔들며 지나쳤다. 그녀는 하얀 손으로 이마로 흘러내린 머리카락을 귀 뒤로 쓸어 넘기고 살포시 미소를 지으며 기철을 바라보았다. 그녀의 미소가 어색하지 않도록 미소로 답하는 기철의 시선이 그녀의 매끈한 목선을 타고 오르자, 작은 큐빅이 박힌 귀걸이가 매달린 귓불이 살짝 모습을 드러냈다.

두싯호텔 앞의 가로등 불빛과 달빛이 두 사람의 모습을 쓰다듬듯 타고 내리며 그림자를 만들고 있었다. 가로등이 만든 그녀의 그림자는 기철에게 머리를 조아리고 있었고, 달빛이 만든 그녀의 희미한 그림자는 그녀를 두싯호텔로 밀어 넣고 있었다.

영어를 한마디도 하지 못하는 그녀와의 침묵은 아쉬움만 안겨 줄 뿐이었다. 치안도 불안한 곳에서 여자 혼자 덩그러니 어둠 속으로 돌려보내는 것이 왠지 마땅한 일은 아니라는 생각이 들었다. 그리고 오늘 저녁만이라도 자신이 그녀를 보호해야 할 사람이라는 의무감도 생겨났다. 차를 주차시키고 돌아온 하산을 통해 그녀의 의사를 물었다.

"늦은 시간인데 잠자리가 마땅치 않으면 저희 숙소에서 자고 가시겠습니까?"

"예……?"

별빛에 반짝이는 그녀의 눈동자가 기철을 향했다가 다시 하산에게 옮겨 간다.

"저 건물인데 마침 2층에 빈방이 있습니다."

하산이 회사 건물의 2층을 가리켰다. 그녀가 회사의 숙소에는 누가 있는가를 묻는 것 같았다. 대답을 듣고 그녀가 기철을 향해 고개를 돌려 바라보았다. 그리고 다시 회사 건물로 시선을 돌렸다.

"그렇게 하겠답니다."

하산이 이야기를 전하기 전에 그녀가 머리를 끄덕이는 것을 본 기철이 앞서서 길을 건너자 두 사람이 그를 따랐다.

회사가 입주한 3층짜리 건물의 옥상에는 커다란 말보로 담배의 광고판이 세워져 있었고, 입구의 우측에는 'KOCAM TRADING COMPANY'라는 영어 현판이 붙어 있었다.

기철이 벨을 길게 누르자 한참을 걸려서야 가정부가 2층의 창문으로 얼굴을 내밀었다. 그리고 또 한참이 걸려 1층의 유리문이 안으로 열리고 방범용 철제문도 옆으로 접히면서 열렸다.

"별일 없지? 저녁 먹었어?"

가정부에게 이야기하는 기철의 짧은 캄보디아어 솜씨에 그녀가 놀란 표정으로 미소를 지으며 따라 들어왔다. 뒤이어 하산이 들어오며 문단속을 하였고, 안으로 들어서자마자 그는 곧바로 벽에 달린 전기 계량기 앞으로 다가갔다.

"정전이 자주 되었었구나."

혼잣말처럼 중얼거리며 하산이 바라보는 벽에는 두 개의 계량기가 달려 있었다. 하나는 일반인이 함께 쓰는 전기 계량기이고, 나머지 하나는 정전이 될 때를 대비하여 두싯호텔에서 발전기를 돌려 만드는 전기를 연결해 놓은 것이었다.

아무래도 두싯호텔에서 공급받는 전기 가격이 매우 비싸서 하산은 직원들과 가정부들에게 가능하면 호텔의 전기를 사용하지 않도록 하라고 잔소리를 늘어놓곤 했었다. 그는 알뜰한 살림꾼이었다.

하산은 이곳에 회사가 자리를 잡자마자 두싯호텔의 주문을 받아내어 발전기를 팔았다. 기철의 친구가 운영하는 인천의 공장에서 D자동차회사의 디젤엔진으로 만든 발전기는 성능이나 가격까지도 호텔 측에서 만족스러워했고, 주변의 건물주들로부터 3대의 발전기를 더 주문받아 놓은 상태였다.

프놈펜 시내에는 신축공사 중인 호텔들을 제외하고는 3층 이상의 고층건물은 거의 없었다. 무역회사가 입주한 3층짜리 건물도 주변의 대다수 건물처럼 1층이 복층식 구조로 되어 있었다. 1층의 아래층에는 쇼룸 겸 직원들이 일하는 책상 네 개가 한쪽으로 나란히 자리를 잡았다. 위층은 기철과 하산의 책상이 놓여 있었고, 하산이 자리를 비울 때를 대비하여 통역을 겸한 여직원 찌에의 책상이 함께 놓여 있었다. 그리고 가운데에는 응접용 소파 한 세트가 놓여 있었다.

위층 사무실로 올라선 기철이 먼저 확인을 하는 것은 팩시밀리였다. 한국의 집에서 온 해님이의 편지가 그를 기다리고 있었다.

"캄보디아 직원이 몇 명이나 같이 일하나요?

하산의 뒤를 따라 위층의 사무실에 들어선 그녀가 사무실 안을 둘러보며 물었다.

"7명. 남자 4명, 여자 3명."

대충 알아들은 기철이 하산보다 먼저 캄보디아어로 대답했다.

"어머, 캄보디아 말을 정말 잘하시네요."

2층에서 주스를 쟁반에 받쳐 들고 내려온 가정부도 같이 웃었다.

캄보디아 말을 더 하고 싶었지만, 단어 몇 개를 엮어 만드는 기철의 캄보디아어 실력은 안타깝게도 바닥을 드러냈다. 아래층으로 내려가 불을 끄고 올라온 가정부가 물었다.

"딘장수프를 끓일까요, 라멘을 끓일까요?"

"하산, 우리 라면 먹자."

고개를 끄덕이는 하산을 보고 돌아서는 가정부의 뒤에 기철의 주문이 뒤따랐다.

"라면 3개."

기철은 지나에게도 한국 라면을 먹여 보고 싶었다.

가정부가 돌아보며 '예.'라고 대답하고는 2층으로 오르는 계단으로 향했다. 2층과 3층에는 각각 세 개씩의 침실이 있었고 거실과 부엌, 그리고 화장실을 겸한 욕실이 하나씩 있었다. 두 명의 가정부가 2층의 방 하나에서 자고, 운전기사가 자는 방이 있었다.

또 다른 하나의 방은 하산이 사용하다가 얼마 전에 기철의 침실이 있는 3층으로 방을 옮기면서 비어 있었다.

숙소로 사용되는 2~3층에는 항상 다섯 명이 기거했는데, 지방출장을 떠나면서 가정부 한 명과 운전기사는 휴가를 보냈다. 그리고 2층에서 3층으로 오르는 계단 옆에는 작고 귀여운 원숭이 '삐삐'가 살고 있다. 녀석이 워낙 말썽꾸러기인지라 작은 우리에 갇힌 채로. 그리고 각 층으로 연결되는 계단에는 철문을 달아 안전에 대비하고 있었다.

시계는 저녁 9시를 조금 넘기고 있었다. 책상 맞은편의 벽에 달린 시계를 힐끗 보고 어느새 타자기 앞에 앉은 기철의 손이 바삐 움직였다. 한국에 팩시밀리로 보낼 편지였다. 해넘이가 잠들기 전에 서둘러 보낼 요량이었다. 하산도 미국에 전화를 했다. 그는 가족 사랑도 유별난 사람이었다. 딸들의 목소리가 수화기 밖으로 삐져나와 옆에 있는 기철에게도 들렸다. 그는 딸들에게 키스를 퍼부어 대고는 통화를 끝냈다.

기철이 출장 전에 팩시밀리로 받았던 서류를 꺼내어 들여다보다가 전화기를 들었다.

"여보세요. 문선규입니다."

수화기를 통해 오랜만에 듣는 한국말이었다.

"응. 문 이사 시간이 늦었는데 아직 안 잤지? 별일은 없고?"

"예. 지금까지 사장님 전화를 기다리고 있다가 들어가는 길입니다. 그곳의 일은 어떠세요? 귀국 일정은 잡혔습니까?"

"응. 내가 지난번 팩스로 온 서류를 시간이 없어서 제대로 검토하지 못했어. 김포 사우리 건 말이야. 일단 가설계 떠보고 사업성 검토를 해 봐. 내가 귀국 날짜를 연기해야 할 것 같아. 그리고 신월동 사무실에 연락해서 이번에 물건 패킹할 때 컨테이너에 구호품으로 쓸 식품과 의류 등으로 빈 공간 없이 채우라고 해. 그리고 잊지 말고 군복도 잘 챙기라고 전해 줘."

기철이 통화를 끝내고 한국의 공수부대원 전투복을 입은 하산의 모습을 상상해 보았다. 기철은 발전기가 한국에서 들어올 때 신문사에 맡길 라면과 과자 등의 식품과 의류 등을 같이 보내면서 군복과 군화를 몇 벌씩 함께 챙겨 넣으라고 했었다. 하산에게 입힐 얼룩무늬 군복이었다.

잠시 후 세 사람이 3층의 둥그런 식탁에 둘러앉았다. 한 개의 라면 그릇 옆에는 젓가락이 놓여 있었고, 다른 두 그릇 옆에는 젓가락과 포크들이 하나씩 놓여 있었다. 그리고 가운데 푹 익은 배추김치가 신 내음을 풍기며 파리 떼를 부르고 있었다.

지나는 입에 포크를 문 채 하산과 기철이 번갈아 가며 김치 접시에 달라붙는 파리를 쫓아대는 모습을 웃으며 바라보았다. 뭘 그리 파리까지 신경을 쓸까 하면서. 지나는 맛이 있다고 하면서도 라면의 절반을 남겼다. 아까운 라면을.

유난히 토속적인 식성의 기철은 고추장과 된장 그리고 라면을 소중히 여길 수밖에 없었다. 그나마도 떨어지면 베트남으로 나가야 겨우 구할 수 있기에, 그것들은 김치와 함께 3층의 냉장고에 따로 보관해 왔다.

식사가 끝나고 지나가 2층으로 내려갔고, 하산도 자기 방으로 들어가는 것을 보고 기철은 서둘러 샤워를 마치고 침실로 들어섰다.

타월을 목에 걸친 채 열어 놓은 금고 앞에 앉은 그가 한 뭉치의 달러를 눈짐작으로 헤아려 보고는 금고의 문을 닫았다. 하산에게 육군 대위 계급장을 달아 주기 위한 비용으로 사용될 돈이었다. 멀지 않은 곳에 싱가포르 상업은행이 있었지만, 은행을 이용하는 것이 불편하기 이를 데 없었고, 현금 뭉치를 들고 은행을 들락거리는 것이 여러 사람의 눈에 띄는 것은 총을 든 강도를 부르는 결과를 가져올 수 있기에 차라리 침실의 금고가 더 편리하고 안전했다.

침대에 누워 바라보면 문 안쪽의 오른편에는 AK소총이 실탄이 장전된 채 세워져 있었다. 군복무 시절에 적군이 사용하는 것으로 배운 소총이라 그런지, 볼 때마다 사람을 긴장하게 만들고 마땅한 자리를 찾지 못해 계속 그 자리를 지키고 있어야 했다.

한 달 전쯤 어느 날 해 질 무렵에 어떤 군인이 회사로 찾아와 총을 내밀며 사라고 하는데, 사지 않으면 안 될 것 같은 험악한 분위기에 마지못해 실탄 30발과 함께 300불을 주고 사기는 했으나 그날부터 처치 곤란의 애물단지로 그렇게 버티고 있었다. 그리고 언제나 버릇처럼 잠자리에 들 때면 침대 머리맡의 작은 서랍에 들어 있는 권총의 상태도 확인하곤 했다.

침대에 엎드린 기철이 캄보디아어 노트를 펼쳤다. 그 노트는 캄보디아어의 단어나 급할 때 사용하기 위한 짧은 문장들을 한국어로 표기해 놓은 노트였다. 그가 만들어 가는 그 노트에는 단어나 짧은 문장들이 계속 늘어 갔고, 그는 이 노트를 늘 소중히 여기며 잠자리에 들 때마다 항상 들여다보다가 잠이 들곤 했다.

엎드린 채 노트를 들여다보며 캄보디아어 몇 마디를 소리 내어 가며 발음해 보던 그가 노트를 덮고 반듯이 누웠다. 출장기간의 일들을 기억해 보다가 지친 몸이 이내 평온을 찾아가며 잠에 빠져들었다.

- 4 -

쁘사 뜨마이

어둠이 서둘러 보따리를 싸며 쫓겨 가야 하는 시간. 두싯호텔 앞의 키 작은 가로등이 아직도 졸린 눈을 부릅뜨며 버티어 내야만 하는 새벽 다섯 시가 기철이 눈을 뜨는 시각이다.

잠에서 깨어났지만, 침대 위에서 다이어리를 펼쳐 놓은 채 그날의 해야 할 일들을 점검을 하고 있을 무렵. 덜거덕거리는 소음이 일고 소녀의 가냘픈 목소리와 해맑은 웃음소리가 들려오면, 그는 자리를 털고 일어나 샤워를 하기 위해 욕실로 향한다.

"먹어. 삐삐야, 얼른 먹어."

3층으로 오르는 계단 모퉁이에서 지내는 삐삐에게 아침 먹이를 주면서 인사를 나누는 17살짜리 '작은애'의 웃음소리가 이렇게 프놈펜의 아침을 연다.

하산과 함께 아침 일찍 산책하러 나가는 날은 돌아오는 길에 시장통에서 꾸이띠어 국수를 한 그릇 먹고 들어오면 곧바로 욕실로 향했다. 오전 9시 정도 이후에는 샤워를 할 수가 없었다. 한국의 경우라면 겨울에 수도가 얼어 터지지 않게 하려고 배관파이프는 땅속에 묻거나 건물의 벽 속으로 들어가야 하지만, 열대지방은 얼어 터질 일이 없으니 굵고 가는 수도관은 담벼락을 따라 달리기도 하고 벽을 타고 오르며 연결되어 있었다. 그래서 9시 이후에는 햇볕에 달구어진 물탱크와 파이프 안의 물로는 샤워를 할 수 없을 정도로 물이 데워져 있곤 했다.

손님이 있으니 아침 산책하러 나가지 않은 기철이 서둘러 샤워를 마치고 사무실로 내려가기 위해 2층을 가로질러 지나치며 가정부들과 인사를 나누었다.

기철은 그들을 '큰애', '작은애'라고 이름을 지어 주고 그렇게 불렀다. 둘의 이름이 비슷하기도 할 뿐만 아니라 발음을 하기도 어려웠던 것이다. 가정부들도 자기들이 그렇게 불리는 것을 싫어하지 않았다.

기철이 문이 열린 욕실 앞을 지나치며 등을 돌린 채 쪼그려 앉아 있던 지나와 인사를 나누다가 급히 손을 저으며 그녀에게 다가갔다. 그녀는 작은 빨래들을 비벼 대고 있었다.

'지나 양은 손님인데 무슨 빨래를 하고 그래요. 큰애가 하면 돼요. 그만하세요.'

기철이 손으로 큰애를 가리켰다.

'아니에요, 신세를 지기도 했으니 제가 얼른 해서 치울게요.'

서로에게 귀머거리이고 벙어리일 수밖에 없는 두 사람은 그렇게 대화를 나누었다.

　사무실로 내려온 기철은 여느 아침과 마찬가지로 찻잔을 앞에 놓고 하산과 마주 앉았고, 으레 하산은 기철의 앞에 프놈펜포스트 신문을 펼쳐 놓았다. 대충 머리기사부터 큰 기사들을 하산이 설명해 나갔다. 특별히 관심을 끄는 내용이 없으면 그날의 일정을 이야기하는 순서였다.

　그런데 웬일인지 기철의 눈앞에 2층의 욕실에서 쪼그려 앉아서 양말과 손수건 등의 빨래들을 비벼 대고 있었던 지나의 모습이 계속 눈앞에 아른거렸다.

　'내가 무엇을 본 것일까?'

　마치 무언가를 찾기라도 하듯이 기철의 눈동자가 깜박거리는 눈안에서 바쁘게 움직였다. 눈치 빠른 하산이 그의 표정을 가만히 살폈다.

　"하산, 나 2층에 잠깐 올라갔다 올게."

　갑작스러운 기철의 행동을 궁금해하며 하산도 두어 걸음 거리를 두고 뒤를 따랐다. 2층으로 올라온 기철의 발걸음은 곧장 욕실에 있는 지나를 향했다.

　열려 있는 욕실의 문을 등지고 쪼그려 앉은 지나는 자신의 뒤에 기철이 서서 바라보는 것도 모른 채 지난밤에 출장 가방에서 꺼내 놓은 기철과 하산의 속옷과 손수건 등을 손으로 비벼 가며 빨고 있었다. 뒤따라 온 하산이 기철의 곁에 나란히 섰다.

　"하산. 지나에게 물어봐 줘."

지나는 그때서야 뒤에서 들려오는 기철의 목소리에 놀란 표정으로 일어서서 뒤로 돌아섰다. 기철이 손가락으로 빨래를 가리키며 말했다.

"지나, 저기 저 양말 말이야. 다시 한 번 빨래하듯 비벼 봐요."

기철이 다시 한 번 이야기를 했고, 하산은 지나에게 그대로 전했다.

"이렇……게요?"

영문을 모르는 지나가 다시 쪼그려 앉아 그들에게 빨래를 비비는 모습을 보이고는 고개를 돌려 올려다보았다.

"다시 한 번."

지나가 한 번 더 양말을 비벼 대는 모습을 보였다. 하산이 기철의 눈에서 알 수 없는 불빛을 발견했다.

"하산, 큰애 좀 오라고 해 봐."

기철이 지나를 바라보며 하산에게 이야기했고, 하산은 싱크대 앞의 스무 살짜리 큰애를 불렀다.

"지나는 이리 나오고 큰애가 들어가서 빨래 좀 비벼 봐라."

하산의 설명을 듣고 지나가 욕실 밖으로 나오고 이번에는 지나가 앉았던 자리에 큰애가 쪼그리고 앉아 양말을 비벼서 빠는 시늉을 했다.

"이렇게요?"

"응, 됐어. 이제 나와."

큰애가 욕실에서 나오고 기철의 입가엔 잔잔한 미소가 번졌다. 눈빛에 무엇인가에 대한 확신이 들어찼다. 기철의 미소가 무엇을 뜻하는지 알 길이 없는 사람들은 서로의 얼굴만 번갈아 가며 바라볼 뿐이었다.

"하산, 내려가자."

"예……?"

하산이 어정쩡한 표정으로 따라나섰고, 사무실 쪽으로 내려가려고 돌아서는 기철에게 큰애가 식사 준비를 알렸다.

"사장님, 딘장수프 준비되었는데요!"

"응, 3층에 준비해. 아, 참. 그리고 지나도 같이."

사무실로 내려와 문가에 선 하산이 소파에 앉은 기철의 눈치를 계속 살폈지만, 도무지 이해할 수 없는 노릇이었다. 기철은 미소를 머금고 있다가 금방 심각한 표정을 짓기도 했다.

"하산, 조금 전에 말이야."

기철이 자세를 고쳐 앉으며 운을 떼자, 하산이 눈을 동그랗게 뜨며 두 귀를 곤두세우고 기철의 앞에 앉았다.

"아까 지나가 욕실에서 양말 빨래하는 거 봤지?"

"예? 예."

"큰애가 빨래하는 것도 봤지?"

"예!"

"달랐지?"

"예? 무슨 말씀인지……."

하산이 진지한 반응을 보이자, 기철이 바지 주머니에서 손수건을 꺼내 들었다.

"지나는 양말을 이렇게 비볐었잖아."

기철이 탁자 위에서 손수건의 한쪽을 왼손으로 누르고 엄지와 검지의 사이를 벌린 다음에 그 손등 위에다가 오른손으로 손수건을 비벼대며 지나가 빨래를 하던 모습을 흉내 내어 보였다.

"예. 그런 것 같아요."

"큰애는 어떻게 비벼 댔지?"

기철이 이번에는 왼손으로 손수건을 쥐고 손등이 아래로 향한 채 오른손으로 손수건의 다른 한쪽 자락을 잡고는 왼쪽 손목의 안쪽 위에서 오른손으로 비벼 대는 큰애의 모습을 흉내 내어 보였다.

"글쎄요. 생각이 잘……."

"큰애는 이렇게 비볐잖아."

기철이 큰애가 빨래를 비비는 모습을 다시 흉내 내어 보였다.

"예. 그랬나요?"

기철의 상기된 표정을 바라보며 하산이 물었다.

"그런데 그게 왜……."

"내가 동남아시아의 여러 나라를 다녀 봤거든. 그런데 어느 나라의 여자든지 지나처럼 빨래를 비비는 여자는 없었어."

"……."

"한국 여자들은 빨래를 비빌 때 지나처럼 이렇게 해. 그런데 동남아 여자들은 빨래를 이렇게 비벼 댄단 말이야."

기철이 한 번 더 지나와 큰애의 빨래하는 모습의 차이점을 보여 주자, 하산이 그 모습을 한쪽으로 고개를 갸우뚱하며 바라보았다.

"맞습니다. 캄보디아 여자들은 이렇게 합니다."

기철의 동작을 찬찬히 보고 있던 하산이 고개를 끄덕인 후 같이 흉내를 내며 대답했다.

"아니면 이렇게 하든가."

기철이 이번에는 빨래를 양쪽 손으로 나누어 쥐고 두 손을 위아래로 비벼 대는 모습을 보였다.

하산이 머리를 크게 끄덕이며 이해했다는 표정을 지어 보였다.

"그럼. 지나가 한국 사람 같다는 말씀인가요?"

"꼭 그런 것은 아니지. 하하하!"

"……."

"하지만 생각을 해 봐. 캄보디아 여자 중에 지나처럼 그렇게 빨래를 비비는 사람이 없을 게야. 어려서부터 어머니나 주변의 여인들이 빨래 비비는 것을 보고 자연스럽게 따라 하게 된 것일 테지."

"그렇다면?"

"그래 맞아. 지나의 할머니나 어머니가 그런 식으로 빨래하는 걸 지나가 어려서부터 보고 자연스레 따라 하게 된 것 같아."

"아, 그렇겠군요."

"이해가 가지?"

"예. 그럼 지나가 어제 차 안에서 자기 할머니가 한국 사람이라고 했던 이야기가 사실인가 보군요."

"응. 나도 그렇게 생각해."

두 사람은 2층의 욕실에서 빨래를 하던 지나의 모습을 생각하며 연신 고개를 끄덕였다.

"그런데 지나의 빨래하는 모습이 다른 여자들과 다른 걸 어떻게 발견하셨지요?"

하산이 특유의 진지한 표정을 지으며 기철을 바라보았다.

"아침에 사무실로 내려오는데 2층 욕실의 문을 열어 놓은 채 지나가 빨래를 하고 있었어. 무심히 지나치며 인사를 나누었는데, 사무실에 들어와서 가만히 생각해 보니 뭔가 다른 모습을 본 것 같아서 다시 올라가 본 거야."

기철의 예리함에 하산도 감탄을 하고 있었다.

"내가 어렸던 시절에는 한국에 세탁기라는 것이 없어서 어머니들이 우물가나 개울가에서 손으로 비벼 가며 빨래를 했었지. 나무방망이로 두들겨 가면서 빨래를 하기도 했어."

"방망이로 두드리다니요?"

"하하하……. 나도 잘 모르는데 아마 두드리면 더 깨끗하게 세탁이 되는 모양이야."

"아, 그럴까요? 하하하……."

"그리고 한국 남자들은 나이가 스무 살이 되면 의무적으로 군대에 가게 되는데, 내가 입대를 하던 1970년대에는 3년간 군복무를 해야 했고 그 3년 동안에는 군복은 손수 빨아야 했어. 그렇게 한국 남자들은 대부분 손으로 빨래를 해본 경험이 있는 거야. 나도 마찬가지였어."

하산이 빙그레 웃으며 기철의 이야기를 듣고 있었다.

"아하, 3년 동안이나 군대 생활을 해 보신 경험이 있으세요? 그래서 그렇게 총을 잘 다루시고 사격도 잘하시는군요?"

"응. 대부분의 한국 남자들은 기본적으로 사격을 곧잘 하지. 나는 제대하고 한동안 필리핀에 나가서 생활하게 되었지. 영어 공부를 위해서 말이야. 그때 필리핀 가정부의 빨래하는 모습이 한국 여인들과는 다른 것이 너무 신기해서 옆에서 한참을 바라본 적이 있었어."

하산이 크게 머리를 끄덕였다.

"지나의 어머니나 할머니가 한국 사람일 가능성이 높은 것이군요?"

"응. 북한인지 남한인지 알 수는 없지만……."

열려 있는 문을 두드리는 노크 소리에 고개를 들어 보니, 아래층에 근무하는 직원들이 올라와 출근 인사를 하고 내려갔다. 10여 분 후에는 통역하는 직원 '찌에'의 뒤를 이어 운전기사 '뜨락'도 출근 인사를 하고는 내려갔다.

기철과 하산이 아침 식사를 하러 3층에 올라갔다. 지나와 함께 세 사람이 식탁에 앉았다. 지나의 화장은 가벼웠지만, 식탁의 분위기를 바꿀 만큼 화사했다. 기철과 지나의 앞에는 밥과 된장국이 김치와 함께 놓여 있었고, 하산 앞에는 토스트 한 조각과 커피 한 잔이 놓여 있었다.

"할머님과 어머님도 지나 양처럼 이렇게 빨래를 비벼 빠시나요?"

하산이 토스트에 딸기잼을 바르다가 접시에 도로 내려놓고는 지나가 빨래를 비비던 모습을 어설프게 흉내를 내어 보이며 물었다.

"네. 할머니는 지금도 그렇게 하셔요. 그리고 우리 어머니는 제가 어릴 때 돌아가셨어요. 위장병으로……."

지나는 자신이 빨래를 비비는 모습이 할머니와는 같지만 다른 친구들과는 다르다는 것을 알고 있었고, 아마도 그것이 한국 여자들의 빨래하는 모습일 것으로 생각하고는 있었는데 오늘 다시 한 번 확인하게 된 셈이었다.

식사 중의 대화내용은 여러 나라 여인들의 손빨래하는 모습에 대한 것이었다. 자연히 한국 여인의 이야기와 지나의 할머니 이야기로 이어졌고, 지나는 기철이 할머니에 대해 계속 관심을 보이는 것을 반기는 기색이었다.

"두 분 부모님이 모두 일찍 돌아가셨군요?"

"예. 아버지의 모습은 기억이 잘 나질 않아요. 제가 아주 어릴 때 돌아가셨거든요. 그리고 어머니는 엄청난 미인이셨고 압살라댄서이셨대요. 왕의 앞에 나가서 춤을 추기도 하실 정도로 춤을 잘 추셨답니다."

하산이 그녀의 이야기를 빼놓지 않고 기철에게 전했다.

"지나 양의 어머니가 왕립무용단의 단장을 지내셨다는군요."

"아! 그래요?"

"왕립무용학교의 교장도 지내셨답니다."

"아, 그러셨군요."

기철은 지나를 찬찬히 바라보며 그녀가 압살라춤을 추는 모습을 연상해 보았다.

식사가 거의 끝나 갈 무렵, 기철이 얼핏 듣기에 지나가 하산에게 기철의 나이를 묻는 것 같았다. 이를 알아들은 기철이 캄보디아어로 대답을 했다.

"마흔 살입니다"

"40이요?"

지나의 표정에서 약간의 놀라움이 배어 나왔다.

"예. 왜요?"

"아니에요. 훨씬 젊어 보여서요."

지나가 가볍게 고개를 끄덕이고 나서 다시 물었다.

"그럼 결혼도 하셨고 아이들도 있으시겠네요?"

알아듣지 못한 기철이 하산을 바라보았다. 하산의 통역으로 질문을 이해한 기철이 다시 캄보디아어로 대답했다.

"나는 사랑하는 아내가 있습니다. 나는 멋진 아들이 하나 있습니다. 그리고 예쁜 딸이 하나 있습니다."

마치 미리 준비되어 있었던 듯이 세 마디를 또박또박 이야기했다. 발음이 조금 어색했지만 두 사람이 알아듣고는 놀라는 눈치였다.

"캄보디아 말을 정말 잘하시네요."

"어이쿠, 감사합니다. 나도 이젠 캄보디아 사람입니다. 하하하!"

세 사람의 웃음을 반찬으로 기철도 밥 한 그릇을 모두 비웠다.

아침 식사를 끝내고 사무실로 내려가자 먼저 내려간 하산이 아래층의 직원들에게 무언가 이해를 시키려는 듯 손짓 몸짓을 하며 한참

동안 설명을 하고 있었다. 그 모습을 위층에서 내려다보던 기철이 인기척을 느끼고 돌아보니, 지나가 손가방을 들고 문 앞에 서서 미소를 짓고 있었다. 그녀가 하는 이야기를 기철이 정확히 알아들을 수는 없었지만, 아마도 신세를 진 것에 대해 고맙다는 인사였을 것으로 생각하면서 기철이 앞서서 아래층으로 내려가고 지나가 뒤를 따랐다.

낯선 지나에게 직원들의 시선이 모여들었다. 하산이 가방을 들고 있는 지나의 모습을 보고 물었다.

"가시려고요?"

"예. 이제는 할머니 약을 사 가지고 집으로 돌아가야지요."

"약을 사러 가는 곳은 어디인가요?"

"쁘사뜨마이 근처입니다."

지나의 대답을 들으며 하산이 기철에게 시선을 돌렸다. 기철이 하고 싶은 이야기가 있으면 통역을 해야 한다는 생각이 들었던 것이었다.

"조심해서 가시고 할머니한테 꼭 안부 전해 주세요."

지나를 보내는 기철의 표정에서 아쉬움이 살짝 배어났다.

"다음에 할머니하고 같이 프놈펜에 나오는 일이 있으면 꼭 모시고 올게요. 아마 할머니도 이 사장님을 만나 보고 싶어 하실 거예요."

"네, 그래 주세요."

떠나는 지나의 모습을 지켜보다가 위층으로 올라가 책상 앞에 앉은 기철의 눈앞에 계속 그녀의 모습이 아른거리고 있었다.

'그녀의 할머니란 분은 어떤 모습일까?'

벼랑 끝으로 밀려난 절망감과 짙은 체념으로 가슴을 채우고 살아가는 것으로 보이는 대부분의 캄보디아 사람들의 모습과는 달리 밝은 그녀의 표정과 행동에서 그녀의 할머니라는 분의 모습을 찾아보려는 듯 기철의 시선이 한동안 허공을 주시했다.

"중앙시장과 오르세이시장을 좀 나가 보려고 하는데 같이 가시겠습니까?"

위층으로 올라온 하산이 외출 준비를 하고 문 앞에 서 있었다.

"그럴까?"

기철이 일어나며 외출 준비를 하자, 하산이 운전기사인 뜨락을 불렀다.

"사장님하고 중앙시장 쪽에 나갈 테니 차 준비해요."

언제나 몸놀림이 가벼운 뜨락이 돌아서서 계단을 내려가자, 고민스러운 표정으로 하산이 이야기를 꺼냈다.

"그 중국인 약재상들 말고 다른 곳을 몇 군데 더 접촉해 봐야 할 것 같습니다."

"그러게 말이야. 물량을 확보할 수가 없으니……."

캄보디아에서 밖으로 내갈 수 있는 물품은 상황버섯과 떵까우 뿐인데, 상황버섯은 품질이 낮아서 이윤도 높지 않았다. 하지만 떵까우는 한국은 물론 일본에서의 수요도 많고 최고의 품질이라 가격 면에서도 경쟁력이 높았다. L/C 거래가 아니라 좋은 가격으로 현금을 선입금시키겠다고 하는데도 물량을 확보할 수가 없어서 고민이었다. 물량 확보를 위해 아무리 뛰어다녀도 필요한 양에 비해 턱없이 부족

했다.

대부분 프놈펜에서 멀리 떨어진 산간지방에 주로 군락지가 형성되어 있었고, 산에는 지뢰가 매설된 미확인 지역이 많아서 주민들이 산에 오르는 것을 꺼리기 때문에 프놈펜에 앉아서 사들이는 물량은 적을 수밖에 없었다.

일본의 바이어들이 더 적극적이었고 가격 조건도 한국보다 월등히 좋았다. 지난번에는 물량이 적어서 나무상자로 포장을 했었지만, 물량이 확보되어 컨테이너를 띄울 수만 있다면 운송비용 등도 절감이 될 터이니 작은 컨테이너를 하나 정도를 채울 수 있는 물량 확보가 목표였다. 그래서 고심 끝에 중국인 약재상들에게 선물을 주며 부탁을 했는데도 물량은 기대에 턱없이 못 미치고 있었다. 눈앞에 돈이 보이는데도 중국 상인들은 왜 그리도 느긋한지, 그저 한정도 없이 기다리라고만 할 뿐이었다.

떵까우의 물량을 확보하기 위해 동분서주하다가 기철은 하산의 소개로 어느 국회의원의 사촌 동생이라고 하는 사람을 만나 인사를 했고, '라따나끼리'라는 곳의 떵까우 군락지를 한 번 방문하기로 했다. 그의 말대로 떵까우 열매를 밟지 않고는 걸음을 옮길 수가 없을 정도이고 삽으로 퍼 담기만 하면 될 정도라면, 계산하기 힘들 정도의 돈이 기다리고 있는 것과 같았다. 기철과 하산은 라따나끼리에 큰 기대를 품었다.

운전기사 뜨락을 앞세우고 기철과 하산은 중앙시장으로 향했다.

쁘사 뜨마이. 또 다른 이름, 중앙시장(센트럴 마켓). 프랑스 식민지

시절에 건설되었다는 그 시장은 둥그스런 돔형의 지붕 위로 햇살이 빗질하듯 쏟아져 내리고 있었다. 주차를 하는 차량의 후진을 도와주곤 여지없이 손을 내미는 꼬질꼬질한 꼬마들. 한쪽 다리를 잃고 쪼그려 앉은 채 망연히 지나치는 사람들의 모습을 쫓는 노파의 눈에는 절망이 글썽거렸다. 하지만 그곳의 한편은 시련과 고통 그리고 허기짐의 갈피를 헤집고 들어서는 생동감을 느낄 수 있는 곳이기도 했다.

차에서 내리는 기철의 모습을 발견하고는 10여 명의 걸인이 그를 에워쌌다. 캄보디아에는 유독 팔이나 다리를 잃은 걸인이 많았다. 잦은 지뢰폭발사고 때문이다.

기철의 기억 속에 존재하는 한국의 1960~1970년대 걸인이나 한국전쟁의 상이용사들은 잃은 팔에 쇠갈고리라도 달려 있었지만, 프놈펜의 그들에게는 그것마저도 없었다. 전쟁을 치른 사람들이라 그럴까. 구걸을 하는 그들의 매서운 눈빛에는 아직도 서늘한 냉기가 서려 있었다.

"지갑 조심하세요."

미리 달러를 리엘로 바꾸어 준비해 두었던 잔돈을 걸인들에게 나누어 주고 돌아서는 기철에게 하산이 걱정스러운 표정으로 당부를 했다. 하산의 말에 기철이 청바지 뒷주머니의 지갑을 꺼내어 앞주머니로 옮겼다. 여전히 걸인들은 그들의 뒤를 따르고 있었다.

입구의 약재상 두 곳을 들러 상담을 끝내고 시장 안으로 들어섰다. 집채만큼 담배가 쌓여 있는 가게 앞을 천천히 걸었다.

"이 담배들도 모두가 밀수품입니다."

"아니, 밀수품을 저렇게 버젓이 내놓고 판매를 한단 말이야? 그리고 세금이 아니면 국가는 무엇으로 살림을 해나가지? 허허……."

기철이 어이없다는 표정으로 웃으며 마치 탑처럼 높이 쌓아 놓은 담배들을 바라보았다.

"세금은 힘을 가진 자가 밤에 걷어 가지요. 저들은 낮에 벌어서 밤에 세금을 내고요. 그 세금은 정치세력을 키워 내기 위한 자금으로 사용되거나 무기 구입자금이 되기도 합니다."

"어느 나라나 정치하는 사람들이 정신을 차리지 않으면 국민의 삶은 고통스러운 것이지."

"예, 그렇습니다."

하산이 깊은 한숨을 내쉬며 주머니에서 작은 쪽지를 꺼내들었다. 큰애가 필요하다는 장보기 물품의 목록이었다.

하산이 뜨락과 함께 장을 보는 동안 기철은 즐겨 마시는 헤네시 코냑을 한 병 샀다. 하산이 술과 담배를 하지 않는 사람이라 술을 살 때는 괜히 하산에게 미안한 생각이 들곤 했다. 장보기를 마친 물건들을 뜨락의 양손에 들려서 차가 있는 곳으로 먼저 돌려보냈다. 보석상가 쪽을 가리키며 기철이 앞장을 섰고 하산이 뒤따랐다.

"내가 이번에 하산이 군복을 입게 되는 것을 축하해 주려고 선물을 생각해 봤는데 말이야, 아무래도 시계가 제일 알맞을 것 같은데…… 어때?"

기철이 줄이 낡아 헤진 하산의 손목시계를 가리키며 말했다.

"아, 아닙니다."

하산이 크게 손사래를 치며 뒤따르던 걸음을 멈추었다.

"지금도 신세를 어떻게 갚아야 할지 고민 중이고 죄송스러울 뿐입니다. 나중에 필요한 게 있으면, 그때 말씀드리겠습니다."

걸음을 멈추고 뒤돌아서서 이야기하는 기철에게 하산이 정색을 하고 말했다.

"왜 그래. 나온 김에 시계 하나 사 가지고 가자. 하산은 이미 시계를 선물 받을 만큼, 아니 그 이상의 일을 했어. 사양하지 마."

기철이 하산의 손목을 끌었다.

"아닙니다. 괜찮습니다. 저쪽 편으로 가서서 술안주 하실 육포하고 과일이나 조금 사 가지고 돌아가시지요."

하산이 고개를 돌리며 턱으로 오른쪽 상가를 가리켰다.

"그래? 그럼 내가 한 가지 고민을 안고 한국에 다니러 가게 생겼군. 한국에서 준비해야 할 하산의 선물 말이야. 하하하!"

"하하하하……."

그때, 두 사람의 웃음소리 사이로 낯선 캄보디아인 사내가 끼어들었다. 제법 살집이 있는 체구에 눈이 부리부리한 30대 중반 정도로 보이는 사내가 하산에게 건네는 이야기를 기철은 알아들을 수가 없었다. 하산이 사내의 이야기를 들어가며 그의 모습을 위아래로 훑어보더니 물었다.

"영어를 할 수 있습니까?"

"아니요."

사내가 영어를 전혀 못 한다는 것을 확인하고 나서야 하산은 기철에게 영어로 이야기하기 시작했다.

"이 사람이 우리에게 위조달러가 필요하냐고 묻습니다."

목을 빼고 두 사람의 이야기하는 모습을 바라보는 사내의 모습을 슬쩍 살핀 기철이 목소리를 낮춰 물었다.

"뭐야? 위조달러를 팔겠다는 이야기야?"

"예. 하지만 조심하셔야 합니다. 이 자가 위조달러를 찾고 있는 경찰일 수도 있습니다."

"난 위조달러를 사고 싶은 생각은 없지만, 상당히 흥미로운 이야기인데? 구경이라도 한번 해 볼 수 있을까? 하산은 본 적 있어?"

기철이 호기심을 드러내며 물었다.

"미국에서는 몇 번 본 적이 있지만, 캄보디아에서는 보질 못했습니다."

"우리 구경하고 가자. 나도 상당히 궁금한데……."

하산이 사내와 조심스럽게 대화를 시작했다.

"가격이 얼마인가요?"

"15불짜리부터 80불짜리까지 있습니다."

"보여 줄 수 있습니까?"

"물론입니다. 저쪽으로 가시지요."

하산과 기철이 주변을 두리번거리며 사내의 뒤를 따라 들어간 곳은 보석상이 몰려있는 상가의 어느 조그만 점포였다. 지나가는 사람들의 눈길이 쉽게 닿을 수 있는 좁은 점포였지만, 안쪽으로 들어서자 점원인 듯한 중년의 남녀가 슬그머니 자리를 비켜섰다.

사내가 100불짜리 지폐를 한쪽 구석에서 꺼내 유리 진열장 위에 펼쳐 보였다. 기철이 신기하다는 눈빛으로 내려다보며 하산에게 얼마짜리인가 물어봐 달라고 했다. 하산은 기철을 힐끗 바라다보더니 시선을 사내에게 다시 돌리며 건조한 어투로 짧게 말했다.

"다른 것은?"

사내가 말없이 돌아서서 방금 위조지폐를 꺼낸 쪽이 아닌 반대 방향의 진열대 아래쪽으로 다른 샘플을 꺼내기 위해 몸을 숙였다. 하산이 그 사이 기철에게 바짝 다가서며 말했다.

"이 정도의 물건이면 아이들 장난감 수준입니다. 가격은 물어볼 필요가 없을 것 같습니다. 제가 들은 정보가 있습니다. 제대로 생긴 물건을 한번 구경해 보시지요."

기철이 지폐를 다시 들여다보았다. 똑같아 보이지만 어딘가 모르게 색상이 조금 이상해 보이기도 했다. 기철은 하산이 만들어 줄 구경거리에 기대를 잔뜩 품은 채 숨을 깊게 들이마셨다.

수준 높은 안목을 갖춘 손님을 만났다는 생각을 했을 사내는 3장의 위조지폐들을 꺼냈고 가격을 이야기해 나갔다.

"처음에 보여 드린 것은 15불짜리였습니다. 그리고 이것은 25불, 이것은 30불, 이것은 40불짜리입니다."

사내가 유리 진열장 위에 세 장의 지폐를 나란히 펼쳐 놓으며 기철과 하산의 표정을 살피며 말했다. 기철의 눈에는 꽤나 신기 해 보였지만, 아직도 하산은 만족스럽지 못하다는 눈치였다. 새로 꺼내어 보이는 지폐들을 대충 훑어보는 하산의 말 없는 표정을 살피며 사내는 대답을 기다리고 있었다.

다시 한 번 지폐로 눈을 돌린 하산이 그중 40불짜리라는 지폐를 들어 자세히 들여다보며 표면을 집게손가락 끝으로 쓰다듬으면서 말했다.

"쓸만한 물건이 없군요."

와그르르- 하고 사내의 자존심 무너지는 소리가 들렸다. 하지만 사내는 이내 평정심을 찾으며 여유 있는 모습을 보였다.

"가격이 비싸기는 하지만 최고의 물건이 있는데, 보시겠습니까?"

"그럽시다. 이것들은 영 실망스럽네요."

사내가 아랫입술을 지그시 깨물며 뭔가 결심이라도 한 듯한 표정을 짓더니 뒷주머니에서 자신의 가죽 지갑을 꺼내어 펼쳤다. 그리곤 빳빳한 100불짜리 한 장을 꺼냈다.

바라보는 하산의 눈빛도 빳빳해졌다.

"이건 얼마짜리인가요?"

"80불 주셔야 합니다."

"예에……?"

100불짜리 위조지폐의 가격이 80불이라니. 기철도 할 말을 잃고 팔짱을 낀 채 두 사람의 대화를 듣고만 있었다. 자신이 나설 자리가 아니었다.

"가격이 좀 비싸군요."

"위조지폐 감별기를 통과한 물건입니다."

"……."

지폐를 기울여 앞뒷면을 들여다보기도 하고 빛에 비추어 보기도 하고 표면을 더듬어 보기도 하면서 하산이 잠시 생각에 잠기는가 싶더니 고개를 들어 사내에게 물었다.

"가격 절충이 가능합니까?"

"1,000불 단위로 거래를 하게 되면 5불을 깎아 드릴 수 있습니다. 10,000불 단위로 거래를 하신다면 10불을 깎아 드리겠습니다."

고개를 끄덕이던 하산이 점포 앞의 길 쪽을 힐끗거리며 자신의 지갑을 꺼내 들었다. 위조지폐를 자신의 지갑에 꽂아 넣으며 다른 100불짜리를 꺼내어 사내에게 건넸고, 거스름돈 20불을 받아 지갑 속에 같이 넣었다.

필요하면 다시 연락하겠다고 사내와 인사를 나누고 두 사람은 주차장으로 돌아왔다.

"뜨락. 혹시 미행하는 차가 있는지 잘 살펴봐."

뒷자리에 앉으며 기철이 차를 출발시키려는 뜨락에게 주의를 시켰다.

"괜찮을 것 같습니다."

운전석의 옆자리에 앉은 하산이 뒤를 돌아보며 걱정하지 말라고 고개를 끄덕였다.

"미행하는 차는 없는 것 같습니다."

뜨락도 고개를 끄덕였다.

"오토바이도 살펴봐."

"예, 알겠습니다."

어떤 일인지 알지도 못하는 뜨락이 아무 염려 말라는 듯 마치 군인처럼 대답하며 룸미러로 기철을 바라보았다.

"하산, 아까 위조지폐 판매상이 경찰일지도 모른다고 했잖아. 비록 한 장이기는 하지만 위조지폐를 산 건 위험한 행동 아닐까?"

"아, 예. 제가 아까 확인을 했습니다. 아는 경찰 녀석이 청바지 차림으로 바로 가게 앞을 수차례 지나다니며 밖에서 경비를 서 주고 있더군요. 저와 눈인사도 했습니다."

"경찰이 경비를 서 주더라고?"

"예. 경찰은 위조지폐 판매상한테 수고비를 받든가 아니면 경찰이 한통속이 되어 동업을 하든가, 둘 중의 하나지요."

쉽게 이해할 수 없는 일이지만 캄보디아의 현실이라고 받아들여야 했다.

시장통을 빠져나오자 하산이 놀랄 만한 이야기를 꺼냈다.

"북한 대사관의 그 박 참사라는 사람 말입니다."

"응. 왜 갑자기……."

"아마도 그 사람이 이 위조지폐와 어떤 형태로든 관련되어 있을 것입니다"

"그래? 이 위조지폐가 북한에서 만들어졌다는 거야?"

"시하누크 국왕 쪽에서는 북한 사람들이 자신과 왕가의 경호까지 맡아서 해 주는 은인이자 최측근의 동지이지만, 그들의 부도덕한 행위는 골칫거리가 되어 있습니다."

"아, 꽤 복잡하고 미묘한 관계구먼."

"아마 이 위조달러를 북한에서 만들어 내기 시작한 것이 5년 이상 된 것 같습니다. 제가 알아보니 몇 년 전에 베트남과 캄보디아에 위조 달러를 반입하다가 미국 CIA에 적발된 일도 있더군요."

듣고 있던 기철이 손가락을 튕겨 딱- 하는 소리를 냈다.

"맞다. 그랬어!"

하산이 뒤돌아보고 뜨락도 룸미러로 기철을 바라보았다.

"그래, 북한이라는 게 맞을 것 같아. 내가 소나무 식당에 갔었을 때 메뉴판을 보았거든. 그때 깜짝 놀랐어. 얼마나 정교하고 색상이 좋았는지……."

기철이 하염없이 머리를 끄덕거리는 모습을 보고 하산이 같이 고개를 끄덕였다.

"평양의 인쇄기술이 상당히 좋은 모양입니다."

하산이 기철의 이야기에 동감을 표하고 나섰다.

"그런데 왜 하필이면 캄보디아와 베트남에서 위조달러를 유통하려고 할까?"

"글쎄요. 아무래도 문제가 생겼을 경우에 수습이 다른 나라보다 상대적으로 쉬워서 그런 것 아닐까요?"

"시장의 규모로 본다면 동남아 다른 나라도 얼마든지 있지 않아? 예를 들면 필리핀이나 태국 같은……."

"북한 처지에서 본다면 만약에 문제가 생겼을 경우 자기들의 외교적 역량을 제일 발휘하기 쉬운 곳이 캄보디아임에 틀림이 없습니다. 그리고 이미 다른 나라에서도 유통하기 위한 시도를 하고 있을지도 모르지요. 메콩강에 떠 있는 선상카지노가 있지요? '나가' 카지노 말입니다. 규모가 상당하지 않습니까. 그 외에 불법적인 오락장들이 우후죽순처럼 생겨나고 있는 것도 위조지폐의 유통과 무관하지 않을 겁니다."

그럴 수도 있겠다는 생각을 해 보는 기철의 머릿속에 식당의 분위기와는 어울리지 않을 정도로 정교하고 화려했던 소나무 식당의 메뉴판이 다시 떠올랐다.

"참. 북한 대사관에 가 보신 적이 있으시죠?"

생각에 잠긴 기철을 하산이 바라보았다.

"응. 곁에서만 보았어. 아마 외국 대사관 건물들 중에 가장 크고 웅장한 거 같더라고."

"그 건물도 시하누크 왕비가 소유하던 저택인데, 북한이 대사관으로 사용하도록 해 준 것입니다."

"음, 그렇구나. 아무튼, 나는 그들과 부딪히는 일은 피하고 싶어."

"항상 경계하고 조심하셔야 합니다."

그들을 태운 차량이 복잡한 시장통을 벗어나 모니봉 거리로 들어설 즈음 하산이 다시 이야기를 꺼냈다.

"약 2년여 전부터 북한의 경제가 많이 어려워진 것 같습니다. 굶어죽는 일이 허다하다는 말이 들려오던데요."

"음, 나도 요즈음에 그런 이야기를 들어 본 거 같아."

"혹시라도 말입니다"

"응……?"

"북한 대사관 사람들이 불순한 의도를 갖고 접근해 올 수도 있다는 생각이 드는데요."

"우리한테?"

"예."

"어떤 불순한 의도?"

기철이 미간을 찌푸리며 물었다.

"예를 들어 본다면 자신들의 위조지폐와 관련하여 자금을 세탁하는 데 우리를 이용하려 한다거나 하는……."

"으음, 그럴 수도 있겠네."

언제나 기철의 마음 한구석에 자리 잡고 있는 박 참사가 차량의 앞 유리창에 그 모습을 드러내고 있었다. 한동안 말없이 창밖을 주시하던 기철이 하산의 어깨를 가볍게 흔들면서 조심스럽게 이야기를 건넨다.

"그런데 말이야. 혹시……."

"무슨……."

하산이 기철의 표정을 살폈다.

"북한의 위조지폐라는 것이 CIA의 공작은 아니겠지?"

"아니, CIA가 왜……?"

"지금 갑자기 그런 생각을 해 보게 되었어. 북한을 부도덕한 정권이라고 몰아세우기 위해 CIA가 그런 공작을 벌일 수도 있지 않을까 하는 그런 생각 말이야."

잠깐 생각에 잠기는 듯하던 하산이 머리를 흔들어 댄다.

"가능성을 배제할 수는 없는 것 같습니다만, 이번의 위조지폐는 북한의 소행이 틀림없는 것 같습니다. 그래서 100불짜리의 도안을 자주 바꾸는 이유가 되고 있거든요."

"그래?"

기철이 가볍게 고개를 끄덕이고 다시 창밖으로 시선을 돌렸다.

그동안 무수한 캄보디아와 만났다. 가는 곳마다 외국인임을 알아본 걸인들이 10여 명 이상 에워싸고 달려드는 캄보디아를 만났고, 오랜 전쟁의 상처를 드러내며 길가에 잠들어 있는 파괴된 탱크에서도 캄보디아의 모습을 만났으며, 거대한 톤레샵 호수의 아름다운 석양 속에서도 캄보디아를 만났었다. 그리고 중앙시장의 위조지폐에서 또 다른 캄보디아의 모습을 만난 것이다.

캄보디아는 눈물과 긴 한숨 없이는 기억해 낼 수 없는 가슴 아픈 과거를 간직한 채 살아가는 사람들의 나라였다. 언제쯤에나 그들의 얼굴에 환한 웃음이 찾아올 수 있을까.

사무실로 돌아와 책상에 앉아 있는 동안에도 북한 대사관의 박 참사 얼굴은 기철의 시야에서 비켜서질 않았다. 직원들이 모두 퇴근하고 하산도 외출을 했다.

'이젠 한국으로 돌아가야 한다.'

그리고 언제나처럼 프놈펜에 상주할 직원을 결정해서 보내야 하는데, 그 직원이 일하는 모습이 눈에 훤히 보였다. 위험하다며 사무실에 들어앉아 꼼짝도 안 할 것이고, 한국의 가족이나 친구들과 밤낮없이 전화통화만 해대어 국제전화 요금이 자신의 월급보다 몇 배는 나올 것이다.

'그나마 일을 시키려면 내가 더 기반을 닦아 놓고 돌아가야 해. 안정적인 떵까우 물량의 확보가 급선무야. 우기가 닥치면 그나마 라따나끼리 답사가 힘들어질지 모르니, 당장 내일부터라도 서둘러 교통편을 물색해 보자.'

자그마한 건물들이 어둠 속으로 서서히 가라앉았고 달빛이 물 흐르듯 거리에 넘쳐흘렀다. 석 잔째 목을 타고 넘어 들어간 코냑은 메말라 가는 기철의 가슴을 촉촉이 적시어 주었다. 고국의 사람들을 생각하며 마신 술병이 비어 갈 무렵이면, 기철은 어김없이 라면을 끓였다. 끓인 라면은 면발과 국물을 따로 나누어 담았고, 그 그릇들은 냉장고로 향했다.

다음 날 아침에 쓰린 속을 움켜쥐고 일어난 그는 냉장고를 열고 퉁퉁 불어터진 면발에 차가운 국물을 부었다. 젓가락으로 휘저으면 힘없는 면발은 끊어져 마치 죽과 같이 되고, 그 맛은 방배동 카페 골목의 해장국보다 더 개운했다. 기철이 서서히 캄보디아에 적응해 가는 모습이었다.

우기로 접어들면 기세가 등등하던 태양도 그 열기가 조금은 수그러들지 않겠는가. 그리고 내일도 프놈펜에는 태양이 떠오를 것이다.

- 5 -
기이한 인연

또 프놈펜의 하루가 열리고 있었다. 부지런한 햇살이 대지 위에 일 렁이며 거리를 밝혀 가기 시작하면, 밤을 지켜낸 두싯호텔 앞 키 작 은 가로등들의 두통을 달래 주기 위해 새들은 낮게 날았다.

간밤에 큰애가 집을 떠났다. 책상 서랍의 잔돈, 낡아빠진 나이키 운동화, 싸구려 티셔츠, 3년째 쓰고 있던 전기면도기, 책상 위에 굴 러다니던 전자계산기, 그리고 석 달을 두고 배운 살림솜씨. 그것들이 큰애를 길거리로 내몰았다.

찾아 나섰던 하산은 그녀의 흔적만을 발견한 채 배신감만 가슴에 품고 돌아왔다. 몸으로 바람을 일으키며 바쁘게 지내던 기철이 3일 째 책상머리에 앉아 담배만 축내고 있던 날이었다.

캄보디아 최대의 명절 중 하나인 쫄츠남이 사흘 앞으로 다가왔다. 캄보디아의 새해인 명절 연휴가 끝나면 혹시라도 큰애가 돌아올지도 모른다는 생각을 해 보다가 기철이 머리를 가로저으며 담배를 재떨이에 비벼 껐다. 허전함으로 구멍이 뚫린 기철의 가슴에 찬바람이 스며들던 바로 그날 오후, 문을 열고 나서면 숨이 탁 막힐 것만 같은 더위와 함께 손님이 찾아왔다.

"짜끄레. 그분들 모시고 올라와."

하산이 창문을 열고 아래층 사무실에 근무하는 여직원에게 손님들을 위층으로 안내하라는 소리였다. 졸고 앉았던 기철이 황망히 정신을 가다듬었다.

"지나 양입니다."

하산이 그녀가 찾아왔음을 알리고 있었다. 처음 만났던 날로부터 꼭 일주일이 되는 날이었다. 위층의 사무실로 안내를 받은 그녀의 옆에는 할머니 한 분이 함께 서 있었다. 삭발에 가까운 짧은 머리는 백발이었고 동그란 얼굴, 검은 피부의 할머니는 굵고 까만 뿔테의 돋보기안경을 쓰고 있었다.

'이분이 지나의 할머니일까?' 하는 생각을 해보며 기철이 인사를 했다.

"어서들 오세요."

기철이 손님이 앉을 소파를 가리켰다. 지나와 할머니는 두 손을 합장하며 고개를 숙이는 '삼피'라는 캄보디아식의 인사를 하고는 소파에 앉았다. 일주일 만에 만나는 지나는 수척해진 모습이었다.

손님들과 기철이 마주 앉았고 항상 그랬던 것처럼 하산은 통역을 하기 위해 양쪽의 옆이라 할 수 있는 위치에 자리를 잡았다. 지나가 기철에게 환한 미소를 던졌다.

"할머님이 자꾸 이 사장님을 만나러 가 보자고 해서 모시고 나왔답니다."

하산이 할머니의 모습을 힐끗거리며 기철에게 전했다.

기철이 고개 숙여 인사를 했고, 할머니도 삼피로 인사를 하며 인사말을 건넸는데 기철이 알아듣질 못했다.

"그리고. 이거……"

지나가 검은 비닐봉투 하나를 기철의 앞으로 내밀었다.

"이게 뭔가요?"

기철은 자신을 뚫어져라 바라보는 할머니의 눈길을 의식하며 지나가 건네는 봉투를 받았다. 묵직한 봉투 안에는 망고스틴이 들어 있었다.

"어이구. 이런 걸 다 사오시고……."

"지난번에 큰애한테 들었어요. 이 사장님이 망고스틴을 무척 좋아하신다고."

"아, 예. 감사합니다."

봉투에서 지나에게로 시선을 옮기는 기철의 눈앞에 지난밤 집을 나간 큰애의 얼굴이 스치듯 지나갔다. 기철은 계속 자신에게서 시선을 떼지 않는 할머니 쪽으로 다시 고개를 돌렸다.

"할머니가 한국 분이시라고 들었는데……?"

아무리 봐도 한국 사람으로는 보이지 않는 할머니의 외모를 의식한 기철의 말꼬리가 올라갔다.

"크녑 꼬레."

할머니가 분명한 어조로 대답했다.

'나는 한국 사람'이라는 할머니의 이야기를 기철이 알아들었다. 하지만 한국인인 할머니를 만났다는 사실에 반가움이 앞서는 것이 아니라 왠지 모를 어색함만 느낀 그는 손님 쪽이 아닌 하산 쪽으로 고개를 반쯤 돌리고 앉은 채 다음에 할 이야깃거리를 찾고 있었다.

슬쩍 지나가는 눈길로 할머니를 다시 한 번 살폈지만, 결코 한국 사람이라고는 생각을 할 수가 없는 모습이었다. 어색하기만 한 분위기를 깨며 하산이 입을 열었다.

"한국말로 대화를 좀 해 보시지요."

예리한 하산은 기철의 표정에서 이미 분위기를 읽어 내고 있었던 것이었다. 마지못해 할머니 쪽으로 시선을 옮기던 기철의 가슴에 서늘함이 엄습했다. 희미하지만 커다란 이마의 흉터는 절대 녹록지 않은 삶을 살아왔음을 확인시키고 있었고, 몇 개 남지 않아 보이는 치아는 생활이 궁색함을 드러내고 있었지만, 다리가 부러져 고무줄로 동여맨 돋보기안경 속의 커다란 두 눈동자에서 뿜어져 나오는 강렬한 눈빛이 기철의 눈동자를 통해 심장까지 깊게 뿌리를 뻗어 가고 있었다. 기철의 전신을 더듬어 가는 할머니의 그 눈빛은 기철에게서 무언가를 찾아내고야 말겠다는 듯 날카로웠다.

기철이 더듬거리며 한국말로 할머니에게 인사를 건넸다.

"할머니, 안녕하세요?"

"곤니치와."

기철은 자신의 귀를 의심했다. 다시 한 번 실망할 수밖에 없었다. 앉은 채 삼피로 인사를 하면서 할머니의 인사말은 '곤니치와'였고, 기철이 건넨 인사말은 알아듣질 못한 게 분명했다. 기철이 괜스레 탁자 위의 재떨이 뚜껑만 만지작거리며 여닫다가 하산을 바라보았다.

"하산, 조금 전에 할머니가 인사를 일본말로 했어."

기철은 이게 어떻게 된 일이냐는 듯이 지나에게 시선을 돌렸다. 물론 할머니 정도의 나이가 되는 사람들은 일제하에서 일본어 공부가 강제되었었던 것은 알고 있지만, 할머니가 한국인이라면 서로 인사를 하면서 최소한 '안녕하세요.' 정도의 한국말 한마디는 나와야 하는 것 아니냐고 지나에게 눈빛으로 묻고 있었다.

"할머니가 한국말을 모두 잊으셨어요."

분위기를 읽은 지나가 망고스틴의 껍질을 까다 말고 변명 같은 이야기를 하고 있었다.

'아니, 한국말을 모두 잊으셨다는 분이 어떻게 '곤니치와'는 기억을 한단 말인가?'

지나의 답변을 들은 기철과 하산은 난감할 뿐이었다.

큰애가 없으니 찌에가 그 역할의 일부를 담당하느라 2층에 올라가 주스를 내왔다. 돋보기안경 너머에서 고정된 할머니의 눈동자가 계속 기철의 모습을 살피다가 하산에게로 옮겨졌다. 통역해 달라는 눈치였다.

"옛날에는 한국인들이 학교에서 배우기 때문에 일본말을 잘했었는데, 이분은 일본말을 잘하지 못하는가 보지요?"

할머니는 자신이 한국말을 못하는 것보다 기철이 일본말을 못하는 것에 대한 실망이 오히려 더 크다는 표정이었다.

"예. 잘하지 못하시지만, 인사말 정도는 하실 줄 아십니다. 그런데 할머니는 일본말은 잘하실 수 있으세요?"

"아니요. 일본말도 거의 다 잊었어요. 하지만 한국말보다는 몇 마디를 더 할 수 있을 것 같기는 해요."

수줍어하는 할머니의 시선이 다시 기철에게로 돌아왔고, 돌아온 시선은 다시 날카로워졌다. 기철은 그 눈빛이 부담스러웠다. 더 이상은 그런 눈으로 자신을 바라보지 못하게 하기 위해서라도 할머니를 몰아세워야겠다는 생각이 들었다.

"한국인이라고 하셨는데 한국말을 그렇게 전혀 못 하세요?"

"……"

캄보디아어로 전해진 기철의 이야기에도 할머니는 말이 없었지만, 눈길은 여전히 기철을 향하고 있었다.

"한국말 생각나시는 거 있으시면 한두 마디라도 해 보세요."

기철이 심통을 부리듯이 할머니를 몰아붙였다. 하산이 기철의 어투로 할머니에게 전했다.

"내가 오랜 세월을 너무 힘들게 살다 보니……"

뚫어져라 기철을 바라보던 할머니가 잃어버렸던 정신이라도 되찾은 듯 눈을 몇 차례 깜빡거린 후에 다시, 그리고 조심스럽게 입을 열었다.

"아버지, 어머니, 할아버지, 할어머니."

할머니의 목소리는 자신감을 잃은 채 한 발자국씩 뒷걸음질 치고 있었지만, 시선은 여전히 강렬했다. 상황을 파악하기 위해 기철은 잠시 생각에 잠겨야 했다. 하산은 할머니와 기철을 번갈아 보며 눈치를 살폈고, 지나도 그런 기철의 모습에서 눈을 떼지 못했다.

할머니를 '할어머니'라고 하는 눈앞의 할머니를 한국 사람이라고 인정하고 대화를 더 해볼 것인가, 아니면 슬그머니 엉뚱한 이야기나 나누다가 바쁘다며 핑계를 대고 돌려보낼 것인가. 심각한 표정의 기철에게 하산이 이해할 수 없다는 표정으로 물었다.

"이 할머니는 일본어를 학교에 다닐 때 배웠다는 것 같은데 한국어는 거의 못하지요?"

"응. 아주 기본적인 단어 몇 개를 이야기했는데, 그것마저도 정확하지가 않아."

"할머니가 외국어인 일본어를 배울 때는 아주 어린 나이는 아니었을 텐데 왜 한국어를 전혀 못 하다시피 할까요?"

옆에서 바라보는 두 사람을 의식하며 하산이 물었다. 기철이 시선을 허공에서 거두어들이며 하산을 바라본다.

"일본이 한국을 식민지배했던 시절에 정책적으로 한국어를 사용하지 못하게 하고 강제로 일본어를 사용하게 했었어. 초등학교에서부터 일본어를 가르쳤지. 한국의 민족문화를 말살하려는 정책의 일환이었어."

하산이 이해할 수 있다는 듯 고개를 크게 끄덕거렸다.

하산에게 그렇게 이야기를 하고 나서 포기하기엔 좀 이르다는 생각이 들기도 해서 다시 한 번 더 질문을 던졌다.

"할머니, 한국의 어디가 고향이세요?"

"신동."

"신동이라고요?"

"예. 아마도……."

'음. 신동이라……. 그리고 '아마도'라고 한다면 확실치도 않다는 말인데…….'

기철은 신동이라는 발음을 두어 차례 해 보며 꽤 흔한 지명이라고 생각했다.

"그럼 성함이 어떻게 되시는데요?"

통역을 하던 하산이 기철에게 되물었다. 한국 이름을 묻는 것이냐고.

"응. 당연히 한국 이름이지."

할머니가 거리낌 없는 표정으로 대답했다.

"때기."

"때기……? 때기라고요?"

기철이 고개를 갸우뚱거렸다.

'이름이 때기라니……?'

한국 사람의 이름이라고는 할 수 없는 이름이다. 아니, 어쩌면 발음상의 문제일지도 모른다는 생각에 기철이 한 번 더 물었지만, 할머니는 역시 '때기'라고 발음을 했다.

"아버지의 이름은 어떻게 되시나요?"

"아버지의 이름은 '깡무이'예요. 깡무이."

혹시나 했던 기철의 기대가 무너지는 순간이었다.

"아버지 이름이 '깡무이'라고요?"

"예. 아마 틀림없을 거예요."

자신과 아버지의 이름이라고는 하지만, 한국인의 이름 같지도 않은데 자신의 기억이 분명하다며 확신하고 있는 할머니가 이해가 가지 않았다. 난감할 뿐이었다.

"그럼. 성씨는 어떻게 되나요?"

"글쎄요. 그건 잘⋯⋯."

"아버지 성함이 깡무이라고 하셨으니 혹시 성이 강 씨가 아닌가요?"

할머니는 머리를 두어 번 좌우로 흔들 뿐 대답은 없었다. 한동안 흐르는 침묵을 깨고 기철이 다시 물었다.

"어머니의 이름은 기억하세요?"

"어머니의 이름은 기억이 없네요."

기철은 황당했다. 기억상실증 환자가 아니라면 어떻게 자신과 아버지의 이름은 물론 성씨조차도 명확하게 기억하지를 못한단 말인가. 시간이라는 것이 흘러가면서 기억의 중간 중간에 여백을 만들기도 하지만, 어찌 그토록 기억이 없을 수 있단 말인가.

기철은 이쯤에서는 포기해야 한다는 생각이 앞서기 시작했다. 할머니의 옆에 앉아서 연신 미소를 짓고 있는 지나의 얼굴을 바라보면서도 무언가 음모가 도사리고 있다는 생각마저 들었다. 또다시 북한 대사관의 박정택 참사가 눈앞에 아른거렸다.

이 사람들에게 이른 저녁을 먹이고 돌아가게 할 것인가, 아니면 바쁘다는 핑계를 대어 지금 당장 돌아가게 할 것인가. 결정을 내려야 할 시점에서 기철이 잠시 고민을 하는 사이, 할머니의 입에서 툭 튀어나온 한마디가 모두의 관심을 한곳에 모이게 했다.

"우리 고향에는 겨울에 눈이 여기까지 쌓이도록 왔었지요."

할머니는 앉은 채 자신의 허벅지 위에 손칼을 세웠다. 사무실 안의 모든 시선이 할머니의 손에 내리꽂혔다.

"눈이 그렇게 많이 왔었습니까?"

"예. 그 기억은 확실하지요."

할머니의 얼굴에 자신감이 넓게 퍼져 나가고 있었고, 그 기억만큼은 확실하다는 할머니의 손에서 돌아온 기철의 눈길이 하산을 향했다.

"하산, 캄보디아 사람들이 눈에 대해 알고 있는 경우는 드물지?"

"그렇기는 합니다. 어쩌다가 외국의 풍경 사진 속에서 눈을 본 사람이 있기는 하겠지만, 대부분의 캄보디아 사람들은 겨울에 영하로 떨어지는 추운 날씨에 대한 개념조차 없습니다."

"하산의 경우는 어때?"

"저도 플로리다주의 탬파 쪽에서 학교를 다니고 생활했었기 때문에 추위나 눈에 대한 기억은 별로 없습니다. 다만 10여 년 전 시애틀을 여행하던 중에 눈이 내리던 날이 있었죠. 날씨도 굉장히 추웠고……."

하산이 어깨를 움츠리고 몸을 떨면서 추위에 대한 기억을 떠올렸다. 하산과 기철이 나누는 대화의 내용을 알아듣지 못하는 할머니와 지나는 하산과 기철을 번갈아 가며 바라보고 있을 뿐이었다.

기철이 벌떡 일어서서 한국 지도와 캄보디아 지도가 나란히 붙어 있는 벽 쪽으로 걸음을 옮겼다. 기철의 시선이 북한 지역을 더듬으며 신동이라는 지명을 찾고 있었다. 하산도 기철의 옆에 서서 지도 위에서 기철의 시선을 따라다녔다.

"한국 지도인가요?"

할머니가 앉은 채 물었다.

"예. 이리 오셔서 고향이 있는 지역이 어느 쪽인지 짚어 보시지요."

하산이 할머니를 지도 앞으로 불러 세웠고 지나도 함께 일어나서 네 사람이 지도 앞에 나란히 섰다.

"여기가 서울입니다."

하산이 지도에서 서울을 손가락으로 짚었다.

할머니의 시선은 어느 지역에 고정되지 못하고 지도 위를 헤매었다. 기철의 시선이 할머니를 거쳐 다시 북한 지역을 바쁘게 누비고 있었다.

"이쪽이 북한이고, 여기쯤부터 아래로 남한입니다."

하산이 이야기하면서 슬그머니 할머니의 눈치를 살폈다.

"내 고향이 어디쯤인지 잘 모르겠네요. 이런 지도를 본 적이 없어서……."

지도에서 눈을 떼지 않는 기철을 하산이 바라보며 물었다.

"신동이라는 곳을 찾으셨어요?"

"아니, 안 보이는데⋯⋯. 지도에 표시가 안 되는 정도의 작은 마을이라면 같은 이름이 여러 개 있을 수도 있어."

한동안 누구도 말이 없었다. 할머니의 시선이 지도에서 기철 쪽으로 옮겨졌다.

"사장님은 어디 살아요?"

"저는 서울에 살고 있습니다."

"예⋯⋯."

할머니의 대답 끝에 습관처럼 긴 한숨이 따라붙었다.

"할머니, 혹시 한양이나 경성이라는 말은 기억나세요?"

"한양? 경성?"

할머니는 고개를 가로저었다.

돌아와 소파에 앉은 할머니는 마치 거짓말을 하다가 들켜 버린 사람처럼 표정에 불안감이 번져 갔고, 속삭이듯 하는 목소리로 지나에게 무언가 짧게 한마디를 했는데 살그머니 건네는 그 이야기를 기철이 알아들었다.

할머니의 이야기 속에 '벙쿤'이라는 말을 기철이 알아들었다. 화장실을 찾는 것이었다. 기철이 지나를 바라보며 말없이 2층 쪽을 손으로 가리켰다. 쑥스러운 듯한 미소를 지으며 지나가 할머니를 부축하여 문을 나서자, 하산이 기철의 표정을 살피며 물었다.

"화장실에서 돌아오면 바로 돌려보낼까요?"

"글쎄⋯⋯."

"한국 사람이 아닌 것은 틀림없죠?"

"글쎄 나도 정확히 판단이 안 되는데……."

"제가 보기에 아무래도 할머니가 한국 사람 같지 않습니다."

하산이 고개를 갸우뚱하며 말했다.

"그렇지?"

"예. 저도 12살에 캄보디아를 떠났지만 20년이 지난 지금도 캄보디아어를 잊지 않고 있는데, 할머니가 몇 살 때 캄보디아에 왔는지는 몰라도 어려서 왔다면 부모와 함께 왔을 테고 그렇다면 그 이후에도 가족 간에는 더러 한국말을 사용했었을 텐데, 어떻게 한국말을 그렇게 까맣게 잊어버릴 수 있겠습니까. 저는 그 부분이 이해가 되지 않습니다."

기철이 말없이 고개만을 끄덕거렸다.

"그리고 할머니의 나이를 봐도 이해가 되질 않습니다. 캄보디아에는 1960년대에 북한 사람들이 들어왔고 한때는 몇 년 동안 남한과도 수교가 있었는데, 그때라면 할머니의 나이가 30세가 넘었을 거예요. 그런데도 한국말을 전혀 기억하지 못한다는 것도 말이 안 되지요."

하산의 이야기를 듣고 난 기철이 고개를 갸우뚱한 채 미간을 찌푸리며 눈을 가늘게 떴다.

"이럴 수도 있지 않을까? 캄보디아에 들어온 것은 1960년대, 그러니까 할머니의 나이가 30대였지만 혹시 어린 시절에 다른 나라에서 성장했다. 그래서 캄보디아에 들어올 때는 이미 한국말을 거의 잊었다. 어때? 가능하지 않아?"

"한국이 아닌 다른 나라에서 성장했다면 예를 들어 어떤 나라일까요? 그렇다면 자기가 성장한 나라의 말을 잘해야 하지 않을까요? 일본에서 성장했다면 일본어라도 잘해야 할 텐데 그런 것 같지도 않고……. 글쎄요. 저는 이해하기가 좀……."

하산이 할머니가 한국 사람이라는 것에 대해 계속 부정적인 의견을 냈다.

할머니가 화장실에서 돌아오길 기다리는 두 사람의 가슴 속에 허망함이 연기처럼 피어올랐다. 그동안 등을 돌린 채 자기 책상에 앉아 듣고만 있던 찌에가 끼어들었다.

"한국인들이 즐겨 부르는 민요 같은 노래를 한번 해 보라고 하면 어떨까요?"

그녀의 제안에 일리가 있다는 판단을 한 기철의 머릿속에는 '아리랑'이 퍼뜩 떠올랐다.

"그래. 그거 좋은 생각이다."

하산도 연신 머리를 끄덕였고, 기철은 아리랑에 마지막 희망을 걸었다. 지나와 할머니가 돌아와 소파에 자리를 잡고 앉기도 전에 기철이 하산과 눈을 한 번 맞추고는 다그치듯 할머니에게 물었다.

"혹시 '아리랑'이라는 노래 아세요?"

"아리랑? 글쎄요. 기억이 안 나네요."

자리에 앉으며 하는 할머니의 대답 끝에 역시 돌아오는 것은 실망뿐이었지만 기철은 포기하고 싶지 않았다. 안타까워하는 지나의 모습이 애처로웠고, 할머니가 노래의 제목은 기억하지 못해도 그 노래를 들어 보면 기억해 낼지도 모른다는 생각이 들었다.

"제가 한 번 불러 볼까요?"

하산이 기철의 이야기를 전하면서 할머니의 눈치를 슬쩍 살폈다.

기철이 헛기침을 한번 하고는 지나의 응원하는 눈길을 느끼며 노래를 부르기 시작했다.

"아리랑~ 아리랑~ 아라리요오~~ 아리랑 고개로~ 넘어간다."

기철이 구슬프게 부르는 아리랑이 사무실의 공간을 채워 나갔다.

"나를 버리고~ 가시는 임은~ 십 리도 못 가서 발병 난다."

아리랑을 부르는 동안 기철의 시선은 할머니의 입에 고정되었다. 혹시라도 따라 부를지 모른다는 생각이었다. 하지만 기철의 노래가 끝나도록 할머니의 입술은 굳게 닫혀 있었다.

"어떠세요? 이 노래를 기억하실 수 있으세요?"

"글쎄…… 기억이 나지 않는데요."

할머니는 고개를 가로저었다.

구슬픈 아리랑 노래로 채워졌던 사무실의 분위기는 조각조각 깨어져 흩어지고 그 자리를 묵직한 실망감이 메워 버렸다. 하지만 아리랑 노래가 기억이 나지 않는다는 할머니의 목소리는 슬그머니 뒷걸음질을 치는 목소리가 아니었다. 어쩐지 표정에서는 문득 자신감이 엿보이기도 했다.

'이제 그만 돌아가 달라.'는 하산의 선고가 내려지기 직전에 할머니의 폭탄 같은 한마디가 전세를 역전시키려는 듯 기철을 몰아세웠다.

"우리 고향에는 염전이 있었지요."

하산의 영어를 정확히 알아듣지 못한 기철이 고개를 가로저었고, 날랜 하산이 기철의 책상 위에 놓여 있던 영한사전을 들고 오더니 단어 하나를 찾아냈다. 하산의 손가락 끝에 달린 단어는 'Salt Farm'이었다.

"염전?"

하산이 고개를 끄덕이자 기철의 시선이 사전 위의 단어에서 할머니를 향했다.

"예, 염전이 있었어요. 고향 집에서 아주 가까운 곳에……."

할머니의 이야기를 정확히 기철에게 전달했다는 생각뿐 기철과 달리 하산의 표정에서는 어떤 기대감 같은 것은 엿보이지 않았다.

멀고 먼 기억처럼 조금은 낯설기도 하지만 기억 속의 염전은 기철의 어린 시절을 프놈펜의 사무실로 순식간에 끌어다 놓았다. 서울의 마포에서 태어나 아버지의 직장을 따라 어린 시절을 인천에서 보낸 기철의 눈앞에 인천에 있었던 주안 염전의 모습이 아련하게 떠올랐다.

할머니는 지워지지 않게 하려고 기억 속에 다지고 다져 온 고향의 마지막 그림 한 장을 꺼내 놓은 듯 그만 고개를 떨어뜨렸다. 기철은 염전 이야기가 할머니의 마지막 카드라는 생각이 들었다. 그리고 그 카드만큼은 소홀히 하지 말아야겠다는 생각이 들기도 했다.

"하산, 캄보디아에도 물론 염전이 있지?"

"예, 있기는 있을 겁니다. 지금은 모르겠는데 예전에는 깜폿 지역에 염전이 있었습니다."

하산도 기억 속에 남아 있는 깜폿의 염전 모습을 그려 보는 것 같았다.

"하산. 할머니한테 기억나는 대로 염전 이야기를 해 보시라고 해 봐."

"기억나는 대로 그림을 그려 보라고 할까요?"

"응, 그래. 그게 좋겠네."

찌에가 가져온 볼펜과 종이를 펼쳐 놓으니 잠시 망설이던 할머니는 설명을 곁들여 가며 기억 속의 염전 모습을 하얀 백지 위에 쏟아내기 시작했다.

하산은 할머니가 그리는 그림을 유심히 들여다보는 기철에게 부지런히 할머니의 설명을 전했다. 할머니가 그려 내는 그림 속의 염전은 기철의 기억 속의 주안 염전과 크게 다르지 않았다.

하산도 고개를 끄덕이며 그림을 내려다보고 있었다. 할머니 옆의 지나도 고개를 끄덕이는 기철과 하산의 눈치를 살피며 '이제야말로 뭔가가 통하려는가 보다.'라는 안도의 표정으로 여유를 찾아가기 시작했다.

하지만 또 다른 결론이 기철을 지배해 가고 있었다. 하산과 기철 두 사람이 모두 할머니가 그린 그림을 이해하고 인정한다는 것은 한국과 캄보디아의 염전 모습이 크게 다르지 않다는 뜻이 아니겠는가. 결국, 할머니의 염전에 대한 기억도 크게 기철을 고무시키지는 못하고 말았다.

"하산, 지금 할머니가 그리는 염전의 모습이 깜폿의 염전과 흡사

해?”

“예. 비슷한 것 같습니다.”

“한국의 염전과 캄보디아 깜퐁의 염전이 비슷한 이유가 있어.”

“어떤……?”

하산이 기철의 다음 이야기에 신경을 모았다.

“한국의 염전이나 이곳의 염전이 모두 일본 사람이 소금을 만드는 방식으로 지어진 것 같다는 생각이 들어.”

“그래요? 이거 완전히 퍼즐게임인데요? 하하…….”

하산의 큰 코에 땀방울이 맺혔다.

말없이 일어선 기철은 어느새 다시 한국 지도 앞에 서 있었고, 그의 눈길은 황해도 연백을 주름잡고 있었다.

‘눈이 많이 내렸고, 염전이 있었다?’

기철이 혼잣말처럼 중얼거렸다. 옹진반도의 들쑥날쑥한 해안선을 따라 내려오는 그의 시선이 닿는 곳에서 휴전선이 시작되며 한반도의 허리를 꾸불꾸불 가로지르고 있었다. 겨울에 눈이 그렇게 많이 왔고 염전이 있었다면 황해도 연백지역이 틀림없다는 결론을 내리고 있었다.

“하산, 만약에 할머니가 한국 사람이라면 고향이 북한인 것 같아. 아무래도 북쪽이 남쪽보다 더 춥고 눈도 많이 내리거든. 그리고 이쪽 지역에 염전이 많이 있어.”

황해도 연백지역을 손으로 가리키며 이야기를 마치고 기철은 입을 굳게 다물었다.

"이 사장님, 그 지역에 가 보셨나요?"

"아니, 가 보지는 못했지만, 학교에서 그렇게 배웠어."

기철이 가리키는 지역에 시선을 고정한 하산이 이해가 간다는 듯이 고개를 끄덕거렸다.

"그렇다면 할머니가 북한이든 남한이든 한국인인 것은 틀림없다고 판단을 하시는 것이지요?"

기철이 고개를 살짝 옆으로 돌리며 머뭇거렸다.

"글쎄…… 그렇게 추정은 되는데 아직 확신은 없어. 자기 자신이나 아버지의 이름이라는 것이 모두 한국인의 이름이 아니야."

하산은 그저 눈만 껌벅거렸다.

소파에 돌아와 할머니와 마주하고 앉았지만, 기철의 머릿속은 여전히 복잡하기만 했다. 가만히 눈을 감고 있던 할머니에게서 가을 찬 바람에 떨어지는 마지막 은행잎 같은 기억 하나가 떨어져 기철의 무릎 위에 내려앉았다.

"고향에는 산이 있었고 그 산에는 절이 있었어요. 어릴 적에 어머니를 따라 절에 자주 갔었는데, 마당에서 체리를 따 먹었던 기억이 있어요."

그대로 하산이 기철에게 전했다.

캄보디아의 절은 산에 위치하지 않는다. 절이 산에 있었다는 이야기는 캄보디아의 기억이 아니라 한국의 모습이라고 볼 수 있지만, 한국에 무슨 체리가 있단 말인가.

"하산, 할머니가 분명 체리를 따 먹었다고 했어?"

"할머니, 어릴 적에 절에서 체리를 따 먹었다고 하셨죠?"

할머니의 대답을 들은 하산이 기철을 바라보며 가만히 고개를 끄덕였다.

'체리? 한국에 무슨 체리가 있단 말인가.'

모두가 침묵을 지키며 기철의 표정을 살폈다. 골똘히 생각에 잠겨 있던 기철이 탁자 위의 사전을 뒤적거렸다.

체리. 앵두였다. 영어로 통역하다 보니 그럴 수밖에. 기철의 기억에도 있었다. 어릴 적에 학교의 운동장 한편이나 동네 이웃집의 마당에 진드기가 오글거리던 나무에서 앵두를 따먹던 기억이 명확히 떠올랐다. 하지만 앵두가 한국에만 있는 것인지, 아니면 캄보디아에도 있는지 알 수는 없는 노릇이었다.

결국, 퍼즐은 맞추어지지 않았고, 네 사람 모두의 모습에서 피곤함이 피어올랐다. 어느새 아래층의 직원들이 퇴근 인사를 하러 올라왔다. 찌에도 퇴근을 시켰다.

식사 준비를 전담했던 큰애가 없으니 식사문제를 해결해야 한다는 생각에 하산이 걱정스러운 표정으로 기철을 바라보며 자기가 올라가 식사 준비를 하겠다고 했다.

"할머니도 좀 쉬시게 해 드려야 할 것 같아."

앞서서 안내를 하는 하산을 따라 할머니와 아쉬운 표정의 지나는 2층으로 올라갔다. 자신의 책상으로 옮겨 앉은 기철은 할머니와의 대화 내용을 다시 정리해 보았다.

'고향은 신동이라 했고, 이름은 때기, 아버지의 이름은 깡무이. 성은 모른다. 고향에는 눈이 많이 내렸고, 염전이 있었다. 산속의 절에서 앵두를 따 먹었다. 그러나 아리랑 노래를 모른다.'

아무리 생각해 봐도 할머니에 대한 정확한 판단을 내릴 수가 없었다.

책상의 한쪽에 놓인 액자 속에서 한복을 곱게 입은 딸 해님이가 장난꾸러기 같은 모습으로 웃고 있었다. 피곤을 느낀 기철이 다시 소파로 자리를 옮겨 깊숙이 앉은 채 눈을 감았다.

'할머니의 정체가 무얼까? 나와는 어떤 인연으로 만나게 된 것일까? 만약 할머니가 정말 한국인이고 어떤 계기로 고향에 대한 거의 모든 기억을 잃었다면, 그리고 한국 사람 앞에서 자신이 한국 사람임을 증명해 보여야만 하는 입장이라면 그 심정은 얼마나 고통스러울까?'

마치 깊숙이 보관해 둔 귀중품을 어디에 두었는지 기억해 내지 못해 안절부절못하듯 죽는 한이 있더라도 잊어버려서는 안 될 기억을 찾아 머릿속을 헤매는 듯하던 할머니의 표정이 눈앞에서 사라지질 않았다.

'언제 캄보디아에 왔을까? 아주 어린 시절에 누군가의 등에 업혀서 온 경우가 아니라면, 아리랑을 모를 리가 없지 않은가. 눈이 그렇게 많이 왔다면 북한이 고향일 가능성이 높은 것이고, 남한의 강원도 지역이라면 염전이 없는데……. 북한 대사관은 찾아가 보았을까?'

끝없는 의문이 꼬리를 물었고, 누구도 지나친 적이 없는 밀림 속에서 혼자 길을 만들어 가고 있는 자신의 모습이 그려졌다.

2층으로 올라갔던 하산이 어느새 내려와 사무실 문 앞에 기대어 서 있었다.

"저녁 식사로 감자를 삶을까 합니다."

"글쎄……."

머릿속이 복잡한 기철이 건성으로 대답했다.

'그리고 지나의 용모를 보면 여느 캄보디아 사람들과는 달리 햇볕에 전혀 그을리지 않은 하얀 피부며 옷차림을 하고 있었다. 어떻게 생활을 하는 사람들일까?'

하산이 아래층으로 내려가더니 어둠으로 덮여 가기 시작하는 거리를 한번 내다보고는 문단속을 하고 올라왔다. 사무실에서 나온 기철도 하산의 뒤를 따라 2층으로 올랐다.

지난번 지나가 잠을 자고 간 방의 문이 열려 있었고, 누워 있는 할머니의 발이 보였다. 지나는 싱크대에서 작은애를 옆에 세우고 감자를 씻고 있었다.

"절반은 삶아서 먹고 나머지는 튀김을 해 먹을까요?"

하산이 의견을 묻자 지나도 기철에게 시선을 돌렸다.

"그렇게 하지, 뭐."

지나에게 미소를 보이며 기철이 대답했다.

싱크대 앞에 서서 감자를 씻던 지나가 큼지막한 스테인리스 그릇에 감자를 담아서 바닥으로 내려와 앉자, 작은애가 지나의 맞은편에 마주 앉았다. 여자들이 자리를 비운 싱크대에서는 하산이 빵을 굽기 위해 토스터기를 준비했다. 한쪽 모퉁이의 TV에서는 캄보디아의 민속춤인 압살라댄스의 공연 모습이 방송되고 있었다.

3층으로 올라온 기철이 우선 옷을 갈아입었다. 어깨가 드러나는 티셔츠에 반바지 차림으로 식탁에 앉은 그의 손에는 캄보디아어 노트가 들려 있었다. 삶은 감자로 저녁을 때워야 한다는 생각도 잊고 노트를 들여다보고 있는데, 3층으로 올라온 하산이 기철의 앞에 앉으며 속삭이듯 이야기했다.

"한번 내려가 보실래요?"

방해하지 않으려고 조심스럽게 한 이야기 같았지만, 하산의 얼굴에서 상당히 흥미로운 것을 발견한 어린아이 같은 표정을 읽을 수 있었다.

"왜?"

"칼질하는 게 달라요."

"그게 무슨 말이야?"

"지난번에 지나가 빨래를 할 때 모습이 달랐지요?"

"응. 그런데……?"

"감자를 깎는 것도 다른 캄보디아 여자들하고는 달라요."

"그래?"

기철이 3층으로 올라간 다음에 할머니가 방에서 나와 지나와 작은 애가 감자를 깎는 모습을 바라보더니 '감자의 껍질이 두꺼우니 긁어서 껍질을 벗기지 말고 칼로 깎으라.'고 했는데, 지나가 감자를 깎는 모습이 다른 캄보디아 여자들과는 다르더라는 것이었다.

"그래? 어디 내려가 보자."

기철이 앞장을 서고 하산이 뒤따랐다.

2층에서는 지나와 작은애가 쪼그리고 앉아 감자를 깎고 있었고, 할머니는 다시 방으로 들어간 모양이었다. 지나의 옆에 서서 감자를 깎는 모양을 유심히 지켜보는 기철의 옆으로 하산이 다가섰다.

"정말 다르지요?"

"응. 그러게 말이야."

하산이 지나의 감자 깎는 모습과 그것을 내려다보는 기철의 표정을 번갈아 가며 살폈다. 동남아시아 쪽의 여자들이 감자나 오이 등을 깎을 때는 칼날을 밖으로 향하게 하여 밀어내듯 깎았다. 그런데 지나는 왼손으로 감자를 받쳐 들고 오른손으로 칼날이 안쪽으로 향하게 한 다음 왼손으로 감자를 시계 반대방향으로 돌리면서 칼을 쥔 오른손의 엄지손가락으로 감자를 받쳐 가며 깎고 있었다. 한국 사람들이 흔히 사과를 깎을 때와 같은 동작이었다.

작은애는 신기하다는 듯 바라보며 따라 해 보려고 안간힘을 쓰고 있었다. 방에 누워 있던 할머니가 이야기 소리를 들었는지 일어나 방에서 나왔다.

"감자가 껍질이 너무 두꺼워서 내가 긁어내지 말고 깎으라고 했어요."

기철은 무슨 말인지 알아들을 수 없었지만, 하산의 통역을 기다리지 않았다. 한동안 지나가 감자를 깎는 손놀림에만 시선을 고정하고 바라보던 기철이 하산에게 눈을 돌리며 말했다.

"할머니에게 질문할 게 있어."

"칼질하는 모습에 대해서 물으실 건가요?

"응, 그렇지."

하산이 고개를 끄덕이는가 싶더니 곧 할머니에게 물었다.

"할머니, 한국 여자들은 감자를 깎을 때 칼질을 이렇게 하나요?"

칼을 쥔 지나의 손을 가리키며 할머니에게 물었다.

"그래요. 한국의 여자들은 칼질을 이렇게 해요. 과일이나 오이 같은 것을 깎을 때도 마찬가지로 이렇게 하지요."

기철이 할머니가 한국인이라는 것을 어떻게 해야 좀 더 확인할 수 있을까 하는 생각을 하는 사이, 할머니가 조심스럽게 기철의 얼굴을 바라보며 물었다.

"이 사장님, 딸이 아버지를 많이 닮았더군요."

"예? 아니 그걸 어떻게……."

"아까 사무실에서 지도를 보려고 일어섰을 때 사장님 책상 위에 있는 액자 속의 따님 사진을 봤지요."

"아, 예. 그러셨군요."

"아들도 있으신가요?"

"예. 아들도 하나 있습니다."

"딸들은 아버지를 닮아야 예쁜가 봅니다."

살짝 미소를 짓는 할머니의 얼굴에 가볍게 수줍음이 피어올랐다. 옆에서 할머니의 손을 잡으며 지나가 기철을 바라보았다.

"할머니가 그러시는데, 우리 할아버지하고 이 사장님이 너무 많이 닮으셨대요."

"네에? 일본분이시라는 할아버지 말씀인가요?"

"예. 특히 이사장님의 눈빛이나 콧날이 우리 할아버지와 많이 닮았답니다."

지나가 신이 난 어린아이 같은 표정을 지어 보였다.

"그래요? 하하하하……."

기철의 웃음소리 끝에 하산이 한마디를 보탰다.

"할아버지께서도 상당한 미남이셨던가 봅니다. 하하하!"

모두 함께 웃었다.

"그리고 아까 본 사진 속의 따님이 입고 있던 옷 말인데요. 나도 어릴 적에 입었던 옷이에요. 그 사진을 보니 기억이 나던데요."

할머니가 한국 사람이라는 것이 조금은 더 인정되어 가는 분위기를 틈타 기철이 할머니에게 못다 한 질문을 던지는 기회로 삼았다.

"그런데 할머니는 언제 캄보디아에 오신 건가요?"

"아마 50년 정도 된 것 같아요."

"어이쿠. 굉장히 오래되셨군요."

"올해 연세가 어떻게 되시기에……."

"내가 올해 65살 정도 된 것 같아요."

할머니는 나이를 이야기하면서 자신의 나이가 정확하지 않다는 이야기를 덧붙였다. 기철은 한국에 있는 어머니를 떠올렸다. 할머니가 나이에 비해 많이 늙었다는 생각이 들었다. 할머니가 캄보디아에 50년 전쯤에 왔다는 이야기를 들으며 기철의 머릿속을 스쳐 가는 생각이 있었다. 지금부터 약 50년 전쯤이라면 1945년이나 1946년 정도였다.

기철이 오래전에 필리핀의 지방도시에 자주 출장을 다닌 적이 있었
다. 루손 섬의 '카바나투안'이라는 지역인데, 마닐라에서 차량으로 3
시간 정도 걸리는 거리에 위치한 북쪽의 작은 도시였다. 도로 주변의
허름한 집들은 마닐라의 빈민가와 별다르지 않았고, 불결해 보이는
거리의 식당들이나 무질서하게 거리를 누비는 수많은 트라이시클들
은 기철에겐 그리 쉽게 정이 들 수 없는 도시였다.

그곳에는 과거에 카바나투안의 시장이 거주했었다는 관사가 있었
고, 그 건물의 넓은 마당에 공장을 세운 한국인이 가구공장을 운영
하며 한국의 유명한 가구회사에 납품을 하고 있었다. 우연히 이야기
끝에 공장에서 일하는 필리핀 남자 기사 한 명이 '나의 어머니는 한
국 사람'이라고 한 적이 있었다고 하기에 그 기사를 만나 '어머니가 정
말 한국인이냐?'고 물어보았다. 그 기사는 그렇다고 대답했고, 당시
만 해도 필리핀의 수도 마닐라가 아닌 그런 작은 도시에 한국인 할머
니가 살고 있다는 것이 흔치 않은 일이라는 생각과 궁금증 때문에 '어
머니를 한번 만나게 해 달라.'고 했더니 그가 쾌히 승낙하였다.

며칠 후 그 기사의 집으로 찾아가 만난 그의 어머니는 한국인이 틀
림없었다. 대화하는 데 전혀 불편함이 없을 정도로 한국말을 잘했
다. 고향은 개성이고 다섯 살 때부터 서울에 살았다고 했다. 일제 때
지금의 용산역 옆에 일본육군의 사단사령부가 있었다는 이야기도 들
을 수 있었다. 바로 용사의 집 자리였다.

한국인이지만 한국인을 피하며 살아왔다는 할머니는 한국전쟁 때

만난 호주군인과 결혼하여 호주에서 살다가 남편과 2년 만에 이혼을 하게 되었고, 호주인 남편과의 사이에 자녀는 없었다고 했다. 이혼한 후 호주에서 만난 필리핀 남자와 재혼하였으며, 슬하에 아들 둘을 낳았으나 필리핀인 남편도 10여 년 전에 사망했다는 것이었다.

그분이 카바나투안에 자리를 잡고 살게 된 사연을 이야기하는 과정에서 할머니가 일본군위안부 출신이며, 태평양전쟁 당시에 카바나투안에는 일본군이 관리하는 포로수용소가 있었다는 것도 알게 되었다. 할머니는 그 미군 포로수용소에 근무하는 일본군의 위안부 생활을 했던 것이었다. 조선 여인이 20명도 넘게 있었다는 이야기도 들을 수 있었다.

할머니는 태평양전쟁이 끝나고 한국으로 돌아갔다가 한국전쟁을 맞게 된 것이라고 했다. 그러던 중에 호주인 남편을 만났고, 필리핀 남편이 세상을 떠나자 아들 둘을 데리고 홀로 된 그 할머니는 위안부 생활 중에 잠시나마 정을 붙였던 카바나투안에 정착하게 되었다고 했다. 옷소매로 눈물을 찍어 내다가 잠시 허공을 주시하기도 하면서 한 맺힌 일생의 과거사를 이야기로 엮어 가고 있었다.

한국이 그립다는 이야기를 했지만 '한국에 돌아가 살고 싶은 생각은 없다.'는 말을 하면서 고개를 옆으로 돌렸다. 할머니는 기철과의 대화를 옆에서 지켜보는 아들을 의식하며 표정 관리에 신경을 썼다. 한국말을 전혀 알아듣지 못하는 아들이지만, 기철은 그에게서 왠지 형제와 같은 정을 느꼈던 기억을 더듬어 가고 있었다.

"할머니, 혹시 캄보디아에 오실 적에 일본 군인들하고 같이 오셨나요?"

기철이 지나의 눈치를 힐끗 살피며 할머니에게 슬며시 건네는 말이었다.

"예? 그걸 어떻게……?"

항상 기철의 얼굴을 주시하던 할머니의 눈길이 슬그머니 기철의 어깨선 아래로 힘없이 흘러내렸다.

'그렇구나. 일본군 위안부로 오신 것이구나.'

다음으로 이어지려던 기철의 질문은 입안에서 어물거리다가 다시 목을 타고 넘어가고 말았다. 위안부를 영어로 '콤포트 우먼'이라고 하면 되겠지 하는 생각을 하다가 그런 질문을 하산을 통해 해야 한다는 것이 마음에 걸렸다. 더구나 옆에는 손녀 지나가 있지 않은가. 단둘이 대화를 나누는 것도 아닌데 사정을 너무 상세히 아는 체하여 할머니를 불편하게 하는 것은 도리가 아닐 것이라는 생각이 들었다.

엄마와 눈을 마주친 갓난아기처럼 할머니는 기철과 눈이 마주치기만 하면 눈길을 돌리지 않았었다. 그런데 이제 할머니의 눈길이 사방으로 흩어져 버리는 것을 보며 기철은 왠지 죄송스럽다는 생각이 들었다. 할머니의 찢어진 가슴을 한 번 더 헤집을 수는 없지 않은가.

잠시 침묵이 흐르고 할머니의 옷자락에 붙은 검불을 지나가 가만히 떼어 내고 있었다. 기철은 그 침묵을 깨고 싶었다.

"할머니, 늦었으니 오늘은 여기서 주무시고 가시면 안 될까요?"

지나가 할머니의 팔짱을 끼며 표정을 살피고 나서 대신 대답했다.

"예. 그렇게 할게요."

어둠이 삼켜 버린 또 하나의 하루가 그렇게 지나가는 시간에 삶은 감자 두어 개와 빵 한 조각씩으로 2층의 타일이 박힌 거실 바닥에 둘러앉아 다 같이 저녁 식사를 했다. 기철은 왠지 할머니에게 죄송하다는 생각뿐이었다. 만약 할머니의 고향이 남한이고 고국으로 돌아가시길 원하신다면 돌아갈 수 있어야 한다. 그리 어려운 일은 아닐 것이다.

저녁 식사가 끝나고 3층에 올라와 식탁에 앉은 기철이 캄보디아어 노트를 펼쳐 들고 소리를 내어 발음해 보고 있었다. 그는 샤워하고 있는 하산이 욕실에서 나오면 캄보디아어로 어떻게 이야기해야 하는 건지 묻고 싶은 것을 영어로 노트에 적었다. 하산을 통하지 않고 할머니에게 직접 물어보고 싶었던 것이다.

'일본군 부대는 프놈펜의 어디쯤 있었나요? 전쟁이 끝나고 왜 한국으로 돌아가지 않으셨나요?'

그런데 질문이 문제가 아니었다. 할머니가 캄보디아 말로 대답을 할 텐데, 그 이야기를 기철이 알아들을 수가 없지 않은가. 답답한 노릇이었다.

기철은 할머니가 한 이야기들을 곱씹어 보며 그녀의 운명의 사슬을 조용히 더듬어 보았다. 아래층의 할머니도 필시 잠을 이루지 못하고 있으리라.

– 6 –
라따나끼리

해가 저물어도 저녁노을을 만날 수가 없었다. 쁘레뱅을 다녀오는 차 안에서 내다보는 서쪽 하늘을 검은 구름이 덮어 버렸다. 본격적으로 더워지기 시작한 것이 두어 달쯤 지나가고, 우기로 접어들 시기가 다가오고 있었다.

핸들을 잡은 하산이 손목의 시계를 들여다보고는 창문을 내리고 고개를 내밀어 먹구름이 낮게 드리워진 서쪽 하늘을 바라보았다. 비가 올 시기는 아직은 조금 이르다는 생각에 다시 어둠이 내려앉기 시작하는 도로 위로 시선을 돌렸다.

"하산. 서둘러서 라따나끼리 답사 일정을 잡아 봐."

한동안 말없이 차창 밖을 내다보던 기철이 헛기침을 한번 하고 꺼낸 이야기였다.

"비행기로 가야 할 것 같습니다. 우기에 차량으로 가는 것은 도저

히 불가능하거든요. 길이 워낙 험해서 걷기에도 사륜구동 자동차도
다니기가 힘듭니다."

"그래. 자동차로 가기에는 거리도 만만치 않지. 비행기로 가야 할
거야."

하산이 시선을 도로 위에 고정한 채 고개를 끄덕거렸다.

"한국에 나가기 전에 다녀와야 할 것 같아. 다음 주중에 물건 선
적하고 나서 한국엘 다녀올 생각이야. 그 전에 답사를 다녀오도록 하
자."

"예. 일주일에 한 번인지 두 번인지 왕복 운항을 하는 것 같던데,
목요일 아침에 프놈펜에서 출발하는 비행기가 있는 것 같습니다. 제
가 다시 확인해 보겠습니다."

프놈펜에 앉아서 사들이는 떵까우의 양으로는 도저히 주문량을
채울 수가 없었다. 오늘 쁘레뱅에서도 거의 빈손으로 돌아가는 길이
었다. 조금 더 적극적인 노력이 필요했다. 사람들을 동원해 군락지에
서 직접 채집을 하고 프놈펜 근교에 건조시설을 지어서라도 물량을
확보해야 한다는 결정을 내렸다. 우선 군락지의 상황을 직접 눈으로
확인하고 싶었다.

한국과 캄보디아의 수교가 이루어지기는 하는 것 같은데, 서울에
서 들려오는 이야기로는 라오스와 먼저 수교를 하고 그다음이 캄보디
아가 될 것 같다는 것이었다.

한국인들이 캄보디아에 들락거리게 되고, '떵까우'라는 아이템을
그들과 공유하고 싶지 않기에 서둘러야 했다. 그래서 경쟁력을 높이

기 위해서라도 건조시설을 지을 땅을 찾았다. 흔히 '같이 먹고 살자'는 것까지는 좋은데, 한국인들과 경쟁을 하다 보면 수출가격이 내려갈 것이 불을 보듯 뻔했고 그들과의 경쟁이나 협상은 쉽지 않을 것이다. 한국인의 상술이 중국인이나 일본인들과 다르다는 것은 필리핀 등 다른 나라에서 이미 경험한 바 있지 않은가.

최근에는 몇몇 한국인들이 프놈펜을 드나들며 사업 아이템을 찾아다니기 시작했는데, 다행히 그들은 한국에서 오는 사람들이 아니고 대부분 베트남에 거주하는 사람들이었다. 자연스럽게 기철의 회사는 그들이 오가며 들르는 장소가 되었다. 베트남에서 한국 식당을 운영하는 사람이 앙코르와트라는 역사 유적이 있는 씨엠립에 들어가 한국 식당을 준비하고 있다는 이야기가 들려오기도 했다. 씨엠립이 관광지로서의 발전 가능성이 크다는 것이었다.

캄보디아에 와서 버스회사를 운영해 보겠다고 프놈펜에 들어온 최명구라는 사람이 찾아왔었다. 베트남에서 오래 살아온 사람이라 그런지 피부가 검은 50대 중반의 그는 병약해 보이는 젊은 베트남 여인과 결혼하여 중앙시장 근처에 살고 있었다. 기철과는 이른 아침에 시장의 국수집에서 우연히 만나곤 했었는데, 그는 항상 베트남인 부인과 함께였다.

그와의 두 번째 만남에서 한국의 D자동차가 생산한 중고버스 10대의 수입 대행을 해 주기로 이야기를 마무리 지었다. 그는 여러 차례 장거리 버스가 다니게 될 노선을 답사하러 다니곤 했는데, 북쪽으로는 깜퐁톰을 지나 씨엠립, 서쪽으로는 깜퐁솜, 북동쪽으로는 깜퐁챰을 지나 스퉁뜨랭까지, 남동쪽으로는 베트남과의 국경인 목바이까지 버스가 다니게 하겠다는 포부를 밝혔다. 정부의 운행 허가에 관한 이야기가 나오자 캄보디아에서의 인허가 등에 관한 일은 베트남에서의 로비로 안 되는 일이 없다며 자신감을 보였다. 쉽게 이해할 수 없는 일이었지만, 기철도 기회가 되면 캄보디아에서 베트남 사람들의 힘을 확인해 보고 싶었다.

몇 개월 후에는 한국산 버스가 캄보디아의 동서남북으로 지방도시를 다니게 될 것이라는 생각을 하니, 한편 뿌듯한 생각이 들기도 했지만, 중고버스를 들여오는 일은 연속성이 없는 일이라 기철에게는 그리 큰 소득이 없는 일이었다.

며칠 후, 라따나끼리 답사 일정이 잡혔다. 프놈펜에서 북동쪽으로 라오스와 베트남의 국경과 접해 있는 그곳은 프놈펜에서 600km가 넘는 거리에 위치한 곳이다. 이른 아침을 커피 한 잔으로 때우고 서둘러 포첸통 공항으로 향했다.

식민지 시절 프랑스 사람들이 건설했다는 포첸통 공항은 한때 일본군이 주둔하면서 활주로를 확장했다고 한다. 그런데 건물은 대합실 내에 화장실 냄새가 진동할 정도로 관리가 엉망이고, 한국이나 일본 정도의 장거리 노선도 운항하는 항공편이 없었다. 일주일에 서너 번 가까운 베트남의 호치민시와 태국의 방콕으로 운항하는 비행기가 드나드는 날 이외에는 한산했다.

융단처럼 펼쳐진 산야를 내려다보면서 쌍발 프로펠러 비행기가 하얀 구름 위를 날았다. 승객은 기철과 하산을 포함하여 모두 5명이었다. 자주 타던 여객기들은 창밖으로 내다보면 아래쪽으로 날개가 보였지만 창문 위쪽에 날개가 달린 여객기였다. 구소련제 AN-24기가 프놈펜의 포첸통 공항을 이륙한 지 한 시간 반이 지나가고 있었다. 처음 타 보는 기종의 비행기는 어림잡아 40년 이상은 사용한 것으로 보이는 낡은 비행기였다. 망명을 갔다가 돌아온 왕실의 어느 왕자가 설립한 항공회사 소속의 소형 항공기로, 일주일에 한 번 프놈펜과 라따나끼리의 주도인 반룽을 운항하고 있었다.

아주 오래전 1960년대에 쌍발 프로펠러 비행기가 홍콩을 떠나 베트남 사이공의 탄손누트 공항을 향해 가다가 한쪽의 프로펠러가 멈추는 바람에 홍콩으로 되돌아간 적이 있었다는 아버지의 이야기가 떠올랐다. 창문에 머리를 바짝 들이대고 올려다보았다. 씩씩하게 프로펠러가 돌아가고 있었지만, 건너편으로 좌석을 옮겨 그쪽의 프로펠러도 잘 돌아가는지 확인을 해 보고 싶을 정도로 불안했다. 프로펠러가 갑자기 멈추어 버리는 상황을 상상해 보다가 '내가 혼자 탄 비행기가 아니지 않은가?'라는 생각에 안전벨트를 풀고 시트를 젖혀 편안한 자세를 취했다.

잠깐 졸고 일어났을까, 비행기는 좌우로 기체를 기우뚱거리며 서서히 고도를 낮추기 시작했다. 기철이 카메라를 꺼내들었다. 둥그런 유리창을 통해 앵글 속의 원두막 같은 공항청사에 초점을 맞추었다. 비포장의 활주로에 바퀴가 막 닿는 모습이 연상되는 순간이었다.

그때, 갑자기 기철의 고개가 뒤로 젖혀지며 비행기가 머리를 치켜

들었다. 누군가가 '억'하는 비명을 질렀다. 사고를 직감하는 순간이었다. 카메라를 떨어트린 기철이 양손에 안전벨트를 쥐고 버클을 채우려 해 보지만 몸의 중심을 잃은 상태에서는 쉬운 일이 아니었다. 몸이 왼쪽으로 휩쓸리며 머리가 하산의 턱에 심하게 부딪혔다. 기체는 우측으로 크게 몸을 기울이며 급상승을 하고 있었다.

솟아오른 기체가 크게 원을 그리며 공항 상공을 선회하면서 기내 분위기는 안정을 되찾았고, 화장품으로 떡칠한 여승무원의 이야기를 하산이 기철에게 전했다.

"착륙하려는데 활주로에 놀란 소가 뛰어들었답니다."

그는 연신 턱을 비벼 대고 있었다.

"뭐야! 활주로에 소가? 에이."

그때서야 기철은 하산의 얼굴을 자세히 들여다보았다.

"어때, 턱은 괜찮아?"

많이 아파 보였지만 하산은 표정을 찡그리면서도 미소를 보였다.

'차라리 내가 하산의 머리에 턱을 받혔어야 하는데…….'

비행기는 다시 착륙을 시도하였고, 창문으로 내려다보이는 활주로 옆에 묶여 있던 하얀 소는 양쪽의 두 사람에게 고삐를 잡힌 채 어슬렁거리는 느린 걸음으로 끌려가고 있었다.

비포장의 활주로에 안착한 비행기에 앉아 '내가 여기서 죽는다면 시신이나마 온전히 가족들에게 돌아갈 수 있을까? 시신을 화장해야 한다면 이 나라에 제대로 된 화장시설이나 있을까?' 하는 생각을 해 보기도 하며 애써 마음을 안정시키는 동안 비행기를 뒤따라온 흙먼지가 걷히며 갈댓잎으로 지붕을 덮은 공항청사가 눈앞에 모습을 드러냈다.

다른 승객들과 공항청사를 향해 천천히 걸으며 고개를 돌려 타고 온 비행기를 바라다보았다. 실밥이 허옇게 드러난 타이어가 보였다.

'돌아갈 때 또 저 비행기를 타야 할 텐데……'

덜컥 겁이 났다. 하지만 곧 체념을 하고 고개를 돌렸다.

공항청사는 문이라고는 하나도 없는 그야말로 수박밭을 지키는 원두막같이 생겼고, 남자 직원 한 명이 빠져나오는 승객들에게 두 손을 모으며 삼피로 인사를 할 뿐이었다. 공항 밖에는 기철과 하산을 태우고 갈 지프가 대기하고 있었다.

'이엔'이라는 작은 키에 땅딸한 50대 초반으로 보이는 사내와 하산이 악수를 하면서 그에게 기철을 소개했다. 떵까우 군락지를 돌아보는 동안 안내를 해 줄 사람이었다. 그 지역 국회의원의 사촌 동생이라는 그는 160센티도 안 되어 보이는 작은 키와 달리 군복을 입은 모습에서 카리스마가 넘쳐 보였고, 허리엔 큼지막한 미군용 45구경 구형권총을 차고 있었다.

하산과 기철이 방문할 예정인 지역은 자기들만의 부족언어를 사용하기 때문에 하산에게도 또 다른 통역이 필요했다. 이엔과 함께 마중을 나온 젊은 통역인은 이엔을 똑바로 쳐다보지도 못했다. 이엔이 지역에서는 힘깨나 쓰는 사람이라는 것을 쉽게 알 수 있는 대목이었다.

"꼬레?"

이엔이 고개를 갸우뚱하더니 아마도 한국인으로는 처음으로 라따나끼리를 방문하는 것일 거라고 했다. 길에 선 채 인사를 나눈 그들은 차종을 알 수 없을 만큼 낡은, 지붕이 없는 지프에 몸을 실었다. 지프가 출발하자 뒷자리에 하산과 나란히 앉은 기철이 흔들리는 몸을 가누기 위해 애를 쓰면서도 부지런히 차량의 이곳저곳을 살폈다. 어디선가 본 듯한 모델이라는 느낌이 들었다.

필리핀에서 중고트럭의 수입을 제한하자 한국의 소형트럭을 3등분으로 절단해서 컨테이너에 싣고 필리핀에 들여가 중고차가 아닌 중고부품으로 통관을 시킨 다음 현지에서 솜씨 좋은 기술자들의 손으로 조립하고 도색까지 말끔하게 하여 제작 증명을 만들어 백여 대 이상을 팔아 본 경험까지 있는 기철에게 자동차에 관한 관심은 당연한 것이었다.

기철이 하산에게 물었다.

"이 지프가 어디에서 생산된 차량인지 혹시 알아?"

"아니요, 잘 모르겠는데요. 제가 보기에 아무래도 차의 나이가 30년 이상은 된 것으로 보이네요."

하산이 운전석의 계기판 쪽을 바라보며 말했다. 정상적으로 작동되는 계기가 하나도 없어 보였다.

"어디에선가 많이 본 모델인 거 같은데 생각이 나질 않으니……."

기철의 궁금증을 해결하기 위해 하산이 앞좌석의 사내에게 물었다.

"이 지프는 어디에서 생산된 것인가요?"

"러시아 산입니다"

"모델명은?"

"NIVA 1600입니다."

그때서야 기철이 기억을 해내며 고개를 끄덕였다.

"어디에서 이 모델을 보셨나요?"

하산의 목소리도 차와 함께 흔들렸다.

"TV에서 북한의 군인들이 평양 시내를 퍼레이드 하는 장면에서 이 지프를 보았어."

보닛이 둥그렇게 불거져 나온 지프는 바로 그 모델이었다.

"아, 그렇군요."

비포장도로를 먼지를 일으키며 20여 분을 달려서 도착한 라따나끼리의 주도인 반룽에서 생필품을 파는 상점과 작은 식당들이 너덧 개 늘어선 거리를 지나며 호텔로 들어섰다. 호텔이라고는 하지만 마당의 한쪽에는 소똥이 보이기도 했다. 갈대로 지붕을 덮고 10개 정도의 객실을 갖춘 그 호텔이 라따나끼리 최고의 호텔이라고 했다. 그래도 객실에는 낡아빠진 작은 일제 SONY TV가 있었고, 벽에는 창문형의 에어컨도 달려 있었다.

문짝도 없이 파란색 비닐로 커튼을 친 욕실에서 샤워를 마치고 커다란 솥단지 2개가 걸려 있는 주방 옆의 식당에서 '꾸이띠우'라는 캄보디아식의 국수로 저녁 식사를 마쳤다. 식탁은 기름이 쩌들어 있어서 불결하기 그지없어 보였지만 시장이 찬이라고 했던가. 허겁지겁 빈속을 채울 수 있었다.

하지만 객실은 창문 너머에서 들려오는 요란한 발전기 소리에 귀를 틀어막아야 할 정도였고, 눅눅한 침대의 매트리스에서 나는 냄새 때문에 화장지로 코를 막아야 했지만 어쩔 수 없는 일이었다. 먹거리나 잠자리에 타박을 하지 않는 그였지만 낮에 비행기에서 잠깐 졸았던 탓인지 좀처럼 잠을 이룰 수가 없었다. 이런저런 생각이 꼬리에 꼬리를 물고 따라다닌다. 실밥이 허옇게 드러난 비행기의 타이어도 눈앞에 아른거렸다.

일주일 전부터 회사에서 같이 생활을 하는 지나와 할머니의 생각도 해 보고, 다음 주에 한국에 돌아가서 해야 할 일들에 대해 생각을 해 보다가 새벽녘이 되어서야 겨우 잠을 이룰 수 있었다.

이른 아침부터 선글라스를 쓰지 않으면 눈을 뜨기 힘들 정도로 햇볕이 강렬했다. 호텔 객실의 곰팡이 냄새가 몸에 배었고, 눅눅한 매트리스에서 자고 일어난 탓인지 몸이 무거웠다. 호텔 마당에 세워진 두 대의 지프는 보닛을 열어 놓은 채 라디에이터에 물을 보충하는 등 출발 준비를 하고 있었다. 돌덩어리 같이 단단한 빵 한 조각과 커피로 아침 식사를 해결하고 드디어 떵까우 군락지로 출발했다. 기철은 하산이 짊어진 작은 배낭에 고추장 봉지를 챙기는 것도 잊지 않았다.

사흘이 될지 나흘이 될지 정확히 알 수도 없는 일정이었다. 길이 막히거나 끊어졌다면 중간에 돌아오게 될지도 모른다는 말을 이엔은 당연하다는 듯 이야기했다.

일행 8명을 태운 지프 두 대가 출발했다. 선두의 지프에는 안전을 위한 경호원 두 명과 통역인이 타고, 뒤의 지프엔 이엔과 하산 그리고 기철이 탔다. 호텔을 떠난 차량의 행렬이 뽀얀 먼지를 일으키며 커다란 호숫가를 달리고 있었다.

기철은 햇살을 받아 눈부시게 반짝이는 수면을 바라보다 옆자리의 하산에게 눈길을 돌렸다. 그가 졸고 있었다. 지프를 밤새워 수리했다고 하더니, 그걸 지켜보느라 잠을 제대로 자지 못한 모양이었다.

지프는 곧 산길로 접어들었다. 그 길은 베트남의 국경과 연결되어 있다고 했다. 앞의 지프에서 일으키는 붉은 흙먼지에 입과 코를 막아야 했고, 때론 파인 도로에 고여 있던 흙탕물을 뒤집어쓰는 바람에 선글라스를 몇 번이고 벗어서 닦아야 했다. 길에서 보이는 숲에는 우울한 표정의 고무나무들이 V자 모양의 상처를 입은 채 옆구리엔 플라스틱 주머니를 하나씩 매달고 있었다.

길이 험해지기 시작했다. 앞의 좌석을 단단히 붙잡지 않으면 떨어질지도 모를 정도로 요동이 심했지만 열댓 살 정도 되어 보이는 운전 기사는 그렇게 험한 길에서도 바삐 핸들을 이리저리 돌려 가며 능숙한 운전 솜씨를 보였다. 한쪽이 낭떠러지인 구부러진 길을 달리다가 어둑한 숲 속으로 뛰어들어 달리기도 했다.

두어 시간 정도를 달려 만난 외딴집의 주변에는 종려나무와 야자수, 망고나무가 둘러서서 지키고 있었고 뒷마당에는 자그마한 코끼리 한 마리가 묶여 있었다. 어둑한 집안을 가만히 둘러보니, 선반 위에는 자그마한 자루들이 쌓여 있었다. 아마도 장사를 하는 집이리라.

늙은 집주인 내외는 찾아든 손님들의 눈치를 살피며 요구하는 대로 물을 떠다 주는 등 친절을 베풀었다. 그곳에서 지프의 냉각수를 보충했다. 앞선 지프는 중간에 두 차례나 차를 세워 물을 보충해야

할 정도로 라디에이터의 냉각수가 새고 있었다. 얼마나 더 가야 하는
지 알 수도 없지만, 목적지까지 가기 전에 지프가 도로 한가운데 드
러누워 버릴 것만 같았다.

한숨을 돌리고 다시 출발한 지프들이 또다시 정글로 들어서고 있
었다. 아름드리나무가 쓰러져 길을 막았고, 도로의 절반이 빗물에 쓸
려 떠내려가고 없는 곳도 있었다. 일행 모두가 달라붙어 쓰러진 아름
드리나무를 치우고 지나가기도 하고, 돌과 나무로 구덩이를 메워 길
을 만들 때에는 지프에서 내려서 소변을 보기도 하고 담배를 피우는
시간이었다. 그런 때는 개머리판을 잘라 내고 총열을 절반쯤 잘라 낸
카빈소총을 들고 한 사람이 주변을 경계했다. 짐승 때문이라고 했다.
이엔이 허리에 차고 있는 투박한 권총은 그가 사용하기에는 힘에 겨
워 보일 정도로 무거워 보였지만, 한시도 허리띠에서 풀어 놓는 일이
없었다.

길가 숲 속에 시원해 보이는 그늘이 있었지만, 지뢰가 무서워 들어
가지 못하고 뙤약볕 아래에서 준비해 온 '마이차삿꼬우'라는 소고기
볶음밥으로 점심을 때웠다. 바나나 잎에 밥을 덜어 들고 하산이 기철
과 마주 앉았다. 기철이 고추장을 한 스푼 얹어서 비벼 먹는 것을 보
고는 이엔이 맛을 보겠다고 덤벼들었다가 반쯤 벗겨진 이마의 땀을
닦느라 정신이 없었다.

결국, 하산과 기철이 탄 지프에 일행 8명이 모두 타야 했다. 지프
한 대가 길에서 퍼져 버린 것이다. 모두가 달라붙어 고장 난 지프를
겨우 길의 한쪽으로 밀어 놓을 수 있었다. 결국, 8명이나 타고 매달

린 지프는 힘에 겨워 허덕거렸다.

차량의 통행이 어려울 정도로 우거진 숲 속이었지만, 어린 나이의 운전기사는 용케도 이리저리 길을 찾아 차를 몰았다. 길이 막혔다고 생각이 들 즈음이면 좌측이나 우측으로 또 다른 작은 길을 찾아내며 앞으로 나아가곤 했다. 이제는 정말 더 이상 나아갈 수가 없는 길이라는 생각이 들 때 지프가 좌측으로 급히 방향을 틀었다.

눈앞에는 놀라운 전경이 펼쳐져 있었다. 그렇게 깊은 산 속에 얼핏 보기에도 30여 채 이상의 집들이 들어선 마을이 나타난 것이다. 기철은 물론 하산도 놀라는 눈치였다. 마을은 마치 세상 사람들의 눈을 피해 숨기라도 하듯 입구가 좁았지만, 들어선 마을의 가운데는 넓은 공터가 있었고 집들이 빙 둘러 서 있었다.

짐승으로부터 피해를 막으려고 땅에서 2m 정도 높이의 기둥 위에 세워진 집들의 아래는 돼지나 개들이 그늘을 차지하고 있었다. 더욱 놀라운 일은 마을 사람 모두가 거의 알몸이라는 사실이었다. 마을로 들어서는 지프를 보고 주민들이 에워싸며 다가섰고, 기철은 어디에 시선을 두어야 할지 몰랐다.

자그마한 체구의 여자들이 가슴을 드러낸 채 알 수 없는 이야기들을 해대며 지프를 에워쌌다. 아랫도리까지 드러낸 여인 중에는 생리혈로 보이는 핏자국이 허벅지 안쪽에 묻어 있는 모습도 보였다. 그들 중에는 '끄라마'라는 수건을 목에 걸치고 있는 여인들도 있었지만, 소중한 부분을 그것으로 가릴 생각은 없어 보였다.

"이런 곳에 처음 와 보시는 거죠?"

어리둥절해 하는 기철의 모습을 보고 하산이 웃으며 말했다.

"응. 몇 년 전에 필리핀의 피나투보 화산이 폭발했을 때 옷을 거의 걸치지 않은 산속의 부족들이 마닐라로 통하는 고속도로로 피난을 내려온 모습을 본 적이 있기는 하지만, 이런 마을에 직접 와보는 것은 처음이야."

"저도 처음입니다. 하하……."

하산도 낯선 풍경에 계속 주변을 두리번거렸다.

통역인이 여인들과 몇 마디를 나누더니 한 여인이 손으로 가리키는 집을 향했다. 기철은 '이곳이 여인왕국은 아닐 텐데 왜 남자들이 하나도 보이지 않을까?' 하는 생각을 해 보았다. 나신의 여자들 앞에서 시선을 둘 곳이 없어서 쩔쩔매고 있는데 하산이 기철의 팔을 이끌었다. 집들 중에 제일 커 보이는 집의 계단 위에서 이엔과 통역인이 손짓으로 부르고 있었다.

그 집을 향해 걷는 동안에도 여인들과 꼬마들이 기철을 따라붙었다. 팔뚝에 벌레가 기어가는 듯한 이상한 느낌에 흠칫하며 바라보니, 자그마한 키에 이가 까만 여인이 기철을 따라오며 팔뚝을 쓸어내렸던 것이다. 하산이 웃으며 기철의 피부가 하얗기 때문에 여인이 만져 본 것 같다고 했다.

섬뜩한 느낌에 소름이 돋았다. 캄보디아에 들어올 때 전염병에 대한 예방접종을 받지 않았다는 생각에 가슴이 철렁했다. 집에서 가까운 곳에 보건소가 있는데.

계단을 올라 집안에 들어서니 아무것도 보이지 않을 정도로 어두

윘다. 기철의 눈이 어둠에 적응되어 가면서 문 쪽에서 들어오는 햇빛에 사람들의 모습이 한쪽에서부터 보이기 시작했다. 기철은 눈앞에 보이는 광경에 깜짝 놀랐다. 방 안 가득히 40여 명이 되어 보이는 사내들이 빼곡히 들어앉아 있었던 것이다. 그나마 몇 사내는 끄라마로 아랫도리를 가리고 있었다. 처음 맡아 보는 고약한 냄새와 희미한 빛 속에서 그들의 시선이 한꺼번에 기철에게 쏟아졌다.

통역인이 소개하는 사람과 하산과 기철이 삼피로 인사를 나누었다. 60대 중반 정도로 보이는 그가 마을의 촌장이었다. 무슨 회의를 하고 있었던 것일까. 그들이 올라앉아 있는 넓은 마루 곁에는 거의 드럼통만 한 대여섯 개의 나무로 만든 통들이 줄을 지어 서 있었는데, 냄새로 그것이 술통이라는 것을 짐작할 수 있었다. 처음 맡아 보는 이상한 냄새가 코를 찔렀다.

두 사내가 헝겊 조각으로 양쪽을 막은 굵은 대나무를 어깨에 지고 계단을 올라 들어섰다. 일행 모두가 한쪽으로 비켜섰고, 사내들은 대나무 한쪽을 기울이며 막았던 헝겊 조각을 빼내어 대나무 속의 물을 술통들에 나누어 부었다. 물을 붓는 모습을 바라보던 눈길들이 다시 이방인인 기철에게 몰렸다. 그들은 기철에게 술부터 권했다.

술통마다 가느다란 대나무가 꽂혀 있었고 그걸 빨아 술을 마신다고 했다. 집안의 냄새와 그들의 불결한 모습을 보고는 도저히 그 술을 먹을 수가 없어서 기철이 머뭇거렸다.

"마시는 척이라도 하셔야 할 것 같은데요."

통역의 이야기를 듣고는 하산이 피식 웃으며 기철에게 전했다. 고역스러운 일이었다.

신앙생활을 하는 사람이라 술을 마시지 않는다고 둘러댄다고 한들 이야기가 통하겠는가. 어쩔 수 없는 상황에서 분위기에 떠밀려 허리를 굽혀 앞쪽의 술통에 꽂힌 대나무를 잡았다.

입을 대야 하는 대나무의 끝을 손으로 대충 닦아내고 천천히 빨았다. 코로 숨을 쉬지 않았기에 겨우 목으로 넘길 수 있었지만, 역시 술맛은 고약했다. 심하게 썩어 버린 막걸리 맛이었다. 기철이 고개를 들어 그들을 바라보며 의도된 미소를 날리는 것으로 술맛을 평가해 주었다. 그리곤 엄지손가락까지 치켜세워 그들에게 보여 주었다.

촌장이 기철이 마신 술통의 옆에 있는 다른 술통을 손으로 가리켰다. 그 술도 마셔 보라는 뜻이었다. 구역질이 나도록 냄새가 고약한 그 술을 더 먹는다는 것은 고역스러운 일이었지만, 아쉬운 입장의 기철로서는 그들에게 우호적인 모습을 보일 수밖에 없었다.

두 번째 술통의 대나무에 입을 댔지만, 도저히 빨 수가 없었다. 구토가 나올 정도였다. 숨을 멈추고 침을 삼켜 목젖을 움직여 보이며 목을 넘기는 척만 했다. 입을 떼고 일어서며 가볍게 인상을 쓰는 모습도 보여 주었다.

그때 옆의 40대 후반 정도 되어 보이는 사내가 촌장에게 무어라 씨부렁거리는 게 보였다. 통역을 통해 하산이 기철에게 전했다. 기철이 술을 마시지 않았다는 것이었다. 그 사내가 술이 줄어들지 않았다는 모습을 손으로 가리키고 있었다.

'허. 이 사람들이 신고식을 단단히 시키는구나. 저렇게 큰 통의 술

이 줄어든 게 눈으로 확인되어야 한다면 대체 얼마나 많이 마셔야 한단 말인가.'

하지만 기철의 오기도 슬그머니 고개를 들었다.

'그래, 너희들이 먹고 죽지 않았는데 설마하니 내가 먹고 죽기야 하겠냐. 그래, 먹어 주마.'

옆에서 지켜보던 하산도 손님 대접이니 사양을 하면 안 될 것 같다며 빙그레 웃고 있었다. 여섯 통의 술을 차례로 빨았다. 촌장이 술이 줄어드는지 옆에서 살폈다. 눈으로 봐서도 술이 줄어든 것이 확연히 보일 정도로 여섯 통의 술을 마셨으니, 대체 얼마나 마신 것일까. 기철은 그만 정신이 몽롱했다. 마약을 얼마나 씹어댔는지 새까만 이를 드러내며 웃어 대는 그들의 모습을 보며 같이 웃어 대다가 기철은 하산의 등에 업혀 맞은편 집으로 옮겨졌다.

꿈속에서 흘러나온 정체 모를 악취에 가만히 눈을 떠 보니 어스름한 어둠 속에서 알몸의 두 여인이 기철의 몸 이곳저곳을 더듬어 대고 있는 것이 아닌가. 소스라치게 놀라 벌떡 몸을 일으키며 소리를 질렀다.

"야. 왜들 이러는 거야!"

한국말이었다. 여인들은 새까만 이를 드러내며 깔깔대고 웃었다. 위급할 때에 떠오르는 해님이의 모습이 눈앞에서 휘익 지나갔다. 해님이도 놀랐는지 눈을 동그랗게 뜨고 아빠를 바라보고 있었다. 벗겨진 속옷들을 집어 들고 뛰쳐나와 집으로 오르는 계단에 걸터앉았다. 깊은 산중의 밤이었다. 별들이 촘촘히 내려앉은 건너편 산마루에 실낱같은 초승달이 걸터앉아 있었다.

'저 달의 모습은 평생을 두고 잊지 못하리라.'

담배를 꺼내 물었다. 허공에 연기를 뿜어내며 바라보니, 조금 전의 초승달이 검은 구름 속으로 숨어 버렸다. 하산은 어디에서 자고 있는 것일까.

칠흑 같은 어둠 속의 마을은 고요하기만 했다. 기철과의 잠자리를 포기한 여인들이 자기들끼리 무어라 한참을 조잘거리다가 집을 나섰다. 돌아가는 그녀들의 씰룩거리는 자그마한 엉덩이들이 어둠 속으로 사라질 때까지 바라보다가 안으로 들어가 라이터를 켜 들고 이리저리 살펴보았다.

한쪽 구석에 몇 개의 돌을 둥그렇게 쌓아 놓은 것이 보였다. 가까이 다가가 보니 돌 더미의 안쪽에 숯불이 피워져 있었고, 청설모 같은 작은 짐승이 껍질이 벗겨진 채 돌 더미 옆에 올려져 있었다. 아마도 손님 접대용 음식으로 준비한 모양이었다.

남아 있는 술기운에 다시 잠이 들었지만, 중간에 대여섯 차례나 잠에서 깨어나야 했다. 속이 울렁거리며 머리가 깨질 것처럼 아프고 목이 타들어 갔지만, 머리맡의 물은 도저히 마실 수가 없었다.

날이 밝았고 벌써 태양은 잔뜩 품은 열기를 사정없이 뿜어내기 시작했다. 나뭇잎에 싸서 주는 한 숟가락의 밥을 고추장에 비벼 먹었다. 평소엔 고추장을 거들떠보지도 않던 하산도 어쩔 수 없었는지 주머니에서 숟가락을 꺼내 들고 덤벼들었다.

잠을 설친 탓인지 어제의 술 때문인지 몸이 천근같이 무거웠지만,

떵까우 군락지를 직접 눈으로 확인하겠다는 일념에 일행의 꽁무니에 따라붙어서 산을 올랐다.

"하산, 산에 지뢰가 있는 건 아닐까?"

"이들이 매일 다니는 길이니 괜찮지 않을까요?"

하산이 크게 걱정하지 않는다는 표정으로 대답했다.

기철은 20년 전에 육군훈련소에서 교육받은 지뢰들의 모습을 떠올려 보았다. 하산의 표정도 심각해 보이지 않는데 '나는 무서워서 못 간다.'고 꽁지를 뺄 수는 없는 일이었다.

앞사람이 발을 디딘 발자국을 정확히 밟아 가며 산길을 오르기 시작했다. 정글용 큰 칼을 든 원주민 여자가 안내를 맡아 앞장을 섰고, 총을 든 경호원들과 통역 그리고 하산과 기철 등 일행 사이에 여자 둘이 섞여 있었다. 그렇게 8명이 일렬로 서서 좁은 산길을 올랐다. 마을의 남자들은 아무도 따라나서질 않았다.

마을의 뒤로 자그마한 개울을 건너 바로 숲 속으로 접어들었다. 그 시간에 벌써 산에서 내려오는 한 여인을 만났다. 아랫도리를 겨우 가린 채 등에는 망태기 하나를 메고 있었고, 옆구리에는 끄라마로 아기를 매달고 있는 모습이었다. 다른 한쪽의 허리에는 자신의 팔보다도 더 긴 칼을 차고 있었다. 기철이 들여다본 망태기 안에는 죽어 있는 쥐새끼만 한 짐승 두 마리가 들어 있었다. 허리를 세우고는 걸음을 옮길 수 없는 울창한 숲 속이고 무성한 나무들이 하늘을 가려 어두웠지만, 아기와 망태기를 짊어진 여인은 산길을 바람처럼 날아 마을 쪽으로 사라졌다.

좁은 길은 미끄럽고 습해서 모두가 네 발로 엉금엉금 기어야만 했다. 기어오르다 미끄러지길 수차례 반복했다. 미끄러지는 기철을 자그마한 여인이 부축을 해 주며 히죽 웃는다. 같이 웃어 주기는 했지만, 여인의 뒤를 따라 기어오를 때는 민망해서 도저히 고개를 들 수가 없었다. 수풀 사이를 뚫고 내려온 햇빛이 그녀의 엉덩이 크기만큼씩 군데군데 떨어져 있었다. 숲 속의 평온을 깨는 일행들을 향해 바퀴벌레같이 생긴 곤충들이 목숨을 걸고 덤벼들었고, 지네같이 생긴 벌레들은 급히 몸을 피했다. 하산도 고개를 푹 숙인 채 발아래만 바라보며 진땀을 흘리고 있었다.

얼마나 뒹굴고 미끄러졌을까. 200평 정도는 됨직해 보이는 평지에 이르렀다. 마을을 출발하여 1시간 정도 후에 도착한 곳이었다. 드디어 만나게 된 떵까우 군락지는 예상했던 것보다 더 엄청났다. 작고 하얀 꽃과 떵까우 열매를 밟지 않고는 걸음을 옮길 수가 없을 정도였다. 바닥에는 열매가 겹겹이 쌓여 있어서 그냥 삽으로 퍼 담기만 하면 될 정도였다. 더구나 그 일대에 그러한 곳은 수없이 많다고 한다. 멀고 험한 길을 달려온 보람이 있었다. 작고 하얀 떵까우 꽃들은 기철의 눈에는 여지없이 에델바이스였다.

하산이 엄지손가락을 높이 쳐들어 보였다. 최상급이라는 뜻이었다. 그는 가지고 간 작은 자루에 열매를 퍼 담았다. 기철은 눈에 보이는 것을 대충 가늠해 보았다. 그것만으로도 상당한 양이었다. 깊은 밀림 속에서 노다지를 만난 것이다.

건설업을 하던 기철에게 새로운 돌파구가 필요했다. 땅만 준비가 되면 건축허가를 내고 착공계를 제출하고, 땅에 울타리를 치고 포크레인 한 대만 가져다 세워 놓으면 선분양이 되어 돈이 쏟아져 들어왔었다. 그러나 이젠 상황이 달라졌다. 분양에 어려움이 생기기 시작했고 땅값은 잔뜩 부풀려졌다. 현장 한두 곳만 돌아가면 충분히 수지를 맞출 수는 있었지만, 뭔가 새로운 일을 끊임없이 찾아 나서는 그의 스타일이 그를 밖으로 내몰았다. 두려움 없이 머리를 디밀어 대는 불도저 같은 추진력이 바탕이 되었다.

필리핀 등으로 중장비 수출의 길을 뚫었지만 소리만 요란했지, 실속은 없었다. 중고 덤프트럭은 그나마 수입이 짭짤했다. H사의 덤프트럭은 일본 미쓰비시 덤프트럭과 여러 가지 부품을 같이 사용하는 관계로 수출가격도 높았고 바이어도 줄을 서서 대기하고 있었다. 그런데 D사의 덤프트럭은 골칫덩어리가 되었다. 부품의 조달이 어려운 중고장비는 가격이 고물 가격이었다. 장부상으로는 괜찮은 장사를 했지만, 남은 것은 재고뿐이었다.

애물단지가 되어 김포의 당하리 차고를 빽빽이 메우고 있는 D사의 덤프트럭들을 지켜보다가 가방을 싸서 나선 곳이 베트남이었다. 당시 D그룹이 베트남에서 크고 작은 건설공사를 많이 했으니 계열사인 D사의 장비를 사용했을 것이고, 그렇다면 그 장비들의 부품도 유통되고 있을 것이라는 계산이었다. 그 예상이 적중하여 몇 차례 베트남을 들락거리며 재고를 완전히 정리했지만, 무역에 관한 새로운 경험을 하면서 얻은 교훈이 있었다. 쉬운 일은 아니지만 흔하지 않은, 남다른 아이템이 있어야 한다는 것이었다.

그래서 나선 것이 인도네시아였고, 인도네시아의 자무를 독점으로 수입하기 시작하면서 짭짤하게 재미를 보게 되었다. 맛이 들린 기철이 베트남을 거쳐 캄보디아에 들어왔지만, 예상과 달리 지지부진한 성과에 기가 죽어 있다가 이제는 밀어붙일 만한 돌파구가 마련된 것이다.

이제 꿈은 목전에서 실현을 앞두고 있었고, 기철의 가슴에서 방망이질을 해댔다. 이제 한국에 돌아가 성공파티를 하는 일만 남았고, 성공담으로 일장연설을 하며 직원들을 독려하는 자신의 모습을 상상하기도 했다.

서둘러 내려오는 내내 기철은 산에서 띵까우를 운반하는 방법을 두고 하산과 이야기를 나누었다. 어떻게 산에서 끄집어 내릴 것이며 프놈펜까지는 어떻게 운반을 할 것인가.

마을이 자리한 곳은 분지였다. 한쪽에는 희한한 모습의 작은 논이 있었다. 누렇게 익은 벼와 이제 익어 가고 있는 벼, 그리고 싹이 올라오는 어린 벼가 한 논에서 뒤섞이어 자라고 있었다. 여인 하나가 작은 자루를 허리에 묶어 앞자락에 매달고 익은 벼를 골라 손으로 훑어내는 모습이 보였다. 수확하는 것이 아니라 채취한다고 해야 옳은 모습이었다. 그렇게 채취한 쌀로 밥도 지어 먹고 술도 담가 먹는 것 같았다. 그렇게 사시사철을 두고 쌀 문제를 해결할 수 있으니, 이들이야말로 축복받은 사람들이 아닌가 하는 생각이 들었다.

마을의 공터로 돌아오니 꼬마들과 여자들이 기철을 둘러싸고 따라다니며 연신 자기들끼리 수군거렸다. 어떻게 해야만 이들을 산으로 동원하여 떵까우를 마을까지 옮기게 할 것인가 하는 문제로 온통 기철의 머릿속은 뒤엉켰다.

늦잠을 자고 일어난 사내들이 마을회관처럼 제일 큰 집으로 하나둘씩 모여드는 모습이 보였다. 대체로 남자들은 그곳에 모여 음담패설이나 늘어놓으며 '간짜'라고 부르는 대마초와 술로 하루해를 보내고, 여자들은 산에 올라다니며 작은 짐승들을 사냥해서 먹고살고 있었다. 대여섯 살 정도로 보이는 아이들도 자기들이 나무를 깎아 만든 담배 파이프를 입에 물고 다녔다. 치아가 다 자라기도 전에 파이프를 물고 다닌 덕에 위아래 앞니는 사이가 벌어져 있었다.

기철은 천천히 그들의 모습을 다시 살펴보았다. 아이들의 모습이나 여인들의 모습이 모두 거의 비슷하게 닮은 것이다. 안내인의 이야기를 들어 보니 근친상간이라고 한다. 내 여자 네 여자가 없었고, 처제나 처형도 없었다. 그저 사내들은 종족 번식을 위한 도구에 불과했다. 더욱이 놀라운 일은 마을에서 가장 나이가 많은 사람이 촌장인데 45세 정도라고 했다. 아마 자기의 나이도 정확히는 모를 것이라고 한다. 평균 수명이 45세 미만이라는 것이다.

통역을 대동하고 하산과 기철이 마을회관으로 들어섰다. 산에 오를 때는 보이지 않던 이엔이 30여 명의 사내들과 어울려 간짜를 피워 대고 있었다.

이른 아침에 산에서 떵까우 군락지를 눈으로 확인해서인지 간짜나 피워 대는 그들의 모습이 어제와는 달리 퇴폐적으로 보이지 않았다.

오히려 그들에게서 전사들의 풍모가 비치기도 했다. 기철이 그들의 앞에 나섰다.

"어제 말씀을 드린 것처럼 우리는 떵까우 열매가 필요해서 멀리 프놈펜에서 왔습니다. 아침에 산에 올라 떵까우 군락지를 확인했습니다."

하산을 거치고 통역인이 그들에게 전했다.

"수고스럽겠지만 여러분이 산에서 떵까우 열매를 이곳 마을까지 운반해 주기만 한다면, 나는 여러분이 원하는 어떠한 것으로도 후하게 사례를 할 것입니다."

그들이 통역인의 이야기를 듣고 있는 표정을 기철이 가만히 살펴보면서 다음의 이야기를 이어 갔다.

"원하는 것이 무엇인지 마을 사람들의 의견을 모아 보시길 바랍니다."

하산을 거쳐 통역인이 부지런히 기철의 이야기를 그들에게 전했다. 그런 이야기를 들으며 그들의 표정이 어떨까 하고 유심히 살폈는데, 어쩐 일인지 그들은 그저 덤덤했다. 크게 관심을 보이지 않는다.

'혹시 통역이 서툴러서 잘 전달되지 않는 것은 아닐까?'

그들끼리 대화할 시간이 필요할 것이라는 생각도 들었고, 집안의 냄새가 역겨워 하산에게 눈짓을 하여 밖으로 불러냈다. 계단을 내려서며 어깨 쪽의 옷을 당겨 냄새를 맡아 보았다. 이미 몸에 그들의 냄새가 배어 있었다. 기철이 마당으로 내려서자 아이들과 여인들이 주변으로 또 모여들었다. 꼬마들은 기철의 허리에 찬 레이벤선글라스

주머니를 만져 보기도 하고, 기철의 하얀 팔뚝에 시선을 고정시키고 있는 여인도 있었다. 세상의 어떤 일에도 관심이 없다는 듯 나무그늘에 앉아 자신의 고추를 장난감 삼아 가지고 놀고 있는 어린아이도 보였다.

기철이 지갑 속에서 달러를 몇 장 꺼내고 다시 뒷주머니에 넣었다. 꼬마들 몇 명이 기철의 뒤로 모여들었다. 지갑이 들어가 불룩한 뒷주머니를 더듬어 댄다. 어떤 여인은 옆에 쪼그리고 앉아서 기철이 신고 있는 등산화를 넋을 잃고 바라보다가 살며시 더듬어 보기도 한다. 그들에게 1불짜리와 5불짜리 지폐를 한 장씩 펼쳐 보여 주었다.

"이게 뭔지 알아요?"

기철이 양손에 나누어 들고 지폐를 흔들어 보였다. 역시 별로 관심을 나타내지 않았다. 알아듣든 못 알아듣든 하산이 손짓 발짓을 하며 돈에 대한 설명을 한동안 늘어놓았다. 꼬마 하나가 기철과 눈이 마주치자 씨익 웃고는 저만치 물러났다가 다시 돌아올 뿐, 누구도 지폐에는 시선을 두지 않았다.

그들의 돈에 대한 무관심에 조금 실망을 느낄 때쯤. 서너 집 건너편의 계단에 앉아 바라보던 사내 하나가 지팡이를 짚고 심하게 절룩거리며 다가왔다. 그가 아이들과 여인들의 틈을 비집고 들어와 기철의 앞에 기우뚱한 모습으로 섰다. 그리고 사람들에게 돈을 가리키며 뭐라고 연신 아는 척을 해대기 시작했다.

오른쪽 다리가 심하게 뒤틀린 그가 하는 이야기를 대충 짐작해 본다. 1불짜리보다 5불짜리가 더 크고 좋은 것이라는 내용 아닐까. 기철은 구세주라도 만난 양 그 사내에게 환한 웃음을 보였다. 하산이 나서서 그에게 불어를 할 수 있느냐고 물었다.

쑥스러워하며 '약간'이라고 그가 대답을 했다. 하산이 손짓 발짓을 해 가며 그와 대화를 나누었다. 그의 나이는 33살이고 17살 때 베트남과의 전쟁에서 다리를 다쳤다고 했다. 마을에는 자기 외에는 숫자를 아는 사람이 없을 것이라고 했다.

불구인 그가 마을에서는 자기의 나이를 비교적 정확히 알고 있고, 숫자를 읽을 수 있는 최고의 지식인이자, 유일하게 바깥세상을 구경한 사람인 셈이다.

부족들은 돈을 알 필요가 없는 사람들이었다. 먹는 것도 자급자족하고 옷도 걸치지 않는 사람들이니 돈이 필요치 않은 것이 당연했다.

"하산. 이 사람들에게 꼭 필요한 것이 뭘까?"

그들을 유인하기 위해 그들에게 필요한 것을 찾아야 했다. 하산도 고개를 갸우뚱할 뿐 떠오르는 생각이 없었다.

절름발이 사내와 함께 남자들이 모여 있는 집의 계단을 앞서서 오르던 하산이 멈춰 서서 기철을 뒤돌아보았다.

"이 사람들에게도 소금은 필요할 것 같습니다."

떠오른 묘안에 그의 표정이 환하게 밝아져 있었다.

"아, 그러네. 소금은 필요할 것 같다. 하지만 더 좋은 게 있을지 몰라. 조금 더 생각해 보자."

소금이 꼭 필요하기는 하겠지만 많은 양이 필요하지는 않을 것이고, 이미 어떤 경로를 통해서라도 구해다가 먹고 있을 것이 아니겠는가.

남자들이 회의를 하고 얻은 결론이 궁금해 서둘러 들어갔건만, 맞이하는 건 실망뿐이었다. 역시 그들에겐 절실히 필요한 어떤 것이 없었다.

"산에 다니는 것은 힘들다."

그것이 그들의 결론이었다. 기가 막힌 노릇이었다.

'여자들은 산으로 올려보내면서 자기들이 산에 오르는 것은 힘들다니……'

"어떻게 할까요?"

하산이 잔뜩 실망한 표정으로 기철에게 물었다.

"일단 나가서 이야기를 하자."

또 그 지독한 맛의 술을 먹으라고 할 것 같아서 자리를 피해야 했다. 두 사람이 다시 마당으로 내려섰다. 냄새로 몰아쉬던 숨을 길게 내쉬어 보지만, 쏟아지는 태양의 열기로 숨이 막히는 건 마찬가지였다.

그들이 필요한 소금을 어떻게 조달하는지 알아보라고 하산을 보낸 뒤, 기철은 마당 한쪽의 나무그늘에 털썩 주저앉았다. 어떻게든 숲 속의 떵까우를 끄집어 내려올 방법을 찾아야 했다. 기철이 찌그러진 담뱃갑에서 담배를 꺼내어 입에 물었다. 연기를 깊이 들이마셨다. 담배 파이프를 입에 문 꼬마들이 기철의 손가락 사이에 끼워진 필터 담배를 신기한 듯 바라본다. 꼬질꼬질한 5살 정도 되어 보이는 꼬마와 눈이 마주쳤다. 기철에게 담배를 달라고 손을 내민다. 어이가 없었다.

피우던 담배를 녀석에게 건넸더니 받아들고 내달린다. 자기 엄마에게 달려가 한 모금씩 나누어 피워 대고 있는 모습을 기철은 멍하니 바라보았다. 밀어낸 한숨을 다시 깊게 들이마셔 본다.

'어떻게든 방법이 있겠지.'

"소금으로는 곤란하겠는데요."

하산이 돌아와 머리를 설레설레 흔들면서 기철의 옆에 쪼그리고 앉았다.

"왜?"

기철이 하산을 바라보며 대답을 기다렸다.

"우리가 이곳에 올 때 들렀던 길가의 외딴 집이 있었지요? 짐승이나 나무 열매 등을 가지고 그 집에 가서 소금과 바꾸어 온답니다."

가만히 기억을 더듬어 봤다. 어제 들렀던 외딴집의 선반에 쌓여 있던 열댓 개의 조그만 자루들이 떠올랐다. 그것이 다름 아닌 소금 자루였던 것이다.

"날씨가 더우니까 마을 사람들이 먹으려면 많이 필요하지 않을까?"

"소금 자루를 봤는데요. 1kg 정도는 되어 보이는 크기더군요. 한 번에 두 자루 정도를 가지고 온답니다. 그걸로 얼마 동안이나 먹는지는 모르겠고, 떨어지면 가서 가지고 온다고 이야기하는데, 역시 떵까우를 채취하는 일에는 관심을 보이지 않습니다."

이야기를 하면서 하산이 쓸쓸히 웃었다.

기철도 난감하기만 했다. 트림을 하자 고약한 냄새가 목을 타고 올라왔다. 어제의 술통들이 생각나고 구역질이 나올 것같이 속이 메스꺼웠다. 머리가 깨질 듯 아팠다.

"어떻게 할까요?"

하산이 기철의 옆모습을 바라보며 그의 생각을 물었다.

"다시 한 번 부딪혀 봐야지. 그래도 안 되면 다른 방법을 또 연구해 봐야 할 테고……."

기철이 일어서며 엉덩이를 털었다. 그리고 남자들이 있는 집을 향해 힘없이 발걸음을 옮겼다. 한 번 더 그들을 만났지만, 반응이랄 것도 없었다.

"짐승들도 먹고 살아야지요."

45살에 폭삭 늙어 버린 촌장이 띄엄띄엄 달려 있는 앞니를 드러내며 쑥스러운 웃음을 지어 보였다. 기철에겐 노다지였지만 그들에겐 떵까우가 산짐승의 먹이일 뿐이었다. 옆에서 거드는 녀석도 있었다.

"맞아. 그거 산돼지가 굉장히 잘 먹는다고."

기철은 녀석을 한 대 콱 쥐어박고 싶었지만, 그저 웃고 말았다. 미칠 노릇이었다.

일행은 해답을 얻지 못하고 마을을 떠나야 했다. 갈 때와 같은 길로 돌아오는데 길은 더 험한 것같이 느껴졌고, 요동을 치는 지프의 뒷자리에서 하산과 기철은 머리를 싸매고 연구했다.

'누구의 손으로 떵까우를 산에서 운반하게 할 것인가.'

"하산. 원주민들을 산으로 끌고 올라갈 방법이 달리 없으니 천상 반룽 시내에서 사람을 모집해야겠지?"

"예. 도착을 하는 대로 알아보지요. 비용이야 더 들겠지만, 그 길밖에 없을 것 같습니다."

"아마 비용은 염려할 게 없을 게야. 1인당 하루 1불씩만 줘도 될텐데, 뭐."

"예, 하루 1불 정도만 주면 충분할 것 같습니다. 그런데 문제는 운송비입니다."

"아니야. 아까 내가 대충 생각해 봤는데, 반룽에서 항공기로 프놈펜까지 운반을 해도 수지는 충분히 맞출 수 있어. 그리고 프놈펜까지 가는 운송비를 줄이려면 이곳 반룽에서 건조를 해서 중량을 줄이는 방법도 생각해 봐야지. 오히려 반룽에서 원주민 마을까지의 도로가 문제야. 비가 많이 오면 도저히 차가 다닐 수 없을 테니……."

"그것도 문제가 될 수 있겠네요."

로프에 매달려 끌려오는 고장 난 지프에서 이엔은 그렇게 흔들리는데도 졸고 있었다.

"저 사람 어제 술 많이 먹었어요."

이엔의 모습을 뒤돌아보는 기철에게 하산이 빙그레 웃으며 말했다. 그렇게 비위가 상하던 그 술을 이엔은 정신없이 퍼먹어 댔다는 것이다.

"저 사람 어제 여자들하고 잤어?"

하산이 대답 대신 코를 찡긋하며 고개를 끄덕였다.

"결국, 저놈만 재미를 봤구먼. 하하!"

기철이 혼잣말로 중얼거렸다. 한국말이었다.

늦은 저녁을 먹게 되었다. 중국식 레스토랑 하나가 반룽 시내에 있었다. 1인당 20불씩으로 특별히 준비된 둥그런 식탁에 음식이 푸짐하게 차려졌다. 여섯 명의 식사였다. 하산과 기철 그리고 이엔이 불러들인 그곳의 유지라는 자들이 함께했다. 한국에서라면 별것 아니었지만, 그곳의 생활 수준에서는 정말 특별한 식사였다.

하산은 술을 마시지 않는 사람이지만 분위기를 맞춘다고 독한 싸구려 위스키를 두 잔이나 마셨다. 그리고 기철과 하산은 또 한 번의 쓴잔을 마셔야 했다. 반룽에서 원주민 마을로 일하러 갈 사람을 구하기가 힘들다는 것이었다.

"뭐라고?"

기철이 하산에게 다시 물었다.

"산속에는 안 들어가려고 한답니다. 지뢰 때문에."

술도 음식도 맛이 뚝 떨어졌다. 기철이 눈을 껌벅거리며 잠시 생각에 잠겼다.

"더구나 그쪽은 베트남 국경이 가까워서 지뢰가 많다는데요."

"휴ㅡ."

하산이 또 한 번 한숨을 길게 내쉬는 기철의 눈치를 살폈다.

"그놈의 지뢰는 누가 매설한 거야?"

"베트남전쟁 때 미군이 매설한 것이 대부분입니다. 물론 베트남의 캄보디아 침공 때 매설한 지뢰도 있겠지요."

"휴ㅡ."

기철이 또 한 번 긴 한숨을 뱉어낸다.

반룽의 사람들이 피하는 일이라면 프놈펜의 사람들도 피할 것이 뻔한 이치였다. 호텔로 돌아와 기철과 하산이 이마를 맞대고 연구해 보았지만, 도무지 해답을 얻을 수 없었다.

추울 정도로 냉기를 뿜어내는 벽걸이 에어컨의 소음을 의식하고 기철의 목소리가 커졌다.

"그 이엔이라는 사람 말이야."

"왜요?"

하산이 감기는 눈을 억지로 뜨며 기철을 바라본다.

"그 사람한테 뭐 좀 좋은 방법이 없을까?"

"글쎄요."

"좀 늦은 시간이기는 하지만 그 사람 좀 다시 불러 봐. 술 한 잔 더 하자고 말이야."

"호텔 측에 그와 연락을 해달라고 부탁해 보겠습니다."

"그리고 너무 추운데 에어컨 좀 손을 봐 달라고 해. 강약 조절이 안 돼."

피곤한 몸을 이끌고 하산이 방을 나서자, 기철은 들고 있던 휴지조각으로 다시 코를 막았다. 냄새 때문이 아니었다. 콧물이 줄줄 새고 있었다. 비염이 재발한 것이다.

호텔 직원이 와서 에어컨을 만지작거리다가 하는 말이, 고장이라 자기가 해결할 수 없다고 하고는 비식비식 웃고 있다가 아무런 조치도 없이 돌아가 버렸다. 어쩔 수 없이 기철이 에어컨의 전기 코드를 뽑아 버리고 홑이불을 둘둘 말고 추위에 떨며 누워 있다가 얇은 잠에 빠져들었을 때, 방문의 노크 소리가 들렸다.

'똑똑똑-.'

벌떡 일어난 기철이 콧구멍의 휴지를 빼내어 재떨이에 던져 넣으며 하산을 맞았다. 그의 뒤에는 작달막한 이엔이 들어서며 두 명의 여자들에게 들어오라는 손짓을 하고 있었다. 이엔은 하산과 기철이 새벽에 여자가 필요해서 자기를 찾는 것으로 판단하고 급히 마땅한 여자들을 찾아서 데리고 오느라고 늦었다는 것이었다.

일이 풀리지 않아 고민하고 있으면서 여자들에게 눈길을 두는 모습을 하산에게 절대 보여서는 안 된다는 생각에 기철은 여자들 쪽으로는 고개도 돌리지 않으며 하산에게 그녀들을 여비를 줘서 돌려보내라고 했다.

이엔은 돌아가는 여자들의 모습을 지켜보며 꿀꺽 소리가 날 정도로 침을 삼키며 입맛을 다셨다. 기철에게 뒤에 나가는 여자는 정말 예쁘지 않느냐고 물었다. 기철이 가볍게 미소를 지어 보이며 머리를 끄덕거려 주었다. 종류도 알 수 없는 술 한 병이 닭튀김과 함께 방으로 들어왔다.

"하산, 이엔에게 다시 물어봐. 뭐 좀 좋은 수가 없느냐고."

비운 술잔을 탁자에 내려놓는 기철의 표정이 일그러졌다. 어디에서 온 무슨 술인지 몰라도 엄청 독했다. 이엔이 하산 쪽으로 고개를 돌려 이야기를 듣고 나더니 술잔을 들었다. 술을 한 모금에 털어 넣고 빈 잔을 내려놓으며 인상을 찌푸리는 그의 입에서 독한 술 냄새와 함께 한마디가 비집고 나왔다.

'군인'이었다. 군인을 동원하는 것밖에는 방법이 없다는 것이다. 기철도 귀가 번쩍했다. 길이 열리며 어둠 속의 긴 터널을 빠져나오는 것 같았다. 기철이 얼른 이엔의 잔에 술을 따랐다.

"군인을 데리고 일을 한다면 몇 명이나 필요할까요?"

하산이 밝아지는 기철의 표정을 읽으며 물었다.

"많을수록 좋지. 우기에는 위험하고 힘들 테니 건기에 바짝 밀어붙여야 해. 그리고 이곳 반룽 시내 한쪽에 건조시설을 만들자고."

눈을 껌벅거리며 두 사람이 이야기하는 모습을 바라보는 이엔을 위해 하산이 이야기의 내용을 알렸다.

"그럼. 돈만 주면 군인들을 부릴 수 있지. 장교는 졸병보다 조금 더 주고……."

이엔은 아무런 문제가 없다며 술잔을 높이 들어 건배를 외쳤다. 하산도 잔을 들었다.

비워 낸 잔을 내려놓는 기철의 붉은 얼굴에는 희망이 넘쳐났다.

"하산, 이제야 확실하게 일이 풀려 가려는가 보다."

하산의 얼굴에서도 피로가 저만치 물러나고 있었다.

"지난번에 데리고 갔던 운전기사하고 경호원들은 물론 통역도 군인들이랍니다."

"아하, 그래요?"

기철이 환하게 웃으며 이엔에게 손을 내밀어 새삼 악수를 청했다.

"지금이라도 당장 비상소집을 할 수 있습니다. 하하하하……."

호탕하게 웃으며 이엔이 닭다리를 집어 들었다.

프놈펜으로 돌아오는 비행기 안에서 두 사람이 역할을 분담하기로 했다. 하산은 군인을 동원하는 일을 추진하기로 하고, 기철은 건조시설의 설계를 맡았다.

라따나끼리를 다녀온 후로 프놈펜도 희망의 땅으로 변해 있었다. 회사 직원들도 출장 결과에 잔뜩 기대를 품었다.

지나와 할머니가 같이 생활을 하면서 2층과 3층은 한층 청결하고 분위기가 밝아졌다. 지나의 여동생 지눈이 함께 와 있어도 되느냐고 하기에 기철이 흔쾌히 허락했다.

라따나끼리의 일을 서둘러야 했다. 그동안 너무 많은 시간을 허비했다는 생각에 조바심이 일었다.

위층 사무실에서 기철은 대충 그려 본 건조시설의 설계도를 들여다보고 있었고, 하산은 창가에서 아래층 사무실을 내려다보며 커피를 마시고 있었다. 두싯호텔의 경비원으로 보이는 사내가 찾아와 여직원 짜끄레와 문 앞에서 뭔가 이야기를 나누더니 적어 주는 종이쪽지를 들고 돌아가는 모습이 보였다.

"짜끄레, 무슨 일이야?"

하산이 창을 열고 내려다보며 여직원에게 물었다.

"사장님의 휴대폰 번호를 물어보기에 적어 줬어요."

"왜 그런대?"

"모르겠어요. 그냥 가르쳐 달라고 해서……."

하산이 머리를 갸우뚱하며 창을 닫았다.

누군가가 호텔 경비원에게 심부름을 시킨 것 같다고 하산이 말했지만, 기철은 신경을 쓰지 않았다. 요즈음에 캄보디아에 한국인들이 더러 들어왔고 호텔에 묵는 어느 한국인이 건너편 회사에 한국인이 있다고 하니까 통화라도 해 보려고 부탁을 한 것이려니 생각했다.

건조시설의 도면을 들여다보던 기철이 화장실에 가려고 막 일어서려는데, 책상 위의 노키아 휴대폰이 기철의 발걸음을 돌려세웠다. 하산이 먼저 휴대폰을 들어 기철에게 건넸다.

"헬로우."

"아, 리 사장 동지. 나 박정택입네다."

뜻밖의 전화였다. 당황스러웠지만 태연히 대응했다. 언젠가 한 번은 그런 식의 연락이 올 것으로 예측하고 있었던 일 아닌가.

"아, 예. 안녕하세요?"

"리 사장 동지 지금 시간이 어캐 됩네까?"

"지금요?"

"내래 이 사장 동지하고 담화 좀 하고 싶은데 어떻습네까?"

그가 기철과의 만남을 청하고 있었다. 별로 만나고 싶지는 않았지만 굳이 피할 것까지는 없다는 생각도 들었다. 그가 만나려고 나선다면 피하려 한다고 해서 피해질 수도 없는 일이었다. '지금은 바빠서 안 되겠다.'는 핑계를 댈 틈도 없이 그의 목소리가 다시 들려왔다.

"1시간 후에 두싯호텔로 갈 테니끼니 잠깐 나오시라요."

그의 일방적인 태도에 조금은 불쾌했지만, 만나자는 장소가 적어도 소나무 식당이나 북한 대사관이 아니니 지난번처럼 분위기에 위축되어 할 말을 못 할 것 같지는 않았다. 하지만 마지막에 그가 한 이야기가 마음에 걸렸다.

'우리끼리니끼니 통역은 필요 없갔지요?'

혼자 나오라는 이야기인데, 왠지 조금은 불안하기도 했다. 항상 함께 다니는 하산의 존재도 이미 파악을 하고 있는 것이 틀림없었다.

"혹시 박 참사?"

전화를 막 끊자마자 눈치 빠른 하산이 물었다.

"응, 맞아. 1시간 후에 두싯호텔에서 만나자는군."

"제가 함께 가겠습니다."

"아니야, 저쪽에서 혼자 나오라고 하더라고. 내가 혼자 다녀올게."

불안한 표정으로 바라보는 하산에게 가볍게 웃으며 여유를 보여주고는 기철이 화장실로 향했다.

"혹시 모르니까 무장을 하고 가시죠. 권총으로……."

화장실에서 나오는 기철을 하산이 막아서며 말했다.

"아니야, 혹시라도 내가 총을 가지고 나온 걸 알게 되면 상대방이 위기감을 느끼게 되고 자기가 먼저 당할 수도 있다는 생각에 먼저 서둘러 총기를 사용하려고 할 수가 있어."

"제가 알아보니 북한이 일본 등에서 사람을 납치한 사례가 여러 건이 있던데요. 걱정됩니다."

하산의 표정에 불안함이 역력했다.

"응, 그렇기는 하지만 나는 납치를 할 대상이 아닐 텐데……."

화장실에서 잠깐 생각해 보았었다. 권총을 가지고 나간다면 청바지에 티셔츠 차림인데 어디에 숨겨서 나간단 말인가. 숨길 곳도 마땅치 않았다.

대신 2층의 운전기사 방에서 두싯호텔을 지켜봐 달라고 하산에게 이르고 담배 한 대를 피워 물었다. 잔뜩 긴장한 표정의 하산은 서둘러 누구에겐가 전화를 걸고 있었고, 담배를 재떨이에 비벼 끈 기철이 아래층으로 내려섰다.

길을 건너며 회사의 2층 창문 쪽을 힐끗 뒤돌아본 기철은 호텔 입구로 들어섰다. 현관 앞에 서 있는 회색 벤츠 승용차 한 대가 보였다. 그 차량의 운전석에는 눈이 부리부리한 중년의 캄보디아 사내가 앉아 있었다.

길은 휘어져 있었다 (1)

기철이 로비로 들어서자 박 참사가 손을 들어 자신의 위치를 알렸다. 호텔 직원들의 인사를 받으며 다가간 기철이 그에게 공손히 인사를 했다. 주변을 돌아본다. 로비는 텅 비어 있었다. 박 참사도 일행 없이 혼자였다.

"어서 오시라요."

박 참사가 손을 내밀었다. 기철은 가볍게 그의 손을 잡아 보고는 맞은편 자리에 앉으려는데, 호텔 여직원이 다가와 전화를 받으라고 한다.

"전화? 내게 무슨 전화가……?"

직감적으로 하산의 전화라 판단한 기철은 프런트에서 자연스럽게 수화기를 들었다.

"이 사장님, 현관을 등지고 앉으셔야 합니다. 레스토랑 옆으로 직

원들이 나다니는 후문이 있습니다. 만일 그 후문으로 호텔 직원이 아
닌 사람들이 들어온다면 즉시 일어서서 현관으로 빠져나오세요. 현
관 쪽에는 제가 사람을 대기시켜 놓겠습니다."

"응, 그래. 알았어."

수화기를 내려놓고 주변을 슬쩍 둘러보며 자리로 돌아와 앉았다.

"거래처의 사람을 기다리다가 나왔는데, 제가 나오자마자 바로 그
손님들이 온 모양입니다."

호텔에 들어서며 바로 전화를 받았으니 박 참사가 다른 생각을 하
지 않도록 기철이 먼저 선수를 쳤다. 박 참사는 말없이 고개를 끄덕
였다.

마주하고 자리에 앉으니 다행히 기철이 바라보는 방향으로 후문이
보였다. 예전엔 별로 신경을 쓰지 않아 후문이 있는지조차 몰랐었다.

'저 문으로 낯선 사람들이 들어오면 서둘러 일어나 현관으로 빠져
나오라고 했던가?'

현관 쪽을 뒤돌아보았다. 30대 초반 정도로 보이는 낯선 캄보디아
사내가 현관에 들어서서 번득이는 눈빛으로 로비를 한 번 훑어보고
는 되돌아 나갔다.

박 참사 앞에는 커피잔이 놓여 있었고, 기철은 아이스티를 주문했
다. 박 참사가 시트에 깊숙이 앉으며 먼저 말을 꺼냈다.

"기다리면서 생각을 해 보니끼니 우리가 열 달 만에 만나는 거 같
던데…… 맞지요?"

"아, 예. 그런 것 같습니다."

정확히 10개월 만에 두 사람이 마주 앉은 것이었다.

"사업은 어케 잘되어 갑네까?"

"예. 그럭저럭 꾸려 가고 있습니다."

대답을 하는 기철의 눈앞에 라따나끼리의 원주민 마을이 스쳐 지나갔다.

"아마 조만간 남조선에서 대사가 부임을 해 올 것 같은데……."

기철은 박 참사로부터 처음 듣는 이야기였다. 이미 알고 있었던 것처럼 표정 관리를 하며 머리를 끄덕이며 대답했다.

"예, 그런 것 같습니다."

"와서리 고심겨울 꺼야요."

'이건 또 무슨 소리일까?' 기철이 귀를 세웠다.

"리 사장 동지 혹시 '아그레망'이라는 말 알고 있시오?"

"예. 외교관에 대해 주재국의 신임장 제정 말씀이지요?"

"예, 기렇지요."

그는 아그레망의 뜻을 알고 있는 기철이 기특하다는 듯이 학생을 대하는 선생님처럼 표정을 잡았다.

"지난번에 훈센이 북경에 갔다가 남조선에 들러 가지고 왔드랬지요. 김영삼이한테 부스럭돈 몇 푼을 구간질해 가지고 오면서리 수교를 하겠다고 선심을 쓴 모양인데, 그게 잘되갔시오?"

"……."

대답이 궁색한 기철이 머뭇거렸다.

"이 나라의 국왕께서 훈센이 한 짓거리를 인정하갔느냐 말이외다.

리사장 동지는 어케 생각합네까. 신임장을 주갔습네까?"

"글쎄요. 저는 잘……. 외교나 정치적인 문제에 대해서는 잘 몰라서요."

"두고 보시라요. 하하하!"

박 참사는 여유로운 표정을 지어 보였지만, 기철은 그에게서 조급함을 읽어 낼 수 있었다.

"한 20여 명이 조금 넘는 거 같습네다. 기렇지요?"

"예? 누가 20명 정도라고 하시는지……."

박 참사는 준비해 온 이야기를 꺼내는 것이지만 기철은 알 수가 없었다.

"남조선 사람들 말이야요. 캄보디아에 한 20명 이상 들어와 있는 것으로 파악이 됩네다."

"아, 예."

생각보다 많았다. 한국과 캄보디아가 수교를 하는 것은 시기가 문제일 뿐 예상되는 일이었고, 한국인이 20명 정도 들어와 있다는 이야기는 그의 정보가 정확할 것이라는 생각이 들었다. 캄보디아 출입국관리를 하는 직원의 보고를 받을 테니.

"기래서 말인데……."

기철이 가슴을 펴 보이며 박 참사의 다음 이야기를 기다렸다.

"어케 련맹을 만들어야 하지 않갔습네까?"

"련맹이라니요?"

"아, 거 동포들 련맹 말이야요. 음, 기러니끼니 그 '교민회'라고 하나요?"

"아, 예. 이제 차차 만들어지겠지요."

교민회 결성 이야기를 왜 꺼내는지 그 의중을 도통 알 수 없는 기철이 덤덤하게 대답했다.

"리 사장 동지가 앞장을 서서리 만들어 보면 어떻캈습네까?"

이어진 그의 이야기에 기철은 가슴이 철렁했다. '이 사람이 무슨 이야기를 하려는 것일까?'

"리 사장 동지는 남조선에서도 사업을 뽄때나게 하고 있고 인도네시아나 필리핀에서도 사업을 하는 것으로 알고 있는데, 이곳에 련맹이 만들어지면 리 사장 동지 같은 사람이 지도자가 되어서리 조국과 민족을 위해 떨쳐나서야 한다고 생각됩네다. 리 사장 동지의 뜻은 어떻습네까?"

그가 속셈을 드러내고 있었다. 기철의 대답을 기다리던 그가 다시 이야기를 이었다.

"리 사장 동지의 사업이라면 무슨 일이든지 내가 나서서 방조할 테니끼니 리 사장 동지는 련맹을 만들어서리 조국의 통일력군을 배양해 주면 어떻겠습네까?"

'배양? 아하……. 사람을 가르치고 키우라는 말이구나.'

대답을 하기도 부담스럽기 그지없는 이야기였다. 사람의 뒷조사나 하고 부끄러워 할 줄 모르는 형편없는 매너의 이들과 무슨 대화를 하겠다고 마주 앉아 있어야 하는가. 지근거리에 마주 앉아있지만, 그와 기철의 사이엔 넘지 못할 강이 흐르고 있었다.

"리 사장 동지라면 몸뚱이 하나에 지게 두 개를 지고도 달릴 수 있다고 봅네다. 외화벌이 사업인 무역과 조국 통일 사업이라는 두 개의 지게 말입네다. 하하하……"

박 참사의 이야기를 들으며 기철은 더 이상 말을 섞어선 안 된다는 생각이 들었다. 괜히 말려들어서 뒤늦게 국가보안법 위반 사범으로 고생하는 일을 겪을 수는 없는 노릇이다. 서둘러 생각을 정리한 기철이 그의 제안을 슬그머니 피했다.

"저는 이곳에 거주를 하거나 오랫동안 체류할 사람이 아닙니다. 이번에도 두 달 정도의 예정으로 들어왔다가 일이 좀 더디어지는 바람에 지금까지 한국에 나가질 못하고 있거든요."

기철은 아차 하는 생각이 들었다. 한국과 북한. 습관처럼 입에 배어 있으니. 하지만 오늘은 그가 한국이라는 말에 그렇게 불쾌한 표정을 나타내지는 않는 것 같아 다행스러웠다. 눈치를 슬쩍 살피고는 얼른 한마디를 더 꺼냈다.

"그리고 지금 들어와 있는 사람 중 상당수가 단순 여행객일 수도 있지 않을까요?"

기철이 슬쩍 비켜 가려 하자, 그가 불쾌한 듯 불쑥 다른 질문을 던졌다.

"언제 남조선에 나갈 예정입니까?"

"예. 저는 다음 주말쯤에는 서울에 다녀올 계획입니다."

'그래, 이제 한국이라고 하지 말고 서울이라고 하자.'라고 기철은 생각했다.

"언제 돌아오게 됩네까?"

"아마 보름 정도 걸릴 것 같습니다."

교민회 결성에 관한 문제는 일단락 지어진다는 생각이 들 즈음 박 참사가 느닷없이 꺼낸 이야기는 또 한 번 기철을 당황하게 만들었다.

"기리고 말이야요. 지금 리 사장 동지 회사에 노친네가 한 사람 와 있지요?"

"예?"

기철은 가슴이 철렁했다. 지나의 할머니에 관한 이야기가 그의 입에서 나온 것이다. '아직도 내 주변을 살피고 있구나.' 하는 생각을 하면서 기철이 대답했다.

"아, 예."

"노친네를 사람들이 조선 사람이라고 한다는데, 조선 사람이 맞습네까?"

"글쎄요. 아직은 확실히는 모르겠습니다."

회사에 들락거리는 사람들은 지나의 할머니를 '한국 할머니'라고 불렀다.

"우리 공화국 사람인지 남조선 사람인지 모르겠다는 이야깁네까?"

"아니요. 그게 아니라 우리 민족인지 아닌지 확실히 모르겠다는 말씀입니다."

박 참사가 이해할 수 없다는 듯이 고개를 갸우뚱했다.

"우리 민족인지 아닌지 모르겠다니요?"

"우리말을 못하시고 고향이 어디인지도 확실히 기억을 못 하시니 판단이 서질 않아서……."

한국말이라고 하는 것보다는 우리말이라고 한 것이 적절했다는 생각이 들었다.

"고향이 어디메인지도 모른단 말입네까?"

"예. 기억을 못하시네요."

"고향을 모르다니? 거 노친네가 망령이래 들은 모양이구만 기래."

망령이라는 말이 '치매와 비슷한 뜻인가 보다.' 하는 생각이 들었다.

"글쎄요……."

기철이 머리를 갸우뚱해 보였다.

"기러면, 리 사장 동지가 캄보디아말을 못할 텐데 노친네하고는 어케 담화를 합네까?"

"아, 예. 직원이 통역을 해 줍니다."

"어허, 리 사장 동지 기럴 거이 아니라 노친네하고 우리 공화국 대사관에 한 번 오시라요. 우리 대사관에 캄보디아말을 아주 잘하는 무역일꾼들이 있으니끼니."

"예?"

그가 또 다른 주문을 해왔다. 기철은 그의 제안이 항상 부담스러웠기에 긴장을 하지 않을 수 없었다.

"노친네 모시고 우리 공화국 대사관에 한 번 오시라는 말이외다."

역시 부담스러운 이야기였다. 기철은 대답을 못 하고 머뭇거려야 했다. 박 참사를 만나는 것도 부담스러운 일인데, 만약에 북한 대사관에까지 들락거리는 것이 누군가의 눈에라도 띄게 된다면 괜한 고생을 할 수도 있지 않은가. 하지만 '내가 왜 북한 대사관엘 가느냐. 가지 않겠다.'고 딱 잘라 말할 수 있는 분위기가 아니었다. 대답은 해야 했다.

"예. 언제 한번 시간을 만들어 보겠습니다."

이젠 이야기가 끝났을 것이라는 생각이 들었다. 기철이 서둘러 찻잔을 비웠다.

"기럼 련맹을 결성하는 문제에 대하여는 우리 공화국 대사관을 방문할 때 다시 호상간 담화를 나누어서리 결정을 하도록 합세다. 어느 날에 오갔습네까?"

지금 당장 일어서기는 틀렸다. 교민회 결성은 협의를 해 보자는 뜻이었지만, 북한 대사관을 방문하는 것은 마치 기철에게 동의를 얻기라도 한 것처럼 그가 밀어붙이고 있었다. 더 물고 늘어지기 전에 다른 이야기를 꺼내야 했다.

"참, 요즈음 북쪽의 경제 사정이 많이 나쁘다지요?"

이번에는 기철이 물었다.

"아닙네다. 일 없시요."

"그렇습니까? 고난의 행군이라는 그런 이야기도 들리던데……."

그가 담뱃불을 붙이려다 말고 탁자에 도로 내려놓고는 자세를 고쳐 앉았다.

"우리 수령님께서 서거하시기 전에 앞일을 미리 내다보시고 철저히 준비해놓으셨기 때문에 몇 년을 두고 흉년이 들어도 우리 인민들은 된걱정은 없습네다."

세상 떠난 수령이 미리 대비를 해놓았다는 이야기가 그의 진심인지 알 수는 없었지만, 마치 미리 준비라도 했던 것처럼 그는 망설임 없이 대답했다.

"아, 예. 다행이네요."

기철은 고위관리인 그에게만큼은 고난의 행군이 남의 일일지도 모른다는 생각이 들었다.

"리 사장 동지, 그거 알고 있습네까? 그게 몇 년도였더라?"

뭔가를 기억해 내려고 눈을 몇 번 껌벅거리던 그가 이야기를 꺼냈다.

"한 10년 정도 되었습네까? 남조선에서 큰물피해가 났었지요. 기때 남조선 인민들의 어려움을 알고 우리 인민들이 어카든지 남조선 인민들을 도와주어야 한다고 떨치고 일어나서리 입쌀 5만t 하고 옷감 50만m에다가 의약품 등을 보낸 적이 있지요. 우리는 기때 물자를 싣고 남포항을 떠나는 배의 모습과 군사분계선을 넘어 남조선으로 가는 트럭들의 모습을 보면서리 울기도 많이 울었시다래. 그거이 모두 민족애 아니겠습네까?"

"아, 예에. 그런 일이 있었군요."

가만히 기억을 더듬어 보았다. 잠실운동장 준공기념일이었던가. 그해 여름에 홍수 피해가 있었고, 북에서 구호물자가 배편으로 인천항에 도착했었다. 북의 트럭이 판문점을 통과했다는 것은 모르는 일이었지만, 신문의 한쪽 귀퉁이에서 북에서 온 배가 쌀과 의약품, 옷감 등의 구호품을 인천항에서 하역하고 있다는 기사는 보았었다. 그리고 그즈음 대구에서 간첩이 사람을 죽였다는 기사가 있었다.

화해의 손길을 간첩사건으로 뿌리치는 치졸한 남한 정부의 정치적인 대응도 구역질이 날 정도로 역겨웠었다. 매스컴도 이에 동조하여 간첩사건과 잠실운동장 준공식으로 지면을 도배하면서 북의 구호물자 소식을 한쪽 귀퉁이로 몰아내는 행동을 보여 실망했던 기억도 떠올랐다.

'이쪽이든 저쪽이든 다 똑같은 놈들이야.'

인도네시아의 형님 모습이 스쳐 지나갔다.

부자의 소 한 마리보다 가난한 사람의 닭 한 마리가 정성이 더 크다는데, 궁색한 북한에서 구호물자를 보냈을 때 감사하다며 손을 내밀어 대화를 추진해 가는 것이 올바른 방향 아니었을까. 아쉬움이 남는다.

기철이 침을 꿀떡 삼키고 셔츠의 주머니에서 담배를 꺼냈다.

"담배 좀 한 대 피우겠습니다."

윗사람에 대한 예의였다.

"아, 기러시라요."

그도 들고 있던 담배에 불을 붙었다.

두 사람의 담배 연기를 타고 침묵이 흘렀다. 지난번 소나무 식당에서 자존심이 상한 일에 보복을 해야 한다는 생각까지는 못하지만, 오늘의 대화에서까지 그에게 끌려다니고는 싶지 않았다. 할머니나 교민회 이야기가 다시 나오기 전에 먼저 다른 화제를 찾아야 했다.

근래에 탈북자가 늘어나는 일에 대해 어떻게 생각하느냐고 물으면 그가 어떻게 나올까 하는 궁금증이 일었지만, 괜히 시비를 거는 모양새가 될 것 같아 꿀떡 삼켰다. 북에서 보내온 수해구호물자와 간첩사건에 대한 그의 이야기를 더 들어 보고도 싶었지만, 역시 입 밖으로 꺼내지는 않았다. 남쪽의 대변인이 되고 싶지도 않았다. 결국 그가 또 먼저 이야기를 꺼냈다.

"리 사장 동지네 회사에서는 남조선에서 무얼 여기에 들여오고, 여기서는 무얼 가져가고 그럽네까?"

"예. 여기에서 한약재 등을 실어 가려고 그럽니다. 그리고 여기에 버스와 발전기를 몇 대 팔았지요."

"아, 기래요? 리문은?"

"리문이요?"

"아, 마진 말이야요."

"아, 예. 발전기는 팔아 봐야 남는 게 별로 없습니다. 그래서 떵까우라는 약재를 부지런히 사서 모아야 하는데, 그게 그리 쉽지를 않네요."

"떵까우가 뭡네까?"

"여기서는 떵까우라고 부르는데 고급 약재는 아니지만, 수요가 많아서 일본에서도 찾고 있습니다."

"일본 사람들도 리 사장 동지 회사에서 그걸 사 갑네까?"

일본에도 수출을 한다는 이야기에 그가 의외라는 반응을 보였다.

"예. 주문은 쇄도하는데 보내지를 못하고 있습니다."

"그거이 캄보디아에 있기는 많이 있습네까?"

"예. 며칠 전에 라따나끼리까지 가서 확인을 했습니다만 프놈펜으로 가져올 방법이 없어서 궁리 중입니다."

기철은 그가 사업상의 대화를 나눌 상대가 아니라는 것을 잊고 있었다. 정치적인 문제에 대한 이야기를 피하려다 보니 나온 이야기였다. 더 이상은 이야기를 하지 않아야 한다는 생각이 들었다.

"말을 하지 않으면 귀신도 모른다고 하지 않습네까."

기철의 속마음을 꿰뚫어 본 그가 다음 이야기를 재촉하고 있었다.

그는 원주민 마을의 이야기를 한동안 심각한 표정으로 듣고 있다가 기철의 이야기가 끝나자 탁자를 탁 치며 웃었다.

"아, 기런 일이라면 방법이 있지요."

기철의 귀가 솔깃했다.

"원주민을 산에 보내 떵가우를 운반하게 할 방법이 있을까요?"

"내래 리 사장 동지를 처음 만났을 때 메라 기랬습네까? 요구되는 게 있으면 무엇이든 방조하겠다 기랬지요?"

"예."

"내래 어카든지 방법을 만들어 내서리 리 사장 동지가 사업을 해나가게 할 테니끼니 공화국 대사관에 한번 오시라요. 서울에 나가기 전에 말이야요. 알갔시오?"

그가 약속을 받아 내려고 작정을 한 듯 달려들었다.

"예. 제가 시간을 만들어서 연락을 드리겠습니다."

"글구 거 노친네도 함께 오시라요."

"예? 아, 예."

어쩔 수 없이 대답은 했다. 기철은 또 꼬리를 물렸다는 생각이 들었다. 실례하겠다고 말하고 일어서서 프런트로 가서 수화기를 들었다.

"알았어. 기다리라고 해. 바로 들어갈게."

일부러 목소리를 키웠다. 물론 연극이었다. 수화기 건너편엔 상대방도 없었다.

박 참사는 먼저 일어나겠다는 기철에게 '오늘 저녁에 전화를 기다리겠다.'며 포박을 해댔다.

고개 숙여 인사를 하고는 호텔을 나서서 회사의 2층 창을 바라보며 천천히 길을 건넜다. 창가에 하산이 바짝 붙어 있는 모습이 보였다.

회사에 들어서자 하산이 2층에서 내려왔고, 험상궂은 사내 세 명이 기철의 뒤를 따라 회사에 들어왔다. 동원되었던 사복경찰 세 명은 하산의 어릴 적 친구들이라 따로 사례를 하지 않아도 된다고 했다. 박 참사와 만났던 이야기를 듣고 있던 하산이 일이 쉽게 풀리려니 도와주는 사람이 또 나타난 것 아니냐며 밝은 표정을 짓다가 기철의 표정이 어두운 것을 보고는 의아해 했다.

"하산, 내가 만약에 북한 사람들과 접촉을 하다가 한국의 수사기관에라도 알려지면 나는 교도소에 가야 해. 아마 몇 년은……."

"그래요? 그렇군요."

하산이 갸우뚱했던 고개를 앞으로 끄덕거리며 이해할 수 있겠다는 표정을 지어 보였다.

"그러면 이 사장님은 뒤에 계시고 제가 앞에 나서서 일을 추진하면 어떨까요?"

"그리고 할머니 일도 관심을 보이던데?"

"그래요? 할머니 고향이 북쪽일 가능성이 많으니 가족을 찾는 일이 아무래도 수월해질 수도 있겠네요. 그런데……."

하산이 조심스레 말끝을 흐렸다.

"맞아. 할머니 고향이 북쪽일 때 이야기지. 할머니는 자신의 고향이 남쪽이라고 기억하고 있으니……."

벽에 걸린 지도로 향하는 기철의 시선을 하산이 붙잡았다.

"참, 그 라따나끼리 떵까우 운반을 도와준다고 했다면서요?"

"응. 자신 있어 하던데?"

"어떤 방법으로 돕는다는 걸까요?"

"글쎄……."

"혹시 그 원주민 마을에 마약을 가져다가 풀어 버리라든가 하는 방법은 아니겠지요?"

"에이, 이 사람. 설마 그러기야 하겠어?"

한동안 말없이 생각에 잠겨 있는 기철에게 하산이 서류뭉치를 내밀었다. 발전기가 캄퐁솜에 도착했다는 통지서와 통관절차를 위해 하산이 준비한 서류였다. 내일 캄퐁솜에 갈 준비를 끝내 놓았다는 그에게 아침 9시에 출발하자고 시간을 정해 주었다. 하산은 즉시 발전기를 설치할 기사를 수배하느라 전화기에 매달렸다.

길은 오른쪽으로 휘어져 있었다.

프놈펜에서 출발하여 캄보디아의 유일한 국제항인 깜퐁솜으로 이어지는 4번 국도를 따라 달리던 캠리가 도로의 가장자리에 멈추어 섰다. 가지가 찢어질 것처럼 주렁주렁 매달린 열매를 노랗게 익혀 가는 망고나무를 바라보며 차에서 내린 기철이 크게 기지개를 켰다.

건너편에는 바나나밭이 있었고, 그 끝자락의 자그마한 언덕 아래엔 키가 큰 야자수 두 그루가 나란히 선 채 그들을 바라보고 있었다.

"하산, 저 야자수들은 나이가 얼마나 될까?"

"글쎄요, 확실히는 모르지만 40년 이상은 되었을 것 같은데요."

"뭘 보고 나이를 알 수 있을까? 나무를 베어내면 나이테가 있으니 알 수 있겠지만……."

기철이 궁금증을 드러냈다.

"사계절이 뚜렷한 나라와는 달리 더운 지역의 나무들은 나이테가 밖에 있습니다."

"그래?"

"예. 야자수의 경우 큰 나뭇잎이 수명을 다하면 누렇게 변하다가 비바람이 몰아칠 때 떨어져 나가게 되는데, 그때 떨어져 나간 흔적이 남기 때문에 그 흔적들을 헤아리면 나이를 알 수 있다고 합니다."

언제나 버티고 서서 그늘을 만들어 주는 푸른 야자수와 늦가을이면 나뭇잎이 모두 떨어져 앙상하게 뼈대만 남는 한국의 겨울나무를 생각해 본다. 나이를 겉으로 드러내는 야자수보다 연륜이나 경력을 나이테로 내면에 쌓아 가는 한국 사람들이 더 속이 깊은 것일까. 항상 솔직하고 모든 걸 숨김없이 보여 주는 하산이었다.

기철이 크게 고개를 끄덕이며 시선을 바나나밭으로 옮겼다.

"저게 무슨 말인지 모르지?"

바나나밭의 울타리에 붙은 한자를 기철이 가리켰다. 그가 가리킨 한자어는 '大信集團(대신집단)'이었다. 중국의 어느 기업이 창고나 공장 부지로 매입한 것으로 보였다.

"중국어도 아시나요?"

"아니야. 학교에서 약간의 한문을 배웠어."

기철이 대신의 뜻과 회사명이라는 것, 그리고 집단은 GROUP이라는 것을 설명했다.

"우리도 창고를 지을 대지를 마련하면 저렇게 써 붙이게 되나요?"

"음, 그렇지. 하하!"

가끔씩 지나치는 차량을 의식하며 소변 볼 자리를 찾아 기철이 두리번거렸다.

"그쪽으로는 가지 마세요."

소변을 보기 위해 길가에서 벗어나는 기철에게 하산이 다급한 목소리로 말했다.

"응? 왜……."

"혹시 지뢰가 있을지도 모릅니다."

지뢰라는 소리에 놀란 기철이 발아래를 찬찬히 살펴 가며 갔던 길을 되돌아와 곁의 망고나무에 소변을 보았다.

"여기에도 지뢰가 있을 수 있어?"

"그럼요. 차량이나 사람이 빈번히 왕래하는 도로는 위험이 거의 없지만, 도로를 벗어나면 위험합니다. 이 도로변의 지뢰는 태평양전쟁 당시에 일본군이 심어 놓은 지뢰가 많다고 알려진 곳입니다. 해안에 상륙해서 프놈펜으로 들어오는 적을 방어하기 위해서 심어 놓은 것이지요."

기철이 딛고 선 발의 주변을 돌아보며 담배를 피워 물었다.

"이제 여기서부터 깜퐁솜까지 거리는 얼마나 남았나?"

"약 10km 정도 남았습니다."

하산도 소변을 보고 돌아서서 바지의 지퍼를 올리며 답했다.

두 사람이 차에 오르고 하산이 핸들을 잡았다.

"저 모퉁이를 돌아 경사진 길을 오르면 깜퐁솜 시가지가 내려다보입니다. 그리고 그 시내 입구에 헌병대가 있지요."

"아, 참. 그 헌병대장이라는 사람은 어느 쪽이야?"

"훈센 쪽입니다."

기철이 고개를 두어 번 끄덕였다.

파도가 하얗게 밀려오는 오츠띠알 해변의 모래사장을 바라보며 헌병부대 정문 앞에 차가 멈추었다. 위병소의 작은 창으로 밖을 내다보던 군인 하나가 다가와 용무를 물었다. 헌병대장을 만나러 왔다고 하자, 기다리라고 하고는 위병소로 돌아가 전화기를 들었다. 잠시 후 차단기가 올라가며 차량이 안으로 통과되었다.

안으로 들어서며 좌측으로 늘어선 2동의 막사가 보이고 식당이나 창고로 보이는 작은 건물들도 보였다. 우측의 연병장 한쪽으로는 철

봉대가 있었고, 부대의 울타리를 따라 심어진 나무에 해먹을 매달고 그 위에서 낮잠을 자는 듯한 군인들의 모습이 한가로워 보였다. 한쪽의 건조대에는 세탁물들이 널려 있었다. 한눈에 보기에도 잘 정비된 부대환경은 아니었다.

"이 부대는 과거에 일본군이 사용하던 자리였다고 합니다."

하산이 계속 부대 안을 두리번거리며 이야기했다.

당번병으로 보이는 군인의 안내를 받아 대대장실로 들어섰다. 의외로 큰 덩치에 배가 불룩한 헌병대장은 생긴 것만큼이나 거만하기 이를 데 없었다. 눈썹 부위가 불거져서 눈이 깊숙이 들어가 보였고, 광대뼈부터 아래로 퍼진 얼굴에 목까지 굵어서 강인해 보이기는 하지만 왠지 무지해 보여서 친근감을 느낄 수 없는 인상이었다.

반갑게 하산과 악수를 하고 기철을 소개받아 인사를 나눈 그에게서 나온 첫마디는 '무엇이든지 이야기만 하십시오.'였다. 그는 당번병을 불러 주스를 가져오라고 주문하면서도 얼마나 목소리가 큰지 기철이 차분하게 이야기를 꺼낼 기회를 잡지 못했다.

하산이 헌병대장에게 나가서 점심을 먹자고 제안했고, 하산이 운전하는 차의 뒷좌석에 기철과 헌병대장 말리 중령이 나란히 앉았다. 기철이 힐끗 뒤돌아보니, 오토바이 두 대와 미쓰비시 파제로 차량으로 중무장한 군인 10여 명이 그 뒤를 따르고 있었다.

중국 음식점에서 식사를 하면서 기철이 남한 사람이라는 것을 알게 되자 그가 크게 반가워하며 언제라도 북한 사람들이 자기한테 걸리면 호되게 당하게 될 것이라는 이야기를 서슴없이 해댔다. 그리고 불끈 주먹을 쥐어 보이기도 했다. 자기는 곧 진급을 해서 훈센 총리의 경호부대로 가게 될 것이라는 장담을 하기도 했다. 그의 이야기를 듣고 있는 하산의 표정에선 못마땅함이 여실히 드러났다.

몇 해 전에 필리핀으로 중고 덤프트럭을 수출하여 마닐라 항에서 통관이 되면 바이어들에게 인도하려고 하던 중에 백미러와 예비 타이어 등을 몽땅 도둑맞는 일이 있었다. 부품을 구하느라 애를 먹었고 납품 일자도 지키질 못했었다.

어차피 세관에 근무하는 직원 놈들의 짓이 뻔했지만, 항의를 해봐도 잃어버린 물건을 되찾는다는 일은 요원했다. 캄보디아에서 그와 같은 유사한 일을 예방하자는 차원에서 미리 헌병대장과 선을 대어 놓겠다는 계산이었다.

그러한 요지의 이야기를 꺼내자, 말리 중령은 더 이상 들으려 하지도 않으며 염려하지 말라는 이야기로 기철의 입을 막았다. 물건이 도착하면 자기가 군인들을 내보내 특별히 경비근무를 시키겠다는 이야기 끝에 그 물건에 접근하는 사람이 있으면 무조건 총으로 쏴 죽인다는 이야기도 서슴없이 했다.

그가 식사가 끝난 군인 두 명에게 하산이 준비한 통관서류를 들려서 내보냈고, 불과 30분도 지나지 않아 하산이 세관에 가서 발전기를 실어 놓은 트럭을 이끌고 식당에 도착했다. 당연히 세관 직원에게 건네주던 급행료는 말리 중령의 몫이었고, 함께 온 군복과 군화 중 한 켤레씩은 그에게 선물로 전해졌다. 역시 캄보디아는 돈이나 인맥을 앞세울 수 있느냐에 따라 되는 일도 없고 안 되는 일도 없는 나라였다.

"이 사장님이 프랑스어를 전혀 못 한다고 했는데도 이 사장님을 바라보며 프랑스어로 지껄여 대는 건 뭔 짓인가요? 영어는 못하지만 프랑스어는 잘할 수 있다는 건가요? 프랑스어를 하는 것도 완전히 엉터리던데요."

돌아오는 차 안에서 하산은 그답지 않게 말리 중령에 대한 험담을 늘어놓았다. 프놈펜에 도착할 때까지. 무지하고 거만하기 이를 데 없는 놈이라고.

예상보다 일찍 볼일을 마치고 프놈펜으로 돌아왔으니 직원 모두와 저녁 식사를 같이하기로 했다. 발전기와 함께 들여온 구호품은 프놈펜포스트 신문사에 기탁을 하기로 했다.

더위에 지친 강가의 나무들이 어둠을 불러들였다. 톤레샵 강가에 하나둘씩 생겨나기 시작한 식당들은 해가 지면 목을 놓아 우는 새들처럼 손님을 불러들였다. 갈대로 지붕을 덮은 그 식당들은 주로 프랑스와 중국 음식점들이었고, 사방이 터져있어서 강을 내려다보며 맑은 강바람과 함께 식사할 수 있었다. 화려하지는 않지만, 그런대로 식탁이나 의자 등이 불편함이 없었고 종업원들도 친절했다.

기철이 주말에 한국에 나가게 되는데 보름 이상 걸릴 것이며 그동안 지금과 마찬가지로 열심히 일을 해달라는 당부의 이야기를 하기 위해 마련한 자리였다. 회사의 직원들과 함께한 자리에서 지나와 할머니가 기철의 옆으로 나란히 앉았다. 마치 가족이 함께한 것 같은 분위기 속에서 기철이 한국에 다녀올 동안에도 지나와 할머니에게 특별한 볼일이 아니면 회사에 머물며 지내시라는 이야기를 하자, 할머니는 뜻밖에도 기철에게 틀림없이 캄보디아로 돌아오느냐고 두 차례나 물었다.

"예. 할머니가 보고 싶어서도 서둘러 돌아올 거예요."

기철이 할머니의 손을 꼭 잡았다. 보름 정도 후에 돌아온다는데도 할머니는 마치 다시는 못 볼 사람을 보내는 것처럼 아쉬워하며 식사를 제대로 하지 못했다.

할머니가 들고 있던 수저를 내려놓으며 기철을 바라보았다.

"이 사장님. 지난번에 한국 노래라는 그 노래 곡명이 뭔가요?"

"아, 아리랑 말씀인가요?"

그동안 몇 차례 아리랑을 같이 불러 보기도 했지만, 그때마다 할머니는 부르는 것을 어려워했었다.

"예. 가만히 생각을 해 보니 옛날에 많이 불렀던 것 같기도 해요."

"아마 한국 사람은 그 노래를 모르는 사람이 없을 겁니다."

"한 번 다시 불러 보실래요? 내가 혼자 불러 보려고 했더니 잘 안 되던데……."

"예? 여기서 노래를……?"

"예."

하산이 거들고 나섰다.

"한번 해 보세요. 어떻습니까?"

하산이 '사장님이 노래를 하실 테니 조용히 하라.'고 직원들의 주목을 요구했다. 기철이 들고 있던 포크를 내려놓고 주변을 둘러보았다. 손님이 별로 없었다.

"그럼 조금만 불러 볼까요?"

식사를 하던 직원들이 모두 식사를 멈춘 가운데 기철의 아리랑 노래가 시작되었다.

"아리라앙 아리라앙 아라리요오 아리라앙 고오개로 넘어간다─ 나를 버리고 가시는 임은 십 리도 못 가서 발병 난다."

아리랑을 부르던 기철이 누군가가 함께 부르고 있다는 것에 깜짝 놀랐다.

할머니였다. 더듬거리며 따라 하는 정도였지만 할머니는 틀림없이 함께 아리랑을 부르고 있었고, 가사의 내용도 모르는 직원들이 박수를 치며 장단을 맞추고 있었다.

노래가 끝나고 사람들의 박수 소리가 멈추기를 기다렸다가 기철이 할머니를 바라보며 물었다.

"할머니, 혼자 이 노래를 부르실 수 있을까요?"

"아니요. 아직 혼자는 못할 것 같아요. 몇 번 더 불러 보면 몰라도……."

할머니가 아리랑에 대한 기억이 조금이나마 살아난 것에 뭔가 커다란 희망을 찾아낸 것처럼 기철은 흥분해 있었다.

"할머니, 그럼 같이 한 번 더 불러 보실래요?"

지켜보며 함께 즐거워하는 사람들의 앞에서 할머니와 기철이 아리랑 노래를 두 차례 더 불렀다. 그런데 기철의 아리랑과 할머니의 아리랑은 조금 차이가 있었다.

기철이 '아리랑 고개로 넘어간다.'라고 부르는 대목에서 할머니는 꼭 '아리랑 고개 고개로 넘어간다.'라고 하곤 했다.

"할머니. '고개로 넘어간다.'라고 하셔야 해요. '고개 고개로 넘어간다.'라고 고개를 두 번 하시지 마시고요."

"예, 그렇군요. 알았어요."

중간에 그렇게 대답을 해 놓고도 할머니는 또 '고개 고개로 넘어간다.'라고 불렀다.

기철은 '할머니가 50여 년 만의 기억을 해낸 노래이니 가사에 있어서는 좀 헷갈리는가 보다.'라는 생각을 했다. 돌아오는 차 안에서는 할머니가 혼자 아리랑을 불렀는데, 역시 '고개 고개로 넘어간다.'라고 부르기에 기철이 그 부분에 대해 다시 한 번 더 이야기를 해서 할머니의 아리랑은 이제 거의 완벽해졌다. 기억을 조금이나마 살려내는 데 성공을 한 셈인가.

그럴 즈음에서 기철에게는 새로운 고민이 생겨나기 시작했다. 할머니가 고향으로 돌아가고 싶다고 하실 때, 과연 그것이 가능할 것인가 하는 고민이었다. 절차를 밟아 본다면 우선은 할머니의 여권을 만드는 것인데, 약간의 비용이 들어가면 여권은 그리 어렵지 않게 만들 수 있었다. 하지만 한국 방문 비자가 문제였다. 대사관이 캄보디아에 없으니 태국이나 베트남의 한국 대사관을 방문하여야 하는데, 일단은 태국이나 베트남의 입국비자가 만들어진다고 해도 할머니가 위안부 출신의 한국인이라는 것이 입증되지 않으면 태국이나 베트남의 한국 대사관에서 비자를 줄 턱이 없는 일이었다.

더욱이 대사관에서 인터뷰를 하면서 한국말 한마디를 못하면서 어떻게 한국인이라고 주장을 할 수 있단 말인가. 고민거리였다. 그리고 혹시 할머니의 고향이 북한이라면 어떻게 하여야 할까 하는 염려와 함께.

"할머니, 고향에 계실 때 눈이 많이 내렸다고 하셨지요?"

숙소에 돌아오자 다시 확인해 보겠다는 생각에 할머니에게 다시 물었다.

"예. 많이 올 때는 여기까지 쌓이도록 왔었지요."

손을 세워 올려놓은 할머니의 무릎 위 허벅지를 바라보는 기철은 어릴 적 눈이 많이 왔던 날들을 기억해 보았지만, 허벅지까지 쌓이도록 눈이 내렸던 기억이 없었다. 황해도 연백이라는 지명이 기철의 머릿속에 자리를 잡고는 떠나질 않았다.

"할머니, 왜 할머니 고향이 북한이 아니고 남한이라고 생각을 하시는 것이죠?"

"그냥 내 기억이 그래요. 분명히 남한일 거예요."

하산은 이럴 때마다 통역의 역할을 하면서도 기철과 할머니를 안타까운 눈으로 바라보곤 했다.

"하산, 할머니 모시고 3층으로 올라가자. 이야기도 좀 더 하고 싶은데……."

3층으로 올라온 기철을 따라 지나가 할머니를 모시고 하산과 함께 올라왔다.

"지나는 자리를 좀 비켜 주었으면 좋겠는데……."

지나가 이유를 묻지는 않았지만, 하산이 전하는 기철의 이야기를 듣고는 걱정스러운 눈으로 할머니를 뒤돌아보며 2층으로 내려갔다.

"이 사장님이 대충 알고 계시는 것 같아서 말씀을 드리려고 합니다. 저는 일본 군인들이 캄보디아에 있을 때 이곳에 같이 들어왔지요. 그때도 고생을 많이 했어요."

할머니는 이마의 흉터를 가만히 더듬었다.

'그러면 그렇지.'

할머니가 기다렸다는 듯이 먼저 이야기를 시작했다. '그렇다면 혹시 일본군의 위안부로 오신 건가요?' 하고 묻고 싶었지만, 기철은 그 질문을 차마 입 밖으로 꺼내지 못하고 꿀떡 삼켜버렸다.

"할머니, 지금이라도 한국에 돌아가시고 싶으시죠?"

"글쎄요……."

할머니의 반응은 예상 밖이었다.

'꿈에도 그리던 고향일 텐데 글쎄라니?'

기철은 이어지는 이야기를 들어 보려고 기다렸다. 할머니의 다음 이야기에 그는 더욱 혼란스러웠다.

"혹시 내가 일본에 갈 수 있을까요?"

"일본에요?"

올려다보던 할머니의 눈길이 기철과 마주치자 슬그머니 옆으로 피했다.

"예. 한국에 간다고 해도 내 고향이 어디라는 것도 기억해 내지 못하니 가족을 찾을 수가 없을 것 같아요."

할 말을 잃은 기철에게 할머니의 이야기는 독백처럼 이어졌다.

"그 후로 한국에 전쟁이 났다고 하는데……. 가족들이 살아 있는지 전쟁통에 목숨을 잃지나 않았는지 소식을 알 수도 없고……."

할머니의 한숨이 길게 이어졌다.

"그럼 일본에는 누구 아는 사람이 있으세요?"

"예. 사실은 지나의 할아버지가 일본에 있어요."

짧게 대답을 마친 할머니의 얼굴에 수줍은 듯 미소가 잠시 머물다 사라졌다.

"그분은 내 고향이 어디인지 알고 있을 것 같아요."

"할아버지는 올해 나이가 어떻게 되시는데요?"

"나보다 12살이 많아요. 그러니 그분을 만나면 정확한 내 나이도 알 수 있겠지요."

"살아 계실까요? 언제까지 연락을 서로 주고받았나요?"

"연락이 끊어진 지는 오래되었지요. 20년도 더……."

할머니의 한숨은 신음에 가까웠다.

"그럼 최근의 소식을 모르시니, 대충 일본의 어느 지역에 계시는지도 모르시는 것이군요?"

"지역은 모르지만 아마 살아 계실 거예요. 워낙 강인하시고 기억력도 좋으신 분이셔서……."

기철이 말없이 고개를 끄덕였다.

"아마 사업을 하거나 정부의 일을 하실 거예요. 애국심이 남다르신 분이거든요",

"예. 혹시 할아버지의 성함을 기억하시나요?"

"예. '도쿠미야 스토무'라고 해요."

기철이 손목시계를 보았다. 저녁 9시 30분을 지나고 있었다. 일본은 밤 11시 30분이었다.

"오늘은 너무 늦은 시간이라 곤란하고, 내일부터라도 제가 일본의 할아버지를 수소문해 보도록 하겠습니다."

기철은 지나의 할아버지를 찾는다는 것이 쉬운 일이 아니라는 것을 알면서도 할머니에게 뭔가 희망적인 이야기를 해 주고 싶었다. 그리고 그 희망을 내일로, 또 모레로 이어 가게 해 주고 싶었다. 하지만 유명인사라면 몰라도 어떻게 그 사람을 찾는단 말인가.

옆에 앉아 있던 하산이 고개를 갸우뚱하며 기철을 바라보았다. 기철이 왜 그러냐는 표정으로 바라보자, 할머니의 눈치를 살피며 조심스레 말을 꺼냈다.

"할머니가 일본 대사관을 찾아가 알아볼 수 있었지 않았을까요?"

"음, 그러네. 일본 대사관에서 그분을 찾아 주지 못한 모양이지?"

두 사람의 대화 내용을 알아들을 수 없는 할머니가 그들의 표정을 살폈다.

"할머니, 일본 대사관에 가서 할아버지를 찾아 달라고 해 보셨어요?"

하산이 할머니에게 물었다.

"예. 한 20여 년을 소식이 오기를 기다리다가 3년 전쯤에 내가 더 이상 오래 살기 힘들겠다는 생각이 들어서 일본 대사관을 찾아가 그분을 찾아봐 달라고 부탁을 했었지요."

"그런데도 일본 대사관 측에서 못 찾은 것이군요?"

"내 생각에는 그분을 찾았는데 못 찾았다고 그러는 것이 아닐까 하는 생각이 들어요."

"아니, 왜 그럴까요?"

세 사람 모두 한동안 말이 없었다.

"그분이 워낙 명예나 자존심을 목숨처럼 생각하시는 분이시거든요."

기철의 머릿속에서 지나의 할아버지의 모습이 대충 그려져 가고 있었다. 일본 정부는 위안부 문제가 거론되면 항상 말을 아꼈다. 시인도 부인도 아닌 자세로. 그렇다면 할머니의 존재가 알려지는 것을 일본 정부 측이나 그 사람도 원치 않을지도 몰랐다.

"요즈음은 내가 일본 대사관을 찾아가는 바람에 그분이 더 연락을 하지 않을지도 모른다는 생각이 들어요."

기철이 고개를 끄덕였다. 할아버지라는 사람의 입장도 생각해 보았다. 이미 오래전에 그 사람으로부터 버림을 받은 것이 틀림없는 것인데, 할머니는 아직도 미련이라는 끄나풀을 희망으로 알고 살아온 것이다. 어떻게 하여야 한단 말인가.

1965년쯤으로 알고 있다. 박정희 정권은 학생과 국민들의 반발을 설득하지 못하고 결국 위수령을 발동하여, 무장한 군인들로 하여금 시위를 진압하면서까지 일본과 전후보상 등에 관한 협정을 체결하고 양국은 수교를 했었다. 협정에 반대하는 야당의 국회의원 60여 명이

의원직 사퇴서를 제출하기도 했지만 막무가내였다.

배상금은 무상 3억 불, 유상 2억 불, 민간차관 형식으로 3억 불이었다.

그렇게 체결된 한일청구권협정은 36년간 일본이 한반도를 지배하면서 수탈해 간 우리나라의 문화재는 물론, 위안부나 강제 징용 등 모든 죄악에 대한 보상을 마무리 지어 버렸다. 왜 그렇게 무모하게 서둘러 협정을 체결했단 말인가.

당시 한일 간의 국교정상화를 요구하는 미국의 압력도 작용했으리라 짐작을 해 보기도 하고 경제개발을 위한 자금이 필요했다고 이해해 보려고 하지만, 비슷한 입장의 대만과 비교해 본다면 어이없는 실책이었다. 일본으로부터 한반도 내의 유일한 정부로 인정받는 것이 우선이었을까.

더구나 몇 년 전 일본 국회의 예산위원회에서 '한일협정과 같은 특별조치가 체결되지 않은 지역의 사람들의 청구가 있으면 태평양전쟁 당시의 군사우편저금을 지급하겠다.'고 하여 대만인들이 일본의 군사우편저금의 지급을 청구한 적이 있다. 그리하여 이자를 포함해서 380억 엔을 지급받았다는 것이다.

우리나라에서 끌려간 위안부의 숫자는 대만에 비할 바 없이 엄청나게 많았던 것으로 알고 있고, 위안부 생활로 받은 금액 전부는 반강제로 군사우체국에 예금을 한 상태였다. 그런데 돈을 찾기는 고사하고 목숨마저도 부지하지 못해 고국으로 돌아오지 못했던 것 아닌가. 얼마나 많은 사람들이 강제로 동원되어 돌아오지 못했던가.

그나마 양심적인 일본인 몇 사람이 나서서 한국인 어느 위안부의 저금내역을 들이밀며 지급을 요구했으나 한일청구권협정으로 이미 계산이 끝난 사안이라며 한 푼도 돌려받지 못했다는 이야기를 들었을 때는 기철도 분개하지 않을 수 없었다. 우리의 위안부들은 일본과 고국, 양쪽에서 이용당하고 버림받게 된 것 아닌가. 쉽게 종결지어질 일이 아니다.

한국 정부도 위안부 문제에 대하여 좀 더 책임 있는 자세를 취하지 않고 있다. 정말 부끄러운 일이다. 일본 측의 배상 문제와는 별개로 할머니는 고국으로 돌아갈 수 있어야 하는 것 아닌가. 그리고 한국의 국적을 회복하면 일본방문 비자가 어렵지는 않을 것이다.

'할머니 혹시 위안부 시절에 군사우체국에 저금해 놓은 돈을 찾아보려고 일본에 가시려는 거 아닌가요?'라고 물으려다가 다른 이야기로 돌려 버렸다.

"할머니, 예전에, 그러니까 한 30~40년 전에 캄보디아에 한국 대사관이 있었던 것 아시죠? 왜 그때 한국 대사관에 찾아가 보지 않으셨나요?"

"한국 대사관에 찾아가 보려고 몇 번 생각을 했었지만, 그분이 그걸 원치 않을 것 같아서 가지 않았지요. 대동아전쟁 때 일본이 조선 사람들을 강제로 끌고 왔기 때문에 한국 사람들은 일본 사람들을 미워한다고 들었거든요. 그래서 저는 그분을 위해서라도 한국 대사관을 찾아가지 않았던 것이지요."

"그럼 할아버지 때문에 일본이나 한국 어느 쪽도 택할 수 없었다는 말씀이네요?"

"예. 그냥 캄보디아를 내 조국이라고 생각하고 그분을 남편이라고
생각하며 살다가 죽고 싶을 뿐이에요."

할머니는 허리춤에서 꼬질꼬질한 손수건을 꺼내어 눈물을 훔쳤다.

- 8 -
방황

김포의 밤하늘에서 희미하게나마 별을 볼 수 있는 밤이다. 밤 10시가 막 지난 시각. 지프의 지붕에서 경광등이 돌아가는 선도차가 차고지를 빠져나간다. 그 뒤를 '수출용'이라는 임시번호판을 단 덤프트럭들이 비상등을 켜며 도로에 올라서기 시작했다. 어둠 속에 꼬리를 물고 필리핀을 향해 떠나는 긴 행렬의 후미가 차고지를 벗어나자, 박 전무가 선도차의 김 부장과 휴대폰으로 통화를 했다.

"김 부장, 꼬리 빠졌다."

"예. 알겠습니다. 다녀오겠습니다."

"그래, 연락 자주 하고! 수고해."

지켜보던 기철이 하늘을 한번 올려다본다. 매번 하는 일이지만 차고지 한쪽이 휑하니 빈 모습을 보니 마음 한구석이 허전하다. 부산항 도착 예정 시간은 내일 아침 8시. 별문제 없이 잘 도착했다는 연락을 받기 전까지는 신경이 쓰이지 않을 수 없고, 차고지의 사무실에는 상황 유지를 위해 야간 근무자가 밤샘을 하며 대기해야 한다.

컨테이너를 싣는 배는 선적 일정을 잡는 게 어렵지 않지만, 컨테이너가 아닌 차량 등을 싣는 벌크선은 선적 일정을 잡는 게 쉽지 않았다. 인천항에서 벌크선을 잡기가 힘들어지자 선적 일정에 쫓겨, 하는 수 없이 부산행을 결정했다.

행렬이 부산까지 가는 길에 만에 하나 사고가 나거나 차량이 고장이라도 일으키는 날에는 보통 큰일이 아니었다. 22대나 되는 덤프트럭을 어디에 세워 놓는단 말인가. 수배한 운전기사들은 낮에 충분히 재웠는지, 어느 휴게소에서 쉬어 가게 되는지, 시내를 통과 할 때 대형차량의 통행이 금지된 도로까지 훤히 알고 이동로를 짜야 했다. 예비기사와 정비사까지 동행을 하니 비용도 만만치 않다.

대열의 후미가 빠져나가자 도로까지 따라 나갔다가 들어온 박 전무가 뒷짐을 지고선 기철에게 다가왔다

"캄보디아 말이야. 당분간 내가 좀 나가 있을까?"

"뭐? 네가 나가 있겠다고?"

"마땅히 나설 사람도 없을 것 같고 해서……."

뜻밖의 이야기에 기철이 머뭇거리다 박 전무를 다시 바라보았다.

그는 오랜 친구이자 여러 아이템을 다루어 본 경험이 있어서 무역 업무에 해박했다. 지혜와 성실함을 갖춘 그는 의지와 열정은 강해도 일을 저질러 놓고 보는 기철에게는 꼭 필요한 조언자요, 동반자인 친구였다.

"네가 자리를 비우면 누가 여기 일을 해나가니? 네가 없으면 여기 일을 감당할 사람이 없잖아. 그리고 아직 캄보디아는 치안 문제 등도 안전하질 않아."

"그래, 마땅한 직원을 물색해 보았는데 답이 나오질 않는다. 며칠 전에 저녁을 같이 먹으면서 이야기를 꺼냈었는데, 그중에 한 녀석이 다음 날 하는 이야기가 캄보디아 나가 있으라고 하면 회사를 그만두 겠다고 하더라니까."

"그렇다고 네가 나가겠다고 하니? 넌 절대 안 돼."

"어찌 다른 방도가 없어서……."

"그래도 넌 안 된다."

기철이 단호한 표정을 지으며 머리를 설레설레 흔들었다.

"위험한 곳인 줄 뻔히 알면서 네가 그렇게 나가 있는데 내가 여기에 있으려니 미안하기도 하고 그렇다."

미안한 마음에 박 전무가 고개를 들지 못했다.

"아니야. 내가 눈치가 9단 아니냐. 내 걱정은 하지 마라."

"너 이번에 들어올 때 보니 체중도 많이 빠진 것 같고 얼굴도 아주 까맣게 그을렸더라."

"아니야. 괜찮아. 참, 어머니는 차도가 좀 있으시니?"

그는 10여 년 병석에 계신 어머니를 돌보고 있었다. 기철이 그의 어깨를 가볍게 치면서 여유 있는 모습을 보이고 상체를 쭉 펴 보였다. 박 전무가 마치 죄라도 지은 사람처럼 고개를 떨군다.

"어머니야 늘 그러시지 뭐. 그러면 우리가 캄보디아 쪽의 적당한 인물을 물색해서 L/C를 열어 주는 방식으로 거래를 하면 어떨까?"

"응, 그 하산이라는 사람에게 회사를 맡겨 본다는 생각도 해 봤는데 아직은 이른 것 같아. 그리고 그 사람이 정치적 야망을 가진 사람이라서 좀 더 지켜봐야 할 것 같아."

"아니면 말이야."

"응?"

"캄보디아 아이템은 다음에 다시 손을 대면 어떨까? 지금 우리가 하고 있는 여러 일도 좀 지켜보면서 이삼 년 후쯤 말이야."

"우리가 지금 거기에서 확실하게 자리매김을 하지 못하고 이삼 년이 지나가면 우리에게 선을 대던 바이어들, 특히나 일본 바이어들은 다 놓치고 말아. 그렇게 되면 지금까지 공들인 게 모두 헛수고가 되잖아."

"그렇기는 하지만……."

박 전무가 눈을 껌벅이며 고개를 끄덕거렸다.

"그 문제는 한 번 더 진지하게 논의해 보자. 생각도 좀 더 해보고. 오늘은 내가 먼저 들어갈게."

"걱정하지 말고 먼저 들어가. 내가 마무리하고 갈게."

기철이 승용차의 시동을 걸었다. 창문을 내리자 다가오는 박 전무에게 잊을 뻔했던 이야기를 전했다.

"은행에 들어갈 서류 준비하라고 해 줘."

"응, 바로 준비시킬게."

기철이 한 손을 들어 보이고는 유리창을 올렸다. 서둘러 차고지를 빠져나오며 곧 심야의 한적한 도로에 들어섰다.

달은 보름이 지나니 한쪽 귀퉁이를 비워 가고 있었다. 달도 가득 차면 덜어내고 비워지면 채워 가는데, 왜 사람들은 가득 차도 비울 줄 모르며 비워져도 채우지를 못하는 걸까? 이제 캄보디아에 벌여 놓은 아이템만 성공하면 주변을 좀 돌아보며 여유를 갖고 살아야겠다고 생각을 하며 인천의 부모님 집으로 방향을 잡았다. 부평 시내로 막 들어서자 휴대폰이 울린다.

"아빠, 몇 시쯤 들어 와?"

초등학교 2학년 딸아이 해님이의 목소리. 옆구리가 찌릿했다.

"어이쿠, 우리 딸 아직 안 잤어?"

"응, 아빠 기다리고 있지."

"어쩌지? 아빠 오늘 많이 늦는데. 먼저 자. 아빠가 들어가서 뽀뽀해 줄게."

"나, 안 졸려. 아빠, 오빠가 그러는데 오늘 아빠는 자기랑 자기로 했대. 거짓말이지?"

"그럼, 아빠는 오늘 해님이하고 잘 거야."

전화를 끊고 잠옷을 입은 딸아이의 모습을 그려 보던 기철이 씨익 웃음을 지었다.

한국에 들어온 어제 아침부터 정신없이 뛰어다닌 기철이었다. 김포공항에 도착한 시각은 아침 8시. 집에 도착하니 아빠를 기다리던 아이들은 학교에 가고 없었고, 먹는 둥 마는 둥 식사를 하고 샤워를 하자마자 곧바로 무역회사로 차를 몰았다. 박 전무를 대동하고 호텔의 바이어를 만났고, 오후에는 인천의 건설회사로 달렸다.

오늘은 문 이사와 김포의 사우리 공사현장을 거쳐 은행 일을 보고 김포의 당하리 차고지에서 하루 일과를 마쳤다. 몸이 천근이었다. 하지만 워낙 성격이 불같은 아버지라, 내일 가겠다는 말을 차마 할 수가 없었다.

예전에 필리핀에서 잠시 들어와 한국에서 열흘 정도를 지내면서 집에 들어가질 못하고 출국하는 날 전화만 하고 다시 출국을 한 적이 있었다. 바이어 세 팀이 겹치는 바람에, 그들과의 빈틈없이 계획된 스케줄을 소화해야 했기에.

뒤에 아버지가 그 이야기를 들으시고 난리였다. 이번에도 서둘러 나가야 할 상황이라 혹시라도 지난번과 같은 일이 생길까 봐 어제 낮에는 부모님 집에도 잠깐 들렀었다. 아버지는 외출 중이라 뵙지를 못하고 점심을 먹으면서 이런저런 이야기 끝에 어머니한테 지나의 할머니 이야기를 좀 했었는데, 아버지가 신경이 쓰이셨는지 늦어도 좋으니 오늘 중에 다녀가라고 전화를 하셨다.

동네 입구에서 급히 만든 과일바구니를 들고 현관의 벨을 짧게 두 번 눌렀다.

"아니, 왜 이렇게 늦었니?"

"아버지는 주무세요?"

어머니의 뒤로 안방에서 나오는 아버지에게 고개를 꾸벅 숙여 인사를 하고는 화장실로 향했다. 화장실에서 손을 닦고 나온 기철이 아버지 앞에 앉았다.

"너 얼굴이 많이 그을렸구나. 애들은 별일 없이 공부 잘 한다든?"

"예."

"어제 다녀갔다는 이야기를 네 엄마한테 들었다."

뜻밖에 아버지가 차분했다.

"너, 어제 엄마한테 했던 이야기 다시 한 번 해 봐라."

지나의 할머니에 대한 이야기였다. 왠지 아버지가 벼르고 있었다는 느낌이 들었다. 이야기를 어떻게 시작할까 하는 생각에 기철이 머뭇거리자, 성격 급한 아버지가 다시 이야기를 꺼냈다.

"그 할머니라는 사람, 어떻게 생겼든?"

아버지가 안경 너머로 기철을 바라보았다.

"그냥 까무잡잡하고 그래요."

"몇 살이라고 하든?"

"정확하지는 않지만 65세 정도라고 하던데요?"

아버지가 미간을 찌푸렸다.

"아니, 자기 나이를 정확히 몰라? 한국말도 전혀 못 한다면서?"

"예. 아마 무슨 충격이나 사고가 있었는지 기억을 못 한답니다."

"그래? 그럼 고향은 어디라고 하더냐?

"신동이라고 하던데요."

"신동? 어디에 있는 신동?"

"그건 잘 모르겠습니다."

"뭐야?"

아버지가 정색을 하며 자세를 고쳐 앉는다.

"그 노인네 이름이 뭐라더냐?"

"이름도 잘 기억을 못하……."

기철의 말꼬리가 흐려지자, 갑자기 아버지의 목소리가 높아졌다.

"너 왜 그렇게 지혜롭지 못하냐?"

"예?"

아버지의 눈길을 슬그머니 피했다. 심각한 표정의 아버지가 천천히 담배를 꺼내 물자 두 사람의 대화를 듣고만 있던 어머니가 끼어들었다. 또 담배를 피우시느냐고.

아버지는 대답 대신 어머니에게 눈을 한 번 부라리고는 기철에게 다시 시선을 돌렸다.

"캄보디아 거기 빨갱이 소굴이야. 그걸 몰라? 사업도 좋지만 알 건 알아야지. 어제 저녁에 네 엄마한테 이야기를 듣고 나 한숨도 못 잤다."

"아버지가 걱정을 많이 하셨다."

어머니가 슬그머니 재떨이를 아버지 앞으로 밀어 놓으며 옆에서 거들었다.

'빨갱이 소굴'이라는 이야기에는 뭐라고 대꾸를 할 말이 없었고, 할머니가 틀림없이 한국인이라는 이야기를 먼저 해야 할 것 같았다.

"일제 때 정신대로 끌려가셨던 것 같던데요."

"뭐라고?"

눈에 들어간 담배 연기 때문인지 아버지가 얼굴을 잔뜩 찌푸렸다.

"너 지금부터 내가 하는 이야기, 정신 똑바로 차리고 들어라."

"예."

기철이 자세를 고쳐 앉으며 대답했다. 이야기를 듣는 태도가 마음에 들지 않으면 아버지로부터 불호령이 떨어지기 일쑤였다.

"내가 말이야, 베트남 캄란에 있을 때 CIA에 근무하는 미국인 친구가 있었다. CIA 알지? 미국 중앙정보부 말이야. 그때 캄보디아에서 '론놀' 장군이라는 사람이 CIA의 도움을 얻어 쿠데타를 일으켜 친미정권을 세우는 데 성공을 했었다. 나라가 썩어서 빨갱이들이 설쳐 대던 때였지. 그런데 그 론놀이 수도경비사령관으로 있을 때부터 데리고 있었던 젊은 장교의 신원을 조회를 하면서 그 장교의 장모가 한국 여자라는 정보가 있었어. 혹시라도 북쪽의 애들하고 연계된 게 아닌가 싶어서 확인을 해 보려는데, 한국 대사관을 거치지 않으려니 달리 방법이 없었던 모양이야. 날 찾아온 CIA 친구가 내가 한국인이고 나이도 비슷하니 나보고 캄보디아에 들어가 한번 확인을 해 봐 달라고 하더라. 만나서 한국어로 대화를 해 보라는 거야. 대화를 해 보면 한국인인지 아닌지는 물론, 말투를 보면 남쪽 사람인지 북쪽 사람인지 그리고 고향이 어디인지도 확인될 것 아니냐. 자연스럽게 그 여자에게 접근을 해 봐 달라는 것이었어. 그게 아마도 1969년쯤인 것 같다. 만들어 준 미국여권으로 CIA 요원들과 프놈펜에 들어갔는데, 그 장모라는 여자가 갑자기 종적을 감춰 버렸어. 5일간을 머물며 군인과 경찰을 동원했지만 찾지를 못했다. 내가 하는 이야기 알아듣지? 무슨 이야기인지 말이야."

"예."

어릴 적부터 아버지에게 베트남에 대한 이야기를 많이도 들어 왔다. 하지만 이번 이야기는 처음 듣는 이야기였다.

"결국 그 젊은 장교의 부인, 그러니까 그 여자의 딸이 아이를 낳는 날까지도 그 여자는 나타나지를 않았고, 한국 대사관의 중앙정보부 직원들이 그 여자를 수소문하며 찾아봤는데도 찾지를 못했다."

기철의 반응을 슬쩍 살핀 아버지가 이야기를 이어 갔다.

"그 젊은 장교의 부인이 23살인가 그랬다는데, 장모 나이가 39살인가 되었다더라. 열대여섯 살에 딸을 낳았다는 계산이 나오지? 너, 그 할머니가 일제 때 정신대로 끌려간 것 같다고 했는데 그렇다면 1945년도에 대동아전쟁이 끝나고 일본 애들이 그 여자를 죽였거나 아니면 일본으로 데리고 철수를 했을 것이고, 그 뒤로 한국으로 돌아왔거나 일본에 살고 있어야지. 왜 캄보디아에 남아 있겠냐?"

"일본 군인과의 사이에서 아이를 낳은 모양입니다."

차근히 기철의 생각을 이야기해 볼 틈도 없었다. 아버지의 눈치를 살펴 가며 한마디 꺼낸 말이었다. 어이가 없다는 표정의 아버지가 한숨을 내쉬었다. 짧은 시간의 침묵이 흘렀다.

"다시 생각해 봐라, 정신대에 끌려갔다고 해도 나이가 10대 후반이거나 20대였을 텐데 어떻게 나이도 정확히 모르고 성도 이름도 모르겠냐."

"머리를 다치거나 정신적으로 어떤 충격을 받아 기억을 상실할 수도 있지 않을까요? 그리고 아버지가 CIA 요원하고 캄보디아에 가서 만나려고 했던 그 사람이 제가 만난 그 할머니인지 아니면 서로 다른 사람인지는 알 수 없는 일이죠."

기철은 짜증스러웠다.

"야! 너 아직도 내 말 이해 못하겠냐?"

아버지가 버럭 언성을 높였다. 찻잔을 치우려고 일어서던 어머니가 놀라 도로 제자리에 앉았다.

"그래, 좋다. 그 할머니가 한국 사람이라면 남쪽 사람이겠니?"

아버지가 다시 담배를 피워 물었다. 기철은 대답이 궁색했다.

"아마 1975년에 한국이 캄보디아와 단교를 했을 거야. 이북 애들은 지금까지도 그곳에서 상당한 영향력을 행사하는 것으로 알고 있다. 내 판단으로는 한국인인 네가 캄보디아에 들락거리는 걸 보고 이북 애들이 그 노인네를 사주하여 너에게 접근하게 한 것 아닐까 하는 생각이 드는데……."

아버지는 대답을 기다렸지만 기철은 지나를 처음 만났을 때의 상황을 되돌아보며 눈만 껌벅거렸다.

"너, 여차하면 집구석 파탄 난다. 패가망신한단 말이다."

눈을 부릅뜨는 아버지의 얼굴에 피곤이 역력했다.

"아버지, 그런 걱정은 하지 마세요. 조심하겠습니다."

당뇨병으로 갈증을 느낀 아버지가 물을 달라고 해서 벌컥벌컥 들이키고는 또다시 옛날 이야기를 꺼냈다.

"선배님, 선배님하고 널 쫓아다니던 그놈 말이다. 전두환이 집에 화염병을 들고 들어갔던 그 미친놈 말이야. 그렇게 설쳐 대더니 결국 어떻게 됐니? 결국 자기 신세 망치고 집구석 거덜 났잖아."

춘삼월의 꽃노래도 한두 번이지 지겹도록 들어 온 아버지의 그이
야기에 기철은 고개를 한쪽으로 돌린 채 입을 다물어 버렸다.

"너도 이제 나이가 마흔이 넘었다. 괜히 허튼 행동으로 가족들 고
생시키는 일 없도록 해라. 커 가는 자식들의 장래까지 망치는 일이
다. 정신 똑바로 차려라. 알겠지?"

"예, 알겠습니다."

"그래, 너만 믿는다."

지친 아버지는 고개를 두어 번 끄덕이고는 생각에 잠긴 듯 가만히
눈을 감았다. 긴 한숨을 내쉬는 아버지는 아직도 30여 년 전의 그
시간에 머물고 있었다.

낙엽이 뒹구는 새벽녘의 도로는 삭막했다. 운전석의 창문을 활짝
열었다. 부모님 집에서 나오면서부터 줄곧 피워 댄 담배 연기에 눈이
매웠다. 아파트 단지로 들어서서 주차장에 차를 세웠지만, 운전석에
앉은 채 또 담배를 피워 물었다. 경비원이 손전등을 비춰 보았다가
앉아 있는 기철의 모습에 꾸벅 인사를 하고는 힐끗힐끗 돌아보며 주
변을 배회한다. 차창엔 지나와 할머니의 모습이 서려 있다.

통역장교로 한국전쟁을 치른 아버지. 군복을 벗은 후에도 미8군
에서 한국인 노무자들의 인사관리업무를 하면서 인연을 맺은 미군
육군 중령이 있었다고 한다. 훗날에 본국으로 돌아간 그 사람이 제대
하여 빈넬이라는 건설회사에 중역으로 있으면서 아버지를 불러들였
고, 기철이 초등학교를 졸업할 때까지도 아버지의 얼굴이 잘 기억 나
지 않을 정도로 아버지는 사이판과 괌, 그리고 베트남에서 미군 당국

에서 발주하는 공사장에서 근무하셨다.

베트남에서도 필리핀 사람과 한국 사람들의 인사 관리자였다. 사람들이 베트남에서 근무를 하면서 같은 일을 한다고 해도 한국 회사를 통해 나가는 것보다 미국 회사의 근로자로 나가서 근무를 하는 것이 모든 조건에서 비교가 안 될 정도로 좋았다. 근무 시간과 생활 여건, 그리고 안전과 급여에서 많은 차이가 있었던 것이다.

그래서 아버지가 없어도 기철의 집은 돈 봉투를 들고 청탁을 하러 오는 사람들이 줄을 이었다. 서울보다는 베트남 현지에서의 아버지 결정에 따라 베트남으로 가는 비행기를 타느냐 못 타느냐가 달려 있었고, 베트남 현지에 가서 어떤 일을 하느냐, 심지어는 봉급의 액수, 1년 후에 끝나는 근무 기간의 연장 여부 등이 모두 아버지의 손에 달려 있었다.

아버지가 휴가차 한국에 나올 때는 온 동네가 잔치 분위기였다. 아버지는 집안을 드나드는 사람들을 상대로 베트남 이야기를 장황하게 늘어놓았고, 기철은 아버지의 다리를 베고 누워 아버지의 얼굴을 올려다보다가 잠이 들곤 했었다.

아버지가 캄보디아에 가서 만날 뻔했던 그 사람이 정말 지금의 할머니일까 하는 생각에 피로에 지친 몸도 좀처럼 잠을 이루지 못했다.

'혹시 내가 없는 사이에 북한 대사관의 박 참사가 할머니를 북으로 데리고 가려고 나서지는 않겠지?'

서울에 나오기 전에 박 참사와 통화를 한 번 하고 나오려고 몇 번이나 전화 수화기를 들었다가 그냥 나오고 말았다.

아내의 성화에 못 이겨 눈을 뜬 기철이 모처럼 아이들과 아침 식탁에 같이 앉았다.

"아빠, 아빠 잘 때 내가 아빠 찌찌 먹었다. 아빠 모르지?"

옆자리의 해님이가 수저를 입에 문 채 아빠와 눈을 맞추며 말했다.

잠결에 눈을 떠 보니 아들 녀석과 딸이 양쪽에서 기철의 팔을 당겨 베고 누워 있었다. 일찍 일어난 아이들이 엄마 눈을 피해 몰래 안방에 들어왔던 모양이었다.

"아빠가 선물 사 온 거 맘에 들어?"

"응, 나는 아빠가 사 준 건 뭐든지 다 좋아. 학교 가지고 가서 아이들한테 자랑할 거야."

몇 살을 더 먹었다고 맞은편에 의젓한 자세로 앉은 아들이 여동생과 아빠의 대화에 끼어들었다.

"해님아, 너 또 지각하려고 그래? 아빠 식사하시게 자꾸 말 시키지 말고 얼른 밥 먹어."

기철이 아들을 바라보며 싱긋 윙크를 날렸다. 아들이 잇몸이 다 드러나도록 한바탕 소리 없이 웃고는 밥그릇에 얼굴을 묻었다.

"쟤는 어떻게 웃는 모습까지 그렇게 제 아빠를 꼭 빼닮았는지 모르겠어요."

아빠를 닮았다는 엄마의 이야기에 아들의 입이 또 한 번 함지박만큼 벌어졌다.

아파트단지 옆에 학교가 있어서 정문까지 100여m도 안 되는 거리인데도 두 녀석이 아빠의 차에 오른다. 학교 정문 앞에 이르자 차에서 내려 친구들과 어울려 학교로 들어가면서도 두 녀석은 연신 뒤를 돌아보며 손을 흔들어 댄다. 무슨 일이 있어도 이번 주말에는 아이들과 함께해야겠다는 생각을 하며 인천으로 달렸다. 자리를 비운 동안 있었던 일을 하나씩 확인하고 여기저기 전화통화를 하느라 바쁜 시간이 지나가고 있었다.

- 9 -
붕타우

강물처럼 흘러간 무심한 세월은 얼굴에 깊은 주름을 새기었고 병든 몸은 짐이 되었다. 희미한 전등이 매달린 채 말없이 그녀의 모습을 내려다보고 있다. 하염없이 흘러내리는 눈물이 베갯잇을 적시고 몸부림을 치며 기억해 보려는 지나간 시절은 여백이 드러나고 빈자리엔 그 임만이 머물고 있다.

남한에서 온 사업가를 만났다는 이야기를 지나에게 들은 이후 하루도 곤한 잠을 이루지 못했다. 잊어야만 했던 과거의 흔적을 좇으며 허공을 바라보고 있노라면, 새벽녘 창문으로 스며드는 달빛이 그녀를 감싸 안으며 긴 한숨을 토해 내곤 했다.

그 임과의 인연이 영원하리라 믿어 왔었다. 언제인가 이별이 예고되었을 때는 짧은 이별의 시간을 이겨 내리라 마음을 다잡았었다. 오늘도 어둠 속에 홀로 누워 조용히 그 임을 불러 본다.

그녀가 캄보디아 땅에 첫발을 디딘 쇼와 20년. 그해에 일본은 패망했다.

호위하는 전함도 없이 싱가포르를 출발하여 북으로 선수를 돌린 일본해군 수송선 한 척이 접안을 하기 위해 육지에서 보내오는 신호를 기다리고 있었다. 불빛이 새어 나가지 못하도록 모든 창문을 가린 배는 그만 칠흑 같은 어둠에 묻혀 버렸다. 끊임없이 다가와 뱃전에 부딪히는 파도는 하얀 거품을 물고 깨져 나가며 비명을 질러 댔다.

배의 밑바닥에 붙어 있는 대여섯 평 크기의 작은 선실은 음침하고 습한 기운이 천장까지 가득 차 있었고 희미한 작은 전구 하나가 지키고 있을 뿐이어서 겨우 사람의 얼굴을 알아볼 수 있을 정도로 어두웠다. 기모노를 입은 여인 세 명과 중국과 필리핀의 젊은 여자들이 두 명씩 벽에 기대어 앉거나 누워 있었다. 열댓 살 정도가 되어 보이는 기모노 차림의 여인이 옆에 누워 있는 여인에게 살며시 말을 건넸다.

"계정 언니, 아직 자?"

"아니야, 깨어 있었어. 너는 멀미하는 거 좀 어때?"

두 여인은 서로의 푸석푸석한 얼굴을 가만히 살펴본다.

"응. 더 이상은 넘어올 게 없어서 그런지 울렁거리는 것이 좀 가라앉은 거 같아요."

그녀가 자신의 배를 쓰다듬어 본다.

"다행이다, 얘."

"그런데 언니는 잠을 자면서 기침도 하고 앓는 소리도 하던데…… 많이 아파요?"

"고뿔이 오려고 그러나 봐. 괜찮아지겠지, 뭐."

"언니, 고뿔은 대접을 해서 내보내야 한대요. 맛있는 걸 실컷 먹어야 하는데…… 어쩌지?"

그녀들의 옆에 쪼그리고 누워 있던 여인이 일어나 앉으며 짜증 섞인 목소리로 그들의 대화에 끼어들었다.

"야, 니들 안 자고 머하노? 글구 너, 하루코. 방금 마사코를 머라 불렀노. 계정 언니라 캤나? 니 행동을 그래 하니 이렇게 쫓겨 댕기는 거 아이가. 이 문딩이 가시나야!"

그녀가 경상도 사투리로 한껏 성깔을 뱉어냈다.

"요시에, 우리끼리 있는데 뭐 어떠니? 조용히 할 테니 얼른 더 자라."

계정 언니라고 불렸던 마사코가 그녀를 타이르듯 말했다.

요시에가 다시 돌아눕는 모습을 보며 어린 하루코는 그녀의 넓적한 등짝에 눈을 한번 흘기고 나서 가만히 마사코에게 속삭였다.

"그런데 언니. 나 왜 이렇게 가슴이 두근거리지?"

"멀미를 해서 그런가 보지."

"아니야. 멀미하는 것처럼 메스꺼운 게 아니라 가슴이 두근거린다니까?"

하루코가 일어나 앉아 가슴에 손을 얹으면서 말했다.

"너, 혹시 달거리 하려고 그러는 거 아니니?"

마사코도 일어나 앉으며 두 손으로 흘러내린 머리를 쓸어 넘겼다.

"달거리? 나, 그거 아직 한 번도 안 해 봤는데……."

"뭐라고? 아직 달거리를 한 번도 안 했다고?"

"응."

"너 몇 살이니?"

"이제 설이 돌아오면 16살 돼."

"그럼 말띠구나?"

"응, 엄니가 그랬어. 나는 말띠라고."

할 말을 잃은 듯 천정을 바라보며 침묵하던 마사코가 갑자기 분노로 가득 찬 목소리로 말했다.

"미친놈들. 결국엔 천벌을 받을 거야."

"누구?"

"누군 누구야. 일본 놈들 말이지. 달거리도 안 하는 어린애를 데리고 석 달씩이나 그 짓을 했으니 천벌을 받아야 마땅하지."

말을 마친 마사코가 아랫입술을 지그시 깨물었다.

옆에 누워서 이야기를 듣고 있던 요시에가 그들 쪽으로 돌아누우며 한마디 던졌다.

"하루코, 이년은 젖탱이가 내보다도 큰 년이 아직도 달거리를 안 한단 말이가?"

하루코는 마치 죄라도 지은 사람처럼 말없이 고개를 숙였다. 언제나 요시에 앞에서는 주눅이 들어야 했다.

마사코가 머리 매무새를 손으로 다듬고는 벽 쪽을 바라보며 무릎을 꿇고 앉았다. 그녀의 기도는 항상 간절했다. 하루코는 다다미 바닥만을 내려다보며 숨을 죽였다.

마사코의 아침 기도가 끝나자, 어느새 일어나 앉았는지 요시에가 중국 여인들을 바라보며 퉁명스럽게 내뱉었다.

"저 뙤년들은 우째 저래 시끄럽노."

시끄러워 잠을 잘 수가 없다는 듯 부어터진 표정으로 말했지만, 마사코가 기도하는 순간만은 지켜 주고 싶었기에 눈치 없이 수군거리는 중국 여인들이 미웠던 것이다.

"원래 중국 여자들 목소리가 크잖아."

마사코가 우리가 참고 이해를 해야지 어떻게 하겠냐는 투로 요시에를 달래듯 말했다.

"언니, 뭐라고 기도했어?"

기도를 마친 마사코의 턱밑에서 하루코가 올려다보며 물었다.

"으응. 우리 모두 무사히 고향에 돌아갈 수 있게 해달라고 주님께 기도를 드린 거야. 다음에는 우리 모두 다 같이 기도하자."

같이 기도를 하자는 말이 나오자, 요시에가 슬그머니 고개를 엉뚱한 곳으로 돌리며 중얼거렸다.

"내는 지은 죄가 큰데 기도는 먼 기도를 하겠노. 기도한다꼬 야소님이 용서할 리도 엄꼬. 마사코 니나 열심히 야소도 닦아서 우리가 몬 살고 다 죽는다 케도 니는 살아남아서 잼나게 한세상 살아라고마."

지은 죄가 크다는 말을 입에 달고 다니는 요시에는 무슨 죄를 지었기에 그럴까 하는 생각을 잠시 해 보던 하루코가 요시에와 함께 웃음소리가 나는 쪽으로 고개를 돌렸다.

"저 까무잡잡한 년들 좀 봐라. 비율빈인가 하는 나라에서 왔다 카던데, 머가 그리 좋다꼬 저리 실실거리며 웃는기고?"

다혈질의 성격이라 쉽게 흥분하곤 하는 요시에가 말끝에 쯧쯧거리며 혀를 찼다.

어둑한 한쪽 구석에서 옆으로 쪼그려 누운 채로 서로 마주 보고 이야기를 나누던 필리핀 여인 두 명이 자기들 이야기를 하는가 싶어 바라보다가 요시에와 눈이 마주치자 슬그머니 고개를 돌렸다.

"하루코야, 니 서답은 있나?"

"응, 언니. 내 가방 속에 있을 거예요."

하루코가 구석에 놓인 자기의 가방을 가리켰다.

"필요하믄 내한테 이야기하그라. 내꺼 줄 테이끼니."

"예, 언니."

요시에는 항상 그렇게 인정을 베풀면서도 외국 여인들하고도 걸핏하면 머리꼬덩이를 잡고 한바탕 싸움을 벌이곤 해서 하루코는 항상 그녀와 마주 앉는 것도 두려웠다.

하루코가 슬그머니 일어나 자기 가방 앞으로 가서 쪼그리고 앉았다. 네모난 가죽 가방을 열자, 제일 위에는 고향을 떠나온 후로 한 번도 입어 볼 기회가 없었던 노란 저고리와 감색 치마의 한복 한 벌이 곱게 개어져 있었다. 그녀가 만지작거리던 한복을 들어 올리고 그 밑에서 작고 하얀 보따리를 꺼내어 매듭을 풀었다.

하얀 기저귀들이 3개월 만에 보따리 속의 신세를 면하며 모습을 드러냈다. 하루코가 집을 나설 때 어머니가 챙겨 준 것이었다. 달거리를 할 때 쓰는 것이라고 이야기를 하면서 눈물을 찍어 내던 어머니의 모습이 떠올랐다. 그녀는 하나를 꺼내어 들고는 화장실로 향했다.

어둑한 복도에서 만난 늙은 군인 하나가 아래위로 훑어보면서 능글맞은 웃음을 흘리며 지나갔다. 서둘러 화장실로 들어갔다. 그곳에서 만난 어머니의 손길은 하루코의 소중한 그곳을 보드랍게 감싸 안았다. 생리대가 처음이라 걸음걸이는 약간 뒤뚱거렸지만, 그렇게 그녀는 새롭게 태어나고 있었다.

'엄니, 보고 싶어요.'

하루코는 한없이 흐르는 눈물을 옷소매로 훔치며 선실로 발길을 돌렸다. 어린 강아지가 어미의 젖무덤을 찾아 머리를 디밀듯이 하루코는 마사코의 곁에 누우며 그녀의 품으로 파고들었다.

"언니, 어디로 가더라도 언니하고 같이 있었으면 좋겠다."

마사코의 품에서 하루코는 어머니의 내음을 찾고 있었다.

"응, 나도……. 우리 꼭 건강하게 지내고 무사히 고향에 돌아가자."

"언니도 항상 몸조심해."

"너도 몹쓸 병 걸리지 않도록 눈치 빠르게 잘해야 한다. 알았지?"

하루코를 끌어안는 마사코의 큰 눈에서 시작된 눈물이 볼을 타고 흘러내렸다. 슬그머니 다가온 요시에도 하루코의 등을 가볍게 끌어안았다. 요시에의 눈에도 가득 고였던 눈물이 넘치며 다다미 바닥에 떨어졌다. 기모노를 입고 서로를 끌어안은 조선 처녀들의 어깨가 아스라한 불빛 아래에서 흔들렸다.

수송선이 정박을 한 지 한참이나 지났다는 생각이 들었을 즈음.

선실의 문이 끼익- 하는 마찰음을 내며 열렸다.

"하선 준비들 하세요."

자그마한 체구와 솜털이 보송보송한 얼굴의 일등수병 하나가 문을 열고 소리를 지르고는 쾅- 하는 소리가 나도록 문을 닫고 돌아갔다.

여인들이 주섬주섬 가방과 보따리를 하나씩 들고 일어섰다. 중국 여인들과 필리핀 여인들도 짐을 챙겨 들고 그들의 뒤를 따라 복도로 내려섰다.

계단을 따라 갑판에 올라서니 어둠이 채 가시지 않은 시간의 쌀쌀한 바닷바람이 그녀들의 옷깃을 여미게 했다. 서서히 안개가 걷히고 날이 밝아 오면서 갑판에서 바라보이는 해변에는 좁고 구불거리는 해안도로를 따라 야자수가 줄을 지어 서 있는 모습이 한 폭의 그림처럼 아름다웠다.

잠시 후 그녀들을 태우고 갈 나뭇잎 같은 작은 배 2척이 조용히 접근해 오는 모습이 보였다. 군인 하나가 나서더니 난간에 기대어 선 여인들을 옆으로 나란히 줄을 세웠다. 잠시 후 여인들 앞에 앞니가 서너 개나 빠진 늙은 병조장이 뒷짐을 진 채 명령조로 말했다.

"너희 삐들은 지금부터 저기 오는 작은 배로 갈아타고 상륙을 하게 된다. 날이 완전히 밝기 전에 상륙을 해야 하니까 재빠르게 행동하도록. 이상!"

군인들은 위안부들을 '삐'라고 불렀다. 조선 여인들은 조센삐라고 불렀고 중국 여인들은 중국삐라고 불렀다. '삐'라는 말은 여성의 성기를 뜻하는 말이었다.

여인들이 갈아탄 작은 배가 거칠게 불어 대는 바닷바람에 낙엽처럼 흔들리며 섬인지 육지인지 알 수 없는 땅을 향했다. 그녀들은 여명 속 바다의 외침을 들으며 뱃전에 쪼그린 채 차가운 바닷바람을 온몸으로 막아 내야 했다. 굶주린 갈매기들이 빈주먹을 움켜쥔 채 그녀들의 주변을 낮게 날았다.

싱가포르를 떠나 수송선에서 지낸 삼 일간은 멀미에 시달리는 고통을 겪어야 했지만, 위안부 생활에 지친 그녀들에게는 육체적으로 달콤한 휴식 기간이었다. 이제 새로운 땅에 발을 딛게 되고, 그녀들은 위안부라는 비극적 운명 속에서 맞이하게 될 새로운 고통의 시간들을 가늠해 보았다. 여인들이 수송선을 타고 남지나해를 향해 거슬러 올라와 당도한 그곳은 베트남의 붕타우였다.

"내 허락 없이는 이 천막을 벗어나지 마라. 특히 바닷가로 나가면 발견 즉시 사살하겠다."

노란색 줄 위에 별이 그려진 조장 계급장을 어깨에 단 작달막한 키의 군인이 철모를 눌러 쓰고 제법 근엄한 표정으로 말했다. 돌아서는 그의 허리에 찬 긴 칼은 걸을 때마다 짧은 다리를 따라 함께 흔들렸다.

"저노마 자슥 꼴 좀 보거라."

조장의 뒷모습을 바라보며 요시에가 터지려는 웃음을 참으며 말했다.

"누구?"

하루코가 주변을 두리번거렸다.

"누군 누구고, 데스까부도 눌러 쓴 저 조장 놈 말이다."

요시에가 턱으로 조장을 가리켰다.

"왜?"

"봐라. 저노마 걷는 모습 좀 보란 말이다. 다리가 짧아가 똥구멍하고 발꿈치 사이가 세 뼘도 안 될끼다."

하루코도 입을 가리고 킥킥거렸다.

하루코는 대나무로 엉성하게 만들어진 긴 의자에 걸터앉은 채 황금빛 아침 햇살을 받으며 넘실대는 바다를 바라보았다. 고향의 지난해 설날을 기억해 보느라 바빴다. 이틀 뒤가 설날이었기 때문이다.

고향을 떠나온 석 달간의 시간들을 뒤돌아보며 눈물을 찍어 냈다. 기억하고 싶지도 않은 악몽 같았던 그 시간들은 잊으려 하면 할수록 가슴 깊이 파고들며 앙금처럼 가라앉아 떠나질 않았다. 밤마다 악몽에 시달리며 잠에서 깨어나야 했고, 긴 한숨을 내쉬고 달빛을 삼켜도 삼킨 달빛은 가슴에 맺히며 원한이 되었다. 애써 평온을 찾으려 눈물을 가득 머금은 눈으로 하늘을 바라보다가 바다로 눈을 돌렸다. 파도가 잦아들고 있었다.

오른쪽으로는 바다를 향해 튀어나온 조그마한 언덕이 있고, 봉우리에는 욱일승천기가 세찬 바닷바람에 정신없이 흔들리며 게양대에서 떨어져 나가지 않으려고 안간힘을 쓰며 버티고 있었다. 그 아래의 군인 막사 주변에는 철모를 쓴 군인들이 빠른 걸음으로 오가는 모습도 보였다.

왼쪽의 높은 봉우리에는 키가 크고 곧게 뻗은 소나무들이 숲을 이루고 있었고, 바닷가를 따라 둘러진 철조망을 따라 조선의 무궁화를 닮은 꽃들이 소담스럽게 피어 있는 모습도 보였다. 전쟁터에 피어난 작은 꽃들이 잠에서 깨어나 새로운 아침 햇살을 받고 있었다.

지붕에 천 조각이 매달린 그물 같은 천막 아래에서 여인들은 대기하고 있어야 했다. 이쪽저쪽을 두리번거리던 하루코의 눈길이 천막 뒤쪽의 짙푸른 야자수 숲 속을 휘저어 가며 살폈다.

"언니, 여기가 어디지?"

"아마 캄보디아 어디쯤 되겠지, 뭐. 싱가포르를 떠나올 때 야가미라는 작자가 '캄보디아로 가게 될 것'이라고 귀띔을 해 주더라."

마사코가 같이 막사 뒤편 야자수 숲을 천천히 훑어보며 말했다. '야가미'라는 이름을 듣자 하루코의 표정이 분노로 일그러졌다.

"언니, 우리 여기서 도망치면 집에 갈 수 있을까?"

"그런 생각, 하지도 마라. 여기가 어디쯤인 줄도 모르는데……."

마사코의 이야기가 채 끝나기도 전에 요시에의 욕설 섞인 목소리가 터져 나왔다.

"야, 이년아. 니는 싱가포르에서도 도망치다가 야가미 그놈한테 붙들리가 그렇게 개고생을 하고도 아직 정신을 몬 차리나. 여기가 어딘 줄 알고 그딴 소리를 지껄여 대고 있노. 어이쿠, 이 철딱서니 없는 년 같으니라고."

잔뜩 못마땅하다는 표정을 짓는 요시에의 시선을 피해 고개를 푹 숙인 하루코는 가만히 자신의 발등에 깊이 파인 흉터를 떠올렸다.

'짐승 같은 놈!'

하루코가 입을 다문 채 어금니를 지그시 물며 몸을 부르르 떨었다. 석 달 전의 일이 또다시 뇌리를 스치자, 그녀의 눈빛에 시퍼렇게 서슬이 서렸다.

야가미! 함경도 풍산이 고향이라는 그놈의 조선 이름은 서길복이었다. 싱가포르의 위안소에서 위안부 여자들을 감독하며 관리인인 일본인 여자에게 빌붙어 살아가는 그놈은 나이가 40을 훨씬 넘긴 중늙은이였다.

석 달 전, 하루코가 다른 조선 여인 6명과 함께 싱가포르에 도착하던 날. 그녀들을 태운 배는 5척이 선단을 이루며 한 달 이상의 긴 항해 끝에 타이완이라는 곳을 거쳐 낯선 항구에 정박했다.

열대의 태양은 대지를 벌겋게 달구며 머리 위에서 작렬하고 있었고, 크고 작은 배들이 항구를 메우고 있었다. 배가 닿는 곳에서 바라보니 커다란 창고들이 즐비했다. 낯선 내음과 함께 숨이 막혀 버릴 것 같은 뜨거운 열기가 수송선에서 내린 여인들의 가슴을 파고들었다.

항구에서 만나는 사람들은 피부색도 다르고 조선인이나 일본인과는 다른 말을 사용했다. 이름도 알 수 없는 과일이나 뱃사람들이 입는 작업복 같은 옷을 들고 다니며 파는 사람들로 북적거리는 거리를 바라보며 그녀는 불안감을 감출 수 없었다.

잠시 후 그들은 군용트럭에 실린 채 바닷가를 따라 나란히 닦인 도로 위를 누런 흙먼지를 날리며 1시간 정도 달려 서너 개의 위안소가 있는 마을에 도착했다.

하루코가 다른 조선 여자 두 명과 함께 가게 된 위안소는 주변에서 가장 큰 2층 집이었고, 정원에는 비단잉어들이 헤엄치는 커다란 연못도 있었다. 눈이 휘둥그레질 정도로 크고 멋진 집이었지만 그곳에서 여인들은 자기들이 속아서 오게 되었다는 것을 알게 되었고, 그 충격에 어찌할 바를 몰랐다.

그곳은 군복을 만드는 공장도 아니었고 여인들이 간호부로 일을 하게 될 병원도 아니었다. 전쟁터에서 포악해질 대로 포악해진 일본 군인들의 성적 욕구를 해소하는 곳이었다. 위안소의 관리인은 '미츠키'라는 40대 후반의 일본 여자였는데, 깡마른 체구에 신경질이 얼굴 구석구석에 들러붙어 있었다.

뒤뜰에 쪼그리고 앉아서 불면 날아갈 것 같은 밥과 매실을 소금물에 절인 우메보시로 저녁을 먹는 여인들에게 그녀는 '내일 오전에 건강검진을 마치고 오후부터 일을 하게 될 것'이라고 말했다. 그녀는 신체검사를 한답시고 조선 여인들을 발가벗겼다. 그녀들은 수치심에 죽어 버리고 싶은 생각이 들었지만, 그저 시키는 대로 할 수밖에 없었다.

이름과 나이를 확인하며 알몸을 이리저리 살피더니, 그녀 곁에 따라다니는 감독이라는 사람에게 그녀들이 사용할 방을 정해 주라는 지시를 내렸다. 감독은 그 자리에서 그녀들이 불릴 이름을 지어 주었고, 그녀는 하루코라는 이름으로 불리게 되었다.

그때 그 감독이라는 자가 바로 야가미라는 조선인 사내였다. 그는 항상 일본말만을 사용하여 처음에는 그가 일본 사람인 줄 알았다.

세 사람의 조선 처녀들 중에 가장 나이가 어린 하루코는 세평 남짓한 정도의 다다미방에 혼자 쪼그려 앉아 밖에서 들려오는 술 취한 군인들의 고함소리와 여인들의 비명소리에 놀라 소리를 죽여 밤새워 우는 것 외에는 달리 방도가 없었다. 일본인 순사와 함께 대문 앞에 서 있던 아버지와 흐르는 눈물을 어쩌지 못하던 어머니의 모습이 눈앞에 나타났다가 물결처럼 지워졌다.

위안소는 밤새 시끄러웠다. 일본인 위안부도 대여섯 명 정도 있는 것 같았고, 조선 여인이 열댓 명 정도 있는 것 같았다. 그리고 피부색이 다른 외국 여인들도 여러 명이 있었다.

도망을 치다가 굶어 죽거나 붙들려 맞아 죽는 한이 있더라도 도망을 쳐야 한다는 생각을 했지만, 야가미가 날카로운 눈빛으로 여인들을 지키고 있었고 특히나 새로 온 조선 여인들의 방을 수시로 불쑥불쑥 열어 보며 감시하고 있었다.

밤새워 울다 지친 하루코가 보따리에 엎드린 채 잠이 들었던 새벽 시간. 야가미가 술 냄새를 풍기며 그녀의 방으로 들어섰다. 인기척에 놀라 잠이 깬 하루코가 빙그레 웃으며 서 있는 야가미를 발견하고는 너무도 놀란 나머지 소리도 지르지 못했다.

"너. 아다라시지?"

하루코의 옆에 쪼그리고 앉으며 그가 물었다. 무슨 뜻으로 묻는지 알 수 없었던 그녀는 뒤로 주춤주춤 물러나 앉으며 그를 바라보았다.

비쩍 마른 체구의 그는 긴 얼굴에 약간의 주걱턱이었고, 삼각형의 눈가에 머금은 웃음은 소름이 끼칠 정도로 기분이 나빴다. 가운데로 가르마를 탄 짧은 머리에 발라진 포마드 냄새도 역겨웠다.

"너 아다라시 맞지?"

"……."

"난 척 보면 알 수가 있지."

"……."

"내 말을 듣지 않으면 넌 여기서 살아서는 나가지 못해."

"왜 이러세요?"

주춤거리며 물러나 앉는 하루코의 손목을 잡아당기며 그가 다가와 앉았다. 독한 술 냄새를 풍기며 얼굴을 들이미는 야가미의 눈빛을 보기만 해도 그녀는 정신을 잃고 말 것만 같았다. 야가미가 그녀의 치마 속으로 손을 집어넣으려 했다.

"이러지 마세요. 사람 살려요!"

급한 마음에 소리를 질렀지만 억센 사내의 손이 그녀의 목을 졸랐다. 숨이 막혀 버둥거리던 그녀의 두 손이 야가미의 얼굴을 사정없이 할퀴었다.

"아니, 이년이?"

발버둥을 치던 하루코의 눈에 불꽃이 일었다. 야가미가 사정없이 주먹으로 얼굴을 내리쳤던 것이다. 정신을 잃지는 않았지만 더 이상 반항할 수는 없었다.

"손님들을 힘들게 하면 안 되지. 그래서 내가 널 위해서 이렇게 가르치려 하는 거야."

할퀸 손톱자국에 맺힌 핏방울로 그놈의 인상이 더 무섭게 보였다.

뜻을 알 수 없는 이야기를 중얼거리는 그놈의 익숙한 손놀림은 하루코를 알몸으로 만들었고, 아랫도리의 심한 통증을 느낀 신음소리와 함께 15년간 지켜져 온 순결은 그렇게 무참히 짓밟히고 말았다. 욕정을 채운 놈은 기어이 하루코의 그곳에 손까지 집어넣어 보고서야 만족해했다.

그녀는 순결을 잃었다는 충격도 컸지만 무서움에 떨며 잠든 야가미의 옆에 쪼그려 앉아 눈물로 밤을 지새웠고, 그때까지도 아랫도리의 통증은 가시질 않았다.

야가미가 깊이 잠이 든 것 같았다. 그가 심하게 코를 골고 있었다. 문틈으로 가만히 마당을 내다보았다. 자그마한 정원을 끼고 듬성듬성 디딤돌이 놓인 길 위를 따라가던 그녀의 시선이 머문 곳에 대문이 나타났다. 잠든 야가미의 모습을 힐끗거리며 살그머니 방을 빠져나온 그녀는 맨발로 위안소에서 도망쳐 나왔다. 하지만 어둠이 채 가시지도 않은 시각에 어디가 어디인지 분간할 수 없었던 하루코는 생강나무가 빽빽하게 서 있는 위안소 뒤쪽의 작은 언덕 위에 올라 일단 몸을 숨겼다. 한낮의 더위와는 달리 새벽의 공기는 서늘했다.

천천히 날이 밝아 오기 시작하고 그녀가 미처 언덕을 벗어나기도 전에 눈에 불을 켠 야가미가 사방을 두리번거리며 언덕을 오르기 시작했다. 언덕을 넘으면 어디로 가게 되는지 알 수도 없지만, 그가 가까이 오기 전에 더 높은 곳으로 도망쳐야 했다.

수풀 사이로 야가미의 모습을 바라보며 등지고 앉아 있던 바위로 오르기 위해 그녀가 가만히 일어서서 바위를 올려다보았다. 그리 높지도 않고 다행히 경사가 급하지 않아 기어오를 수 있을 것 같아 보였다. 일단 바위 위로 오르고 나면 따라 오르는 그를 작대기 같은 것으로 밀어 버릴 수도 있다는 생각이 들었다. 두리번거리며 작대기를 찾다가 발밑에서 이상한 움직임이 느껴졌다. 가만히 내려다보았다. 처음으로 보는 커다란 뱀이었다.

어릴 적 무너진 집터에서 둘러싼 어른들의 틈바구니로 보았던 그런 누런색의 뱀이 아니었다. 바위틈에서 나온 듯한 잿빛의 뱀이 그녀를 향해 꿈틀거리며 다가왔다. 그녀는 얼어붙은 듯 꼼짝을 할 수가 없었다.

"너 이년, 거기 꼼짝 말고 있어."

소리를 지르며 언덕을 오르는 야가미를 돌아볼 수도 없었다.

바위와 그녀 사이로 뱀이 들어서며 그녀의 오른발등으로 뱀이 지나가고 있었다. 오른발등을 내려온 뱀이 왼발등을 오르기 시작했고, 뱀의 몸통은 아직도 오른발등을 지나고 있었다. 굵기도 했지만 꼬리는 아직 보이지도 않았다. 그녀는 차라리 눈을 감고 말았다.

뱀이 지나갔지만 얼어붙은 발걸음이 떨어지질 않았다. 결국 그녀는 야가미의 억센 손에 머리채를 휘어 잡힌 채 질질 끌려 언덕을 내려오면서 무지막지한 주먹과 발길질을 감당해야 했다. 금방 부어오른 눈두덩은 앞을 가리었고 입에서는 피가 쏟아져 나왔다.

골목을 끌려가며 살려 달라고 애원하는 그녀에게 관심을 보이는 사람은 아무도 없었고 독기 어린 야가미의 억센 손길에 다시 끌려 들어간 하루코의 방에서 터져 나오는 비명소리도 몇 마디 신음소리를 끝으로 잦아들었다.

그녀가 고향집 담 모퉁이에서 고무줄놀이를 하다가 어머니가 부르는 소리에 벌떡 일어나다가 옆구리의 심한 통증을 느끼며 깨어난 시각은 해가 저물고 이미 어둠이 내려앉기 시작하는 시간이었다. 야가미의 발길질과 주먹질을 견뎌 내지 못하고 정신을 잃은 채 온종일 누워 있었던 탓인지, 일어나 앉으니 머리가 어질어질했다. 온종일 물 한 모금도 먹지 못했지만, 이를 악물며 정신을 차리고 벌어진 문틈으로 가만히 밖을 내다보았다.

'그래. 다시 도망쳐야 한다.'

지난 새벽녘 날이 어슴푸레 밝아 오는 시간에 생강나무 숲에 숨어서 바라다보았던 큰길에 불을 켠 차량들이 오고 가는 모습이 보였었다. 위안소에서 골목길을 빠져나가 큰길까지만 간다면 멀리 벗어날 수 있을 것이라는 생각이 들었다.

왼쪽 눈두덩은 주먹만큼 불거져 있었고 입안은 온통 터졌지만, 콧구멍을 막았던 종이를 빼내고 손바닥에 침을 뱉어 엉클어진 머리를 쓸어 넘겨 다시 묶었다. 앉아 있던 그녀가 재빠르게 쪼그려 누웠다. 방으로 다가오는 발자국 소리가 들렸다.

누구인지 알 수는 없지만, 방문을 열고 한참을 들여다보았다. 문을 닫는 소리가 들리자 살며시 실눈을 떴다. 닫힌 문으로 살살 기어가 문틈으로 야가미의 뒷모습을 살폈다.

다시 누운 채 구석에 놓인 가방을 바라보았다. 게다짝보다는 신고 달리기에 좋은 고무신만을 챙기기로 하고, 그 밖의 모든 것은 포기해야 했다. 위안소의 마당에 세워진 등불 주변에는 술에 취한 군인들로 여전히 붐비고 있었다. 좀 더 기다려야 했다.

문틈으로 바깥의 동정을 살피던 그녀가 살그머니 가방에서 꺼낸 고무신을 신고 마당에 내려선 시간은 자정이 조금 지난 시각이었다. 대문 앞까지는 다행히 아무도 보지 못했다.

그러나 대문을 막 나서려는 순간 일본 군인 두 명이 들어서면서 어깨를 부딪쳤고, 허겁지겁 위안소를 빠져나온 하루코는 달리기 시작했다.

"저년 잡아라!"

미처 골목을 빠져나오기도 전에 뒤에서 앙칼진 고함소리가 들렸다. 미츠키의 목소리였다.

큰길까지 단숨에 튕겨져 나온 그녀는 대체 어디로 가는 길인지는 알 수 없었지만, 위안소로 올 때 왔던 방향이라는 생각에 오른쪽으로 무작정 달렸다. 박자를 잃은 심장의 요동치는 소리가 들렸고 거친 숨소리의 끝에는 죽음의 그림자가 매달려 있었다. 그렁그렁한 눈물이 앞을 가렸고 어머니의 얼굴만이 떠올랐다. 어머니가 울고 있었다.

얼마나 달렸을까. 땀이 찬 고무신은 벗겨져 도망가 버렸고, 힘이 빠진 다리가 휘적거리기 시작했다. 이대로 붙잡힐 수는 없었다. 달려오는 차에 뛰어들거나 바다에 뛰어들어 죽어 버려야 한다는 생각뿐이었다. 바다는 저 멀리 보였다. 뒤에서 달려오는 차가 있으면 뛰어들어야 한다고 각오를 다지며 힐끗 뒤를 돌아다보았다.

달려오는 자동차는 보이지 않았고, 몇 걸음 뒤에 야가미가 쫓고 있었다. 결국 그녀의 머리채를 낚아챈 야가미와 함께 땅바닥에 나뒹굴었다.

"너 이년, 오늘 뒈질 줄 알아라."

숨이 넘어갈 듯 헐떡거리면서도 야가미는 입에서 독을 뿜어내고 있었다.

하루코는 모든 걸 포기해야 했다. 그냥 죽어도 좋았다. 아니, 죽을 수만 있다면 죽고 싶었다. 잘못했다고, 살려 달라고, 빌지도 않았다.

"그년 한쪽 발목을 잘라 버려! 다시는 도망치지 못하게."

위안소로 끌려 들어오는 모습을 바라보던 관리인 미츠키의 독기 품은 목소리였다.

"야, 이년아. 고개 들어 봐."

무수한 주먹질을 당하며 위안소의 방까지 끌려 들어온 하루코는 세운 두 무릎을 양팔로 감싸고는 얼굴을 그 위에 묻은 채 아무런 대꾸도 하지 않았다.

"야, 이년아. 고개 들어 보라니까?"

머리채를 잡아 추켜올리는 야가미의 다른 한 손에는 날이 시퍼렇게 선 칼이 금방이라도 내려찍을 듯이 그녀를 노려보고 있었다.

그러나 그녀는 칼도 무섭지 않았다. 어차피 죽기를 각오하지 않았던가.

"더러운 놈, 이 짐승 같은 놈아! 차라리 죽여라."

예상하지 못했던 그녀의 행동에 순간적으로 야가미의 눈빛에 살기가 번졌다.

"퉤!"

악다구니를 쓰던 그녀가 야가미의 얼굴에 침을 뱉었다.

"어! 이년이?"

소리와 함께 놈의 손에 들려 있던 칼이 품었던 살기를 뿜어냈다.

"악!"

그녀가 느끼는 고통에 비해 비명은 짧았다. 그녀의 왼쪽 발등에 내리꽂힌 칼끝이 뼈를 타고 미끄러지면서 엄지와 검지의 발가락 사이로 빠졌다. 검지 발가락은 발끝에 간신히 매달려 있었고, 흐르는 피가 다다미바닥에 넘쳐났다.

얼굴이 흙빛으로 변하며 고통을 이겨 내려는 하루코의 머리채를 쥔 채 야가미는 의미를 알 수 없는 웃음을 흘렸다.

"흐흐흐흐……."

그의 눈에는 핏발이 돋아나 있었다. 피를 보면 인간이 그렇게 변하는 것일까. 그는 인간이라기보다는 살기 띤 짐승에 가까웠다.

더운 날씨에 상처는 쉬 아물지 않았다. 온통 입안이 찢어지고 이빨이 두 개나 흔들려서 아무것도 씹지를 못할 정도였다. 열이 오르는 밤에는 그녀의 신음소리가 위안소를 삼켜 버릴 정도였지만 누구도 들여다보는 사람이 없었고, 치료해 준다거나 밥을 가져다준다는 이유로 야가미만이 그 방을 드나들었다. 그는 용서할 수 없는 인간이었다. 극심한 통증으로 신음을 해대는 그녀의 몸뚱이 구석구석을 더듬어 대며 히죽거렸다.

몸을 비틀며 반항하는 그녀에게 주먹질이 예사였고 새벽녘이면 꼭 그녀의 방에 나타나 그 짓을 해대곤 했다.

'내가 죽는 한이 있더라도 너는 꼭 내 손으로 죽이고야 말겠다.'

극심한 통증도 그놈을 죽이고야 말겠다는 생각만으로 부득부득 이를 갈며 참아 냈다. 몰래 감추어 둔 나무젓가락을 시멘트 바닥에 갈아서 끝을 뾰족하게 만들었다. 그것으로 그놈의 뱀처럼 사악한 눈알을 찔러 버릴 기회를 노렸다. 두 눈을 그것으로 찔러 버리고 다시 도망을 치기 위해 벼르고 있었다. 다시는 붙잡혀 끌려오지 않겠다는 각오로 죽음을 생각했다.

식음을 전폐하다시피 하며 그렇게 십여 일이 지나가던 날. 살며시 방문이 열리며 삶은 옥수수 두 개를 안으로 들이미는 여인이 있었다. 동그란 얼굴에 눈가에 온화함이 자리한 조선 여인 마사코였다.

"어떻게든 살 궁리를 해요."

문소리에 놀란 그녀가 앞에 놓인 옥수수 두 개를 바라보며 얼마나 울었던가.

'그래. 살아야 한다.'

그놈에게 복수를 하기 위해서라도 살아남아야 했다. 옥수수 두 개를 흐르는 눈물과 함께 순식간에 먹어 치웠다.

보름이 지나고 아직 상처가 채 아물기도 전에 발에 붕대를 감은 그녀는 군인들의 노리개로 던져졌다. 빚을 갚아야 한다는 것이었다. 누가 누구에게 진 빚인지는 알 수가 없었고 알고 싶지도 않았다. 15살의 그녀는 오직 야가미를 죽이겠다는 일념으로 위안부 생활의 그 엄청난 고통을 이겨 냈다. 평생을 두고도 잊을 수 없는 그놈의 얼굴을 떠올리지 않으려고 눈을 감아 보기도 했지만, 증오심은 가슴 깊은 곳에서부터 차곡차곡 쌓여만 갔고, 군인들이 차고 있는 칼을 보기만 해도 이제는 그놈의 얼굴이 먼저 떠올랐다.

오늘도 하루를 무사히 넘겼구나 하는 서러운 안도감으로 잠을 청하려 하면 또다시 야가미의 얼굴이 눈앞에 나타났다 사라지는 시간이 숱하게 흘러갔다. 이후, 야가미는 새벽마다 새로 온 중국 여인의 방에 들락거렸다.

발등의 흉터를 가만히 쓰다듬어 보던 하루코의 가슴속에서 맹수의 울부짖는 소리가 전신을 흔들어 대고 있었다. 야가미! 그놈을 죽이지 못하고 싱가포르를 떠나온 것이 한스러웠다.

'그놈의 그림자까지도 갈기갈기 찢어버렸어야 했는데……'

밀려오는 검푸른 물결을 박차고 떠오른 태양이 서서히 열기를 더해 가기 시작했다.

"서둘러 먹고 출발 준비를 해라."

군인들이 하나씩 나눠 주는 주먹밥과 소금에 절인 무 조각으로 아침을 먹었고, 어디에서 왔는지 트럭에서 내린 베트남 여인 두 명이 그녀들과 합류했다. 여인들은 서로 눈으로 인사를 나누었다.

"언니, 저 여자들도 우리처럼 속아서 오게 된 걸까?"

하루코가 베트남 여자들을 곁눈질로 살펴보며 마사코에게 물었다.

"글쎄……."

말 한마디라도 항상 조심스러워 하는 마사코의 대답이었다.

"글쎄는 뭐가 글쎄야. 보나 마나 뻔한 이치지."

하루코와 마사코의 시선이 두 사람 사이에 끼어드는 요시에를 향했다.

"조선 사람들도 일본군의 군속이 되려고 얼마나 미쳐 날뛰냐. 먹고 살 길이 열리는데 안 그러겠어? 저것들도 마찬가지겠지, 뭐."

하루코가 이해가 간다는 듯이 얼른 머리를 끄덕여 보였다.

"보아하니 베트남에서 위안부 생활을 하던 년들이구먼. 저년들 화장하고 옷 입은 거 봐라. 내 말이 맞지?"

"맞아. 그런 거 같아, 언니."

하루코는 요시에의 말에 맞장구를 치고는 묵묵히 듣고만 있는 마사코의 눈치를 힐끗 살폈다. 그녀는 작은 성경책을 가슴에 꼭 끌어안은 채 우두커니 서서 바다를 응시하고 있었다.

막 도착한 베트남 여인들도 중국이나 필리핀 여자들처럼 조선 여인들의 눈치를 슬금슬금 살폈다. 조선 여인들이 기모노를 입고 있으니 일본 여자로 보여서 그런 것이거나 아니면 기세등등한 요시에의 목소리와 행동에 주눅이 든 것인지도 몰랐다.

잠시 후 그녀들을 태우고 베트남의 최남단인 붕타우를 출발한 트럭이 내륙으로 깊숙이 들어섰다. 트럭은 형편없이 낡았지만, 좌우로 요동을 치면서도 앞으로 나아갔다. 꼬리가 치켜 올라간 눈으로 여자들을 위아래로 훑어보며 비식비식 웃어 대던 장교가 인솔을 하였고, 위안부 9명과 군인 6명을 태우고 숲이 우거진 밀림 속으로 접어들었다. 운전병과 장교 이외의 4명의 군인은 여인들과 함께 트럭의 짐칸에 감시병으로 탔다.

한가로워 보이는 베트남의 농가가 이따금 보이기도 했다. 트럭은 시야가 몇 m도 트이지 않은 밀림 속을 주저하지 않고 뛰어들었다. 크게 좌우로 몸을 흔들며 북쪽으로 달리다가 서쪽으로 방향을 돌리는 것 같았다. 그리곤 다시 밀림 속으로 접어들기를 반복했다. 두 차례나 트럭이 웅덩이에 빠지는 바람에 운전병은 장교한테 주먹과 발길질을 당해야 했고, 군인들과 함께 그녀들도 힘을 모아 웅덩이에 돌과 나무토막을 채워 가며 빠져나와야만 했다.

얼굴에까지 흙칠을 잔뜩 한 맞은편의 앳되어 보이는 군인이 흔들리는 트럭 위에서 요시에와 눈이 마주치자 슬그머니 눈을 내리깔았다가 다시 고개를 들어 하루코를 바라보았다. 이번에는 하루코가 가만히 고개를 숙여 그의 눈길을 피했다.

빈농가 안에서 점심을 먹었고, 뿌연 흙탕물이 흐르는 강 위에 나무로 엉성하게 놓은 다리를 몇 차례나 건넜다. 다리가 무너지기라도 할까 봐 사람들이 걸어서 먼저 건너고 뒤에 트럭이 건넜다. 하루코는 다리를 아슬아슬하게 건너는 트럭을 보며 다리가 무너져 트럭이 떠내려가는 상상을 했다. 무너질 것만 같았던 다리였지만 견디어 내주곤 했다.

트럭 짐칸의 제일 뒤쪽 자리에서 어깨에 총을 기대어 세운 자그마한 체구의 군인이 '이제 국경을 넘어서 캄보디아 땅으로 들어섰다.'고 이야기를 해 주고는 다시 꾸벅꾸벅 졸기 시작했다. 조금 전부터 잔뜩 얼굴을 찌푸리고 있던 요시에가 달리는 트럭 위에서 벌떡 일어서서 소리를 질렀다.

"스톱! 스톱! 야, 차 좀 세워 봐. 오줌 싸겠다."

그렇게 용변을 보기 위해서 한 차례 더 쉬었을 뿐 이동은 계속되었고, 대낮에도 어두울 정도의 밀림은 끝이 없었다. 큰 강가에 이르러 도로도 넓어지고 흙투성이가 되어 밀림 속을 빠져나온 트럭의 지붕 위에 붉은 석양빛이 내려앉았다. 강과 나란히 닦인 길을 달리던 트럭은 땅거미가 내려앉은 프놈펜에 도착했다.

어둠 속에 숨어 있는 강가의 부대에서 인원 점검이 있었고, 여자들은 부대에서 길을 건너 100여m쯤 떨어진 위안소에 들어섰다. 위안부들을 인계받아 '삐야'라고 부르는 위안소로 데리고 온 일본인 사내는 지팡이를 짚고 걸었다. 왼쪽 다리를 심하게 절룩거리는 장애인이었다. 40대 중반의 나이로 보이는 그는 얼핏 보기에도 성격이 급해 보였고, 얼굴의 한쪽과 목에 있는 불에 덴 흉터는 보는 이를 섬뜩하게 했다. 이름이 '가베'인 그는 군에서 전투 중에 부상을 당하고 제대한 사람이었다.

자신을 육군 군조 출신이라고 간단히 소개한 가베는 밀가루 냄새가 풀풀 나는 빵 한 조각으로 저녁 식사를 마친 여인들을 자기 앞에 둘러앉혔다. 그가 위협적인 말투로 지시사항을 이야기해 나갔다. 자신의 지시에 따르지 않으면 가혹한 처벌이 있을 것이라는 경고도 잊지 않았다.

"생리를 하는 경우 미리 이야기하면 하루를 쉴 수도 있다."

조선의 여인들은 그의 말을 알아들을 수 있었지만, 알아듣지 못하는 여인들은 눈을 껌벅이며 눈치만 살피고 있었다. 알아듣지 못하는 그녀들에게 가베는 눈을 부라리며 '알았어?' 하며 버럭 소리를 질렀다. 겁에 질린 필리핀 여인 한 명이 고개를 끄덕이자, 모두들 따라 고개를 끄덕이며 대답했다.

"하이!"

가베의 이야기는 계속되었다.

"군인이 돌아가고 나면 즉시 변소 옆에 마련된 욕실에서 저기 보이는 약장의 빨간약을 물에 타서 밑물을 하여야 한다."

그는 대나무로 만들어진 긴 의자 옆에 보이는 자그마한 약장을 가리켰다. 문짝도 없는 약장엔 흰색 페인트가 칠해져 있었고 위쪽과 옆면에는 빨간 십자가가 그려져 있었다. 그 빨간 약은 과망간산이라는 것을 그녀들은 알고 있었다. 싱가포르에서 사용해 봤기에.

"장교의 경우에는 무릎을 꿇고 앉아서 군화를 벗겨 주어야 한다. 알겠나?"

"하이!"

여자들은 잘 훈련된 군인들처럼 대답했다. 그녀들은 그의 말을 주의 깊게 들어야 한다는 것을 알고 있었고, 일본말을 모르는 여자들도 그의 얼굴에서 눈을 떼어서는 안 된다는 것을 충분히 알고 있었다.

얼굴을 익히기 위해 한 사람씩 천천히 내려다보며 지시사항을 이야기한 다음, 그는 여인들이 사용할 방들을 각자에게 정해 주었다.

위안소는 2층짜리 목조건물이었다. 판자때기로 되는 대로 엉성하게 칸을 막은 작은방이 2층에 8개가 있었고, 방마다 1, 2, 3, 4 등의 번호가 순서대로 붙어 있었다. 1층에는 4개의 방과 거실, 그리고 부엌이 있었다.

부엌의 옆에는 달아내어 붙여 지은 화장실이 있었고, 출입문 옆의 큰 방은 관리인인 가베의 방이었다. 위안부는 모두 10명이었고, 가베의 빨래나 식사준비를 하기도 하고 청소를 하는 캄보디아 여자 두 명이 가베의 옆방을 사용했다.

울창한 등나무가 한쪽 벽을 거의 덮고 있는 위안소의 2층 1번 방과 2번 방에 하루코와 마사코가 나란히 방을 배정받았고, 요시에는 마사코의 건너편 6번 방을 배정받았다.

3평 정도 되어 보이는 방에는 얼룩이 밴 매트리스 한 장이 깔려 있었고, 그 옆에 바둑판 크기의 나무상자가 하나 있었다. 그 상자의 위쪽에는 손바닥 크기의 작은 거울이 벽에 붙어 있었다. 방문 옆에는 물이 담긴 작은 바께쓰(양동이)가 놓여 있었고, 바께쓰 위의 벽에는 자그마한 바구니가 걸려 있었는데 군인들이 들어와서 군표를 넣는 바구니였다.

2층에는 공동으로 사용하는 선풍기가 두 개 있는데, 낮에는 전기를 끊어 놓기 때문에 사용할 수 없지만, 장교가 잠을 자고 가는 날 밤에는 선풍기를 실컷 켜도 좋다고 했다. 그리고 가베가 자신이 직접 만들었다고 자랑스럽게 이야기하는 나뭇잎으로 만든 부채가 방마다 1개씩 있었다.

하루코는 옆의 방에서 나는 소리가 숨소리까지 들릴 정도였지만, 바로 옆방에 마사코가 있다는 생각을 하니 불편하기보다는 안심이

되었다. 악취에 이맛살을 찡그려 가며 부채질을 하던 하루코가 짐을
풀기 시작했다.

"아악!"

짐을 정리하던 하루코가 비명소리에 깜짝 놀라서 복도로 뛰어 나
갔다. 요시에와 마사코도 복도로 튀어나왔다. 2층으로 올라오는 계
단 쪽의 첫 번째인 4번 방에서 뛰쳐나온 중국 여자가 무엇을 보고 그
리 놀랐는지 복도의 반대편 벽에 바짝 붙은 채 방 안을 손가락으로
가리키며 벌어진 입을 다물지 못하고 있었다. 하늘에서 팔뚝만 한 도
마뱀 두 마리가 떨어졌다는 것이었다.

"미친년. 별걸 다 가지고 소란을 떨고 지랄이네."

요시에가 눈을 한번 흘겨대고 탁- 하는 소리가 나도록 방문을 닫
으며 들어가 버렸다. 다른 여인들도 자신들의 방으로 돌아갔다. 하루
코는 이렇게 불결하기 짝이 없는 생활환경에서도 더 이상은 놀라지도
않았다. 이미 더 험한 꼴을 보아 왔기에.

방으로 돌아와 쪼그려 앉은 하루코는 고향 생각에 눈물을 찍어 내
고 있었다. 부모님과 동생들. 시집을 가서 소식이 없는 언니. 가족들
생각을 하다 보면 사무치는 그리움에 눈이 퉁퉁 붓도록 울어도 소용
이 없었다. 지나간 석 달이 마치 10년 같이 악몽 같은 시간이었고, 그
렇게 프놈펜에 도착한 첫날이 저물어 가고 있었다. 복도의 천장에 거
꾸로 매달린 작은 도마뱀도 끄륵끄륵 소리를 내며 밤새워 울어 댔다.

- 10 -
삐야의 여인들

다음 날. 부대 뒤편의 숲 너머에서 태양이 어슬렁거리는 몸짓으로 얼굴을 내밀며 하루를 열어 가는 시간. 위안소는 소금에 절인 무와 일본된장국으로 이른 아침밥을 먹고 대청소를 하느라 분주했다.

작업복으로 입는 네마키 차림의 요시에는 팔을 걷어붙인 채 성질처럼 일도 잘했다. 관리인 가베는 자신의 눈치를 힐끗힐끗 살피며 억척스럽게 일을 해대는 요시에를 바라보며 흡족해했다.

오후에는 성병 검사를 받았다. 부대에서 군의관을 따라 나온 위생병들이 아래층의 대기실에 다리를 벌리고 누울 수 있는 진찰대를 나무로 만들었다. 가슴과 얼굴만 겨우 가릴 수 있는 하얀 천 조각의 커튼을 들추고 차례대로 들어간 여자들은 진찰대에 올라가서 누워야 했다. 군복 위에 꼬질꼬질하게 때가 쩌든 흰 가운을 입은 늙은 군의관은 능글맞은 웃음을 흘려 가며 여인들의 깊숙한 곳을 오리 주둥이와 같이 생긴 기구로 들여다보며 진찰을 했다. 관리인 가베도 군의관의 옆에 서서 지켜보고 있었다. 성병 검사 후에 여인들은 팔뚝과 어깨에 두 대의 예방주사를 맞는 것으로 검진은 끝났다.

그날 저녁은 가베가 빵과 과일을 준비했다. 처음으로 캄보디아에 위안소가 생긴 것이고 가베의 개업기념파티인 셈이었다. 가베는 다음 날부터 돈벌이를 하게 된다는 생각에 잔뜩 가슴이 부풀어 올라 있었고, 일도 잘하지만, 먹성도 좋은 요시에게 가베의 눈길이 따라다녔다.

검진을 마친 다음 날부터 또다시 위안부로서의 생활이 시작되었다. 설날 아침이었다. 부모님께 세배를 하고 떡국을 먹는 날이었는데, 조선 여인들은 고향 생각에 눈물을 찍어 내야 했다.

낮에 위안소를 찾는 것은 주로 사병들이었다. 그들은 방에 들어서면 군표를 문 옆의 바구니에 던져 넣고 옷도 다 벗지 않은 채 여자들에게 덤벼들었다. 위안소 관리인 가베는 누군가로부터 위안부들을 돈으로 사서 돈벌이에 이용할 뿐이었고, 군인들은 위안부들을 돈으로 사서 30분이나 1시간 동안 성의 노리개로 이용할 뿐이었다. 전쟁터에서는 삐야를 찾아 성욕을 푸는 것이 군인들의 유일한 위안이었다.

초저녁이나 밤에는 하사관들이나 장교가 거드름을 피우며 나타났다. 장교의 경우에는 잠을 자고 아침에 돌아가는 경우도 있었는데, 삐야에 들어서는 장교들도 역시 중국이나 베트남, 필리핀의 여자들보다 조선 여자들을 더 좋아했다.

다른 나라의 여자들은 1엔짜리 군표를 받았지만, 조선 여자들은

1엔 50전을 받았다. 하사관들에게는 2엔을 받았고, 장교들에겐 2엔 50전을 받았다. 지난번 싱가포르의 위안소에서는 일본 여인들이 5명 정도 있었는데, 그녀들은 주로 장교들을 상대했었다. 프놈펜에는 일본 여자들이 없으니 군인들이 더 조선 여자들을 찾는 것 같았다. 조선 여인들이 일본말을 할 수 있었기 때문이기도 했다.

여인들은 첫날의 낮부터 문밖에 군인들이 순서를 기다리며 줄을 서 있는 바람에 중간에 밑물을 할 시간도 없을 정도로 시달려야만 했다. 자정이 가까워지는 시간까지 군인들은 문밖에 줄을 서서 '조또 조또' 소리와 함께 문을 걷어차기도 했다. 그렇게 일주일이 정신없이 지나가고 있었다.

눈물과 땀으로 범벅이 된 채 새벽녘이 되어서야 하루코가 지쳐 잠이 막 들었다가 옆방에서 들려오는 소리에 잠이 깼다. 가만히 속삭여도 말소리가 선명히 들리는 마사코의 방에 술에 취한 장교가 자고 가려는 듯 돌아갈 생각도 없이 계속해서 떠들어 대고 있었다.

"내가 왜 조센삐 하고만 놀려고 하는지 알아? 중국 년들은 아가리에서 냄새가 나서 싫고, 어디냐 거기 비율빈. 그년들은 겨드랑이 하고 사타구니에서 아주 지독한 냄새가 난단 말이야. 그래서 나는 조센삐가 제일 좋더라고. 어떠냐? 너는. 너도 내가 좋으냐? 푸하하하……."

군인이 혼자 떠들어 댈 뿐 마사코의 말소리는 전혀 들리지 않았고, 가끔씩 고통스러워하는 신음만 들려올 뿐이었다.

히루코는 옆방에서 일어나고 있는 모습을 상상해 보다가 몸이 땅속으로 꺼져 내려가는 것 같은 피곤함에 다시 잠이 들었다.

다음 날 마사코는 아침을 먹으러 아래층에 내려오지 않았다. 퉁퉁 부은 얼굴로 허리를 구부린 채 걸음도 제대로 걷지 못하며 겨우 화장실엘 다녀가는 모습을 보고 하루코가 걱정이 되어 밥을 일본된장에 비벼서 마사코의 방을 찾았다.

"언니, 많이 아파?"

눈물을 글썽이며 내려다보는 하루코에게 그녀는 그저 입술을 깨문 채 눈을 꼬옥 감고 아무 말도 하지 않았다. 머리맡에는 1엔짜리 군표 3장이 흩어져 있었다.

"언니, 병원에 가 봐야 하는 거 아냐?"

하루코는 지난밤에 잠이 깊이 들어서 마사코가 겪은 일을 모르고 있다는 것이 미안하기만 했다. 알았다 해도 별도리가 없었겠지만.

"그놈이 밤새도록 못된 짓을 했어."

마사코는 흐르는 눈물을 가누지 못했다. 하루코는 자신의 품에 안겨 흐느끼는 그녀의 머리를 가만히 쓸어내렸다.

"언니, 이제 그만 울어. 이러다가 언니 정말 큰일 나겠다. 그리고 억지로라도 한술 떠야 해. 밥을 먹기 힘들면 내가 과일이라도 좀 사 올까?"

"아니야, 됐어. 정말 죽고 싶어. 그냥 콱 죽어 버렸으면 좋겠어."

울부짖는 마사코는 더 이상 말을 잇지 못했고, 하루코의 붉어진 눈에서도 눈물이 방울지며 떨어졌다.

그때 신이 난 가베의 목소리가 2층 계단을 타고 올라왔다.

"하루코! 손님 올라가신다."

하루코는 자기의 눈물을 찍어 내던 손수건을 마사코의 손에 쥐어 주며 일어섰다. 방을 나서는 하루코의 뒤에서 마사코의 한 맺힌 목소리가 들려왔다.

"하루코, 우리 꼭 살아서 돌아가자."

"응. 언니, 나 끝나고 다시 올 테니 쉬고 있어."

이미 계단을 올라와 복도의 한가운데 떡 버티고 서 있던 군인을 따라 풀이 죽어 어깨가 늘어진 하루코가 손목을 잡힌 채 옆의 방으로 끌려 들어갔다.

지난밤의 그 장교는 마사코의 손을 뒤로 묶고 입에는 재갈을 물린 채 그녀의 소중한 그곳을 들여다보며 온갖 못된 짓을 했다고 했다. 그녀는 일주일 동안 매일같이 프놈펜 시내의 일본인 병원에 다니며 치료를 받았다. 그래도 캄보디아에서의 생활은 지옥 같았던 싱가포르에서의 날들보다는 찾아오는 군인들의 숫자가 적어서 훨씬 수월한 편이었다.

언제부터인가 위안소 앞에는 한두 대의 시클로가 손님을 기다리고 있었다. 하루코는 군인들이 오지 않는 시간에는 요시에나 마사코를 따라 시클로를 타고 프놈펜 시내에 나가 과일을 사다가 먹기도 하고 바이사찌루라는 돼지고기 볶음밥을 사 먹으려고 일부러 외출을 하는 때도 있었다.

며칠 전엔 요시에가 너풀거리는 파란색의 끈이 매달린 양산을 사가지고 들어와서 자랑을 하기도 했다. 그녀는 서슴없이 가베에게 가불을 해달라고 졸라 대기도 했다. 모두가 무서워하는 가베를 그녀는 전혀 어려워하지 않았고, 장교나 하사관에게는 빼앗다시피 팁을 받아 내곤 했다. 그러나 그러한 그녀도 술이 떡이 되도록 마신 채 오는 군인에게는 속수무책이었다.

술에 취해 난동을 부리는 군인은 가베가 달래서 보내기도 하고, 그가 감당을 못할 때는 헌병을 불렀다. 총이나 칼을 빼들고 고함을 질러 대며 난동을 부리던 군인들도 헌병 앞에서는 꼼짝을 못하고 순순히 따라 나갔다.

문틈으로 들여다보이는 가베의 방에는 한쪽 벽으로 일장기가 걸려 있고 그 아래에는 시퍼렇게 날이 선 일본도가 항상 놓여 있었다. 그는 군인들이 오지 않아 한산한 때는 한문으로 '14년식'이라고 새겨진 권총을 만지작거리다가 일어서서 창문 밖을 향해 어딘가를 겨누어 보곤 했다. 나고야 조병창에서 만들었다는 구닥다리 권총이었다.

그는 태평양전쟁이 일어나기 1년 전에 결혼을 했는데, 만삭의 부인을 두고 전쟁에 나갔다가 말레이반도에 상륙하여 전투를 치르고 싱가포르를 점령하는 작전 중에 부상을 당했다고 했다. 1년이 넘는 병원 생활을 마치고 집으로 돌아갔으나 군수공장에서 일하는 부인이 생활을 이끌어 가고, 그는 술로 세월을 보내다가 이번에 캄보디아의 위안소를 새로 설치하게 되는 기회를 얻은 것이었다. 돈벌이도 하고 천황께 충성을 다할 수 있는 기회를 얻게 된 것이었다.

하지만 그가 캄보디아로 떠나기 불과 일주일 전에 미군의 일본본토 폭격으로 부인을 잃었고, 어린 딸은 현재 외할머니가 키우고 있다고 했다.

삐야에 군인들이 들락거리자 옆에는 자그마한 가게가 생겨났다. 볶음밥도 만들어 팔았고 망고나 파파야, 망고스틴 같은 과일은 물론 냄새가 심하게 나는 두리안이라는 과일도 팔았다. 군인들은 물론 삐야의 여인들도 그곳을 들락거렸고, 가게는 조금씩 규모가 커지며 군인들이 찾는 미국 담배와 위스키도 팔았다.

그리고 며칠이 지나지 않아 커다란 보따리를 형편없이 낡은 자전거에 싣고 조선인 장사꾼이 삐야에 찾아오기 시작했다. 작달막한 키에 뒤뚱거리며 걷는 볼품없는 사람이었지만, 그의 허리에 묶여 있는 전대에는 얼핏 보기에도 수백 엔이 넘어 보이는 돈뭉치를 지니고 다녔다. 그는 옷 보따리를 풀어 놓고 여인들에게 구경을 시키면서도 가베의 눈치를 살폈다.

보따리에는 소대나시라고 하는 어깨가 없는 옷이나 손바닥만 한 여자들의 속옷과 화장품들이 들어 있었다. 강원도 영월이 고향이라는 그는 가진 것이 아무것도 없는 집안에서 태어나 결혼한 형님의 집에서 농사일을 거들며 살았었다고 했다.

뼛골 빠지게 일을 해도 먹고 살길은 막막하기만 했고, 두어 마지기 밭뙈기에 농사를 지어 봐야 일본 사람들이 공출을 해가는 데다가 징용까지 끌려나갈 처지가 되자 차라리 도망을 쳐서 장사라도 한번 해보겠다는 생각에 보리쌀 한 말을 형님한테 얻어서 집을 나섰다며, 가베가 자리를 잠깐 비운 사이에 조선말로 이야기를 하며 눈치를 살폈다. 2년 진부터 장사를 해오면서 캄보디아에 오기 전에는 주로 베트남에서 장사를 했다며, 베트남의 위안소 이야기를 들려주기도 했다.

비가 오면 옷 보따리를 머리에 이고 비닐조각을 덮어쓴 채 나무 밑에 쪼그려 앉아 밤을 새웠고, 굶어서 죽을 정도가 아니면 먹는 것도 사 먹지 않으며 돈을 모았다고 했다. 이제는 논밭 열댓 마지기씩을 살 돈은 벌었다며 전쟁만 끝나면 참한 색시를 얻어 고향에 돌아가 농사를 지으며 살 것이라고 자랑스럽게 이야기를 하곤 했다. 까맣게 그을린 얼굴과 행색은 말이 아니었지만, 그의 얼굴에는 행복한 미소가 떠나질 않았다.

가베가 나서서 옷을 사 입으라고 강요하는 바람에 한두 가지씩 옷을 사야 했지만, 유독 요시에는 많은 옷과 화장품을 사고는 하루 종일 그것들을 만지작거리며 좋아서 흥얼거렸다.

어느 날 조선인 장사꾼이 막 삐야를 나서려는데, 부대 정문의 지붕에 달린 사이렌이 목이 터지게 울었다.

점심을 먹고 난 후 얼마 지나지 않아 미군 비행기 한 대가 프놈펜의 하늘을 낮게 날다가 돌아간 후 불과 30분도 지나지 않아 어디선가 서너 대의 비행기가 나타났고, 여지없이 폭격이 시작되었다. 모두 밖으로 달려나가 방공호로 뛰었다. 위안소의 뒤쪽에 만들어진 방공호는 좁아터져서 10명 정도가 들어가 쪼그리고 앉으면 어깨도 돌리지 못할 정도였다. 3월로 접어들면서 미군의 폭격기가 날아와 폭격을 해대기 시작했고, 이번이 벌써 세 번째 폭격이었다.

공습이 거듭되면서 비행기에 대한 공포심이 점점 커졌다. 공습 목표는 일본군 부대였지만, 위안소가 부대와 가까워서 폭음소리가 얼마나 큰지 공습이 끝나고도 한동안 귀가 멍했다. 공습을 하는 동안은 그저 방공호 안에서 공습이 끝났다는 해제사이렌이 울릴 때까지 쪼그려 앉은 채 귀를 막고 기다리는 수밖에 없었다.

비행기는 쌔액- 하는 소리와 함께 땅으로 곤두박질하듯 내려와서 타타타타 소리를 내며 기관총을 쏘아 대고는 하늘로 높이 솟아올랐고, 이어서 귀청이 떨어져 나갈 듯한 폭음소리가 들리곤 했다. 그리고 구름 속에 숨어 있던 다른 비행기가 반대쪽 하늘에서 쏜살같이 내려오며 또다시 폭격을 하곤 했다.

일본군은 비행기의 공습에 거의 무방비로 노출된 채 당하기 일쑤였다. 일본군의 비행기는 단 한 대도 구경할 수가 없었다. 군인들도 비행기를 향해 총을 쏘아 댔지만, 비행기를 떨어트릴 수는 없었다. 매번 공습을 당할 때는 군인들이 서너 명씩 전사하기도 했었는데, 이번 공습으로 군인들이 20여 명이나 죽거나 다쳤고 트럭도 몇 대가 부서졌다며 가베가 울분을 참지 못하고 고함을 질러 대는 바람에 모두가 한동안 겁에 질려 있었다.

다행히 위안소는 폭격으로 인한 피해가 없었지만 부서진 막사와 위병소는 곧바로 복구 작업이 시작되었고, 부대의 후문 쪽 막사의 뒤편에서는 시신을 화장하는 검은 연기가 하늘로 피어올랐다.

위안소 옆의 작은 가게가 등이 굽은 주인 할머니와 함께 어디론가 날아가 버렸고, 삐걱거리는 자전거를 타고 삐야를 막 떠나던 조선인 장사꾼이 부대의 위병소 앞을 지나다가 사전거 바퀴 하니와 살점 몇 덩이만 길바닥에 뿌리고 흔적도 없이 사라져 버렸다. 그렇게도 보고 싶다던 조카들은 영영 만나 보지도 못하고 허무하게 이승을 떠나 버린 것이었다.

그날의 폭격 이후로 며칠 동안은 군인들이 삐야에 모습을 드러내지 않았다. 마사코는 옆 가게의 할머니와 조선인 장사꾼이 부디 천국에 가게 해달라고 울먹이며 기도했지만, 요시에는 외상값을 갚지 않아도 된다며 싱글거리다가 마사코의 매서운 눈길에 슬그머니 고개를 숙였다.

일주일이 멀다시피 공습이 계속되었다.

"전세가 많이 불리한 모양이더라."

아침밥을 먹다 말고 요시에가 하루코와 마사코를 바라보며 걱정스러운 표정을 지으며 말했다.

"그래. 나도 들었는데 우리가 여기 들어올 때 베트남의 붕타우로 왔지 않니. 그런데 이제 그쪽으로는 해군수송선이 다니질 못한다더라."

마사코가 군인들에게 들은 이야기를 한숨과 함께 섞어 내놓았다.

"그래. 거기까지 미군 놈들 비행기가 공습을 한다카더라."

요시에가 걱정스러운 표정을 지으며 들고 있던 숟가락을 내려놓았다.

그녀들이 베트남의 붕타우를 통해 캄보디아로 들어온 이후에 미군이 베트남과 캄보디아의 일본군을 공습한 다음, 해안을 봉쇄하기 시작해서 수송선이 다닐 수가 없게 되었다. 보급품이 전혀 들어오질 못하는 정도가 되자 군인들은 사기가 떨어졌고, 부대엔 자주 비상이 걸렸다. 전쟁은 일본 쪽이 크게 불리해지고 있는 것이 틀림없는 것 같았다. 미군기의 폭격이 잦아지면서 죽음에 대한 공포가 항상 뇌리에서 떠나질 않았다.

해가 지고 나면 고향에 대한 그리움도 더욱 깊어만 갔다. 그리운 고향산천과 보고 싶은 가족들의 모습이 그 그림자를 더욱 짙게 하기 때문이었다. 새벽별이 자취를 감추는 시간까지 이를 악물며 그리움을 이겨 내느라 뜬눈으로 밤을 지새우고 바라보는 다음 날의 태양은 누렇게 색이 바래 있었다.

필리핀 여자들은 영어를 조금 할 줄 아는 마사코 이외에는 조선 여인들과는 말이 전혀 통하지 않았다. 그러나 몇 개월을 같이 생활을 하다 보니 식사 시간에 만나기라도 하면 대충 손짓과 몸짓으로 이야기를 나누는 필리핀 여인이 있었다. 까무잡잡한 피부에 몸매가 예쁜 '아이리스'라는 이름의 그녀는 필리핀의 마스바테라는 곳이 고향이며, 자기네 집은 딸만 네 자매라고 했다. 그녀의 고향 바닷가는 모래가 아닌 까만 조약돌로 장식되어 있다며 줄곧 고향에 대한 그리움을 이야기했고, 조선 여인들에게는 망고와 두리안을 먹는 법을 가르쳐 주기도 했다.

대화가 오가며 조선 여인들에 대한 경계심을 푼 그녀가 조심스럽게 하는 이야기 속에는 전황에 대한 이야기가 있었는데, 필리핀에서는 일본군이 미군에게 쫓기며 산속으로 도망을 다닌다고 했다. 그리고 많은 필리핀 청년들이 미군과 같이 일본군을 상대로 싸우고 있다고 했다. 그녀는 조선 여인들의 분위기를 읽어 내고는 요시에 앞에서는 항상 말을 조심하고 눈치를 살폈다. 고향으로 돌아가고야 말겠다는 말을 자주 했었기에 하루코는 어느 달도 없는 어두운 밤이면 그녀가 사라져 버릴 것만 같은 생각이 들었다.

프놈펜에 주둔한 부대의 지휘관은 다나카 중좌라는 군인이었는데, 작달막한 키에 눈썹이 짙고 머리가 벗겨진 사람이었다. 얼마 전까지는 프놈펜 시내에서 살면서 부대로 출근을 했지만, 요즈음에는 부대 안의 관사에서 살고 있었다.

전투가 별로 없었던 캄보디아에 주둔하고 있던 군인들은 비교적 포악하지 않았지만, 가끔 전투가 심했던 곳에서 사고를 치고 다나까 부대로 전출되어 오는 군인이 말썽을 부리는 경우가 있었다. 그들은 다른 군인들에게도 외면당하기 일쑤였다.

부대 안의 연병장에서는 군인들이 구령에 맞추어 총에 꽂아진 칼로 찌르고 베는 연습을 하기도 하고, 짊어지고 다니는 박격포라는 것으로 훈련을 하는 모습도 보였다. 왕실경호대와 공항수비대가 파견을 나가 있었고 멀리 떨어진 깜퐁솜이라는 항구에 파견을 나가 있는 부대가 있었다. 부대 안에는 최근에 체포한 불란서 사람들이 포로로 잡혀 있다고 했다.

여인들이 조심을 한다고 했지만, 프놈펜의 생활이 한 달이 지나갈 즈음부터 성병 환자가 생기기 시작했다. 프놈펜 시내의 병원에 가서 며칠간 치료를 하면 어렵지 않게 낫는 성병도 있었지만, 매독이라는 성병은 지독해서 잘 낫지를 않았다. 테라마이신 주사를 맞아도 낫지를 않으면 '606호 주사'라고 부르는 살바르산 주사를 맞았다.

중국 여인 중에 맑은 피부에 눈매가 매력적인 여자가 있었는데, 같은 여자가 보아도 너무나 예뻤고 조선 여인들은 그녀를 양귀비라고 이름 지어 주고 그렇게 불렀다. 하필이면 그 양귀비가 매독에 걸렸다. 프놈펜에 온 지 석 달이 채 지나지 않았을 때였다.

매독은 보통 잠복기가 3주에서 두 달 정도가 된다고 하니, 프놈펜에 와서 걸린 것이 거의 확실했다. 위안소의 여인들이 모두 매독이라는 성병에 겁을 내지 않을 수 없었다. 성병에 걸려서 치료를 하는 동안에는 자기의 방에서 갇혀 지내야 했고, 특히나 매독은 빨리 낫지 않으면 죽을 수도 있는 무서운 성병이었다.

2층으로 계단을 오르면 첫 번째 방이 양귀비의 방이었는데 제일 안쪽으로 방을 옮겼다. 하루코의 맞은편 방이었다. 그녀의 방문에는 출입을 금지하는 빨간 표찰이 붙어 있었다.

그녀가 매독에 걸렸다는 것을 알게 되면서 위안소 내의 다른 여인들도 그녀와는 눈길이 마주치는 것조차도 피했다. 606호 주사를 맞는 그녀는 코에서 냄새가 난다고 하기도 하고 어지럽다며 아무것도 먹지를 못하더니, 불과 며칠 만에 휑한 눈에 광대뼈가 드러날 정도로 흉한 몰골이 되고 말았다. 그날도 아침 식사 시간에 양귀비는 아래층에 내려오지 않았다.

"문딩이 같은 년. 내 그럴 줄 알았다 카이."

밥을 먹다 말고 요시에가 숟가락을 탁자 위에 툭 내려놓으며 인상을 찌푸렸다.

"그게 무슨 소리니?"

옆자리에 앉아서 밥을 먹던 마사코가 요시에의 얼굴을 바라보며 말을 받았다.

"그년 말이야. 양귀비 그년."

"양귀비가 왜?"

마사코가 눈을 동그랗게 뜨며 물었다.

"그게 말이나 되냐?"

"뭐가?"

마사코가 서둘러 입안의 밥을 삼켰다. 맞은편에 앉아 있는 하루코도 수저를 입에 문 채 요시에를 바라보았다.

"글쎄 그년이 지난달에 600엔을 벌었다 카더라. 지난달에 말이야."

"에이구. 가엾어라. 쯧쯧……."

"가엾기는 뭐가 가엽다 카노? 매독에 걸려도 싸지."

마사코의 동정 어린 말투가 불만스럽다는 표정을 지으며 요시에가 표독스럽게 쏘아붙였다.

"뭐? 아무리 그래도 넌 어떻게 그렇게 이야기를 하니?"

마사코가 미간을 찌푸리며 가볍게 눈을 흘겼다.

"우리는 군인들하고 그 짓을 한 번 하고 1엔 50전을 받지만, 그 중국 년은 1엔을 받는데 그년이 한 달에 600엔을 벌었다 카믄 머 더 할 말이 없는 거 아이가. 생각해 봐라. 전쟁터에서 목숨을 걸고 싸우는 군인들 봉급이 얼만지 아나? 군조 봉급이 30엔이다. 상등병은 전투 수당까지 합쳐 봐야 겨우 23엔이다. 맞제?"

요시에가 마치 억울한 일이라도 당한 사람처럼 먹던 밥그릇을 밀어 내고는 얼굴을 붉히며 따지는 듯한 목소리로 이야기를 해나갔다.

"느그들도 정신 차려야 한데이. 배알이 꼴리지도 않나? 이쁜 옷도 좀 사서 입고 향수도 사서 뿌리란 말이다. 양귀비 그년 봐라. 그년의 옆에만 가믄 머리가 아플 정도로 싸구려 향수 냄새가 콧구멍을 쑤셔 댄다 말이다. 안 그렇나?"

하루코가 얼른 머리를 끄덕였다.

항상 진한 향수 냄새를 풍겨 대는 요시에가 두 사람의 얼굴을 번갈 아 가며 바라보았다. 요시에는 향수 냄새뿐만 아니라 양치질을 할 때 는 치분이라는 하얀 가루를 항상 칫솔에 듬뿍 발라서 했고, 그 가루 를 탄 물로 입을 헹구곤 했다.

"그런데 양귀비가 지난달에 600엔을 벌었다는 소리는 누구한테 들었어?"

마사코가 믿기 어렵다는 표정을 지었다.

"마사코. 니 내를 못 믿나? 가베상이 그 카더라."

"가베상이?"

"니도 생각을 해 봐라. 싱가포르에 있을 때 기미코라는 조선년이 한 달에 800엔을 벌었던 적은 있었지만, 이제 여기는 파견부대까지 합해 봐야 군인이 1,000명 정도도 안 된다 말이다. 글치?"

바탐방과 깜폿 등에 주둔했었다는 부대는 베트남으로 철수를 해서 6개 중대 정도의 병력만이 캄보디아에 주둔하고 있다고 하루코도 알고 있었다.

"응, 언니. 1,000명이 채 안 된다고 하더라."

듣고만 있던 하루코도 분위기가 그쯤 되자 슬그머니 한마디를 밀어 넣었다.

"지난번 일요일에는 양귀비 그년이 저녁때까지 20엔도 넘게 벌었는데, 그날 밤에 장교가 또 자고 가더라 말이다."

그때 뒤쪽에서 인기척이 들리자 요시에가 한쪽 눈을 찡그려 보이며 이야기를 멈추었다. 변소에서 나오는 가베가 지팡이를 짚고 절룩거리며 지나쳐 갈 때까지 그들은 묵묵히 밥을 먹는 척하면서 눈치를 살폈다.

식탁 옆을 지나친 가베의 뒷모습을 요시에가 눈짓으로 가리키고 고개를 살짝 숙이더니 뭔가 비밀스러운 이야기라도 할 것 같은 자세를 취했다.

"저노마 말이야. 양귀비 그년이 저노마 방에도 부지런히 들락거리더라니까."

"뭐라고? 그럴 리가……."

"정말?"

마사코와 하루코가 놀라는 표정을 감추지 못하고 가베의 뒷모습을 힐끗거리며 말했다.

"그래가 가베 저노마가 손님을 먼저 양귀비 그년한테 밀어 넣어 준 거다 말이다."

마사코의 믿을 수 없다는 표정이 못마땅한 요시에는 며칠 전 새벽에 자기가 직접 보았다며 이야기를 시작했다.

"그날 새벽에 내가 변소를 몇 차례 들락거렸거든. 우리가 저녁에 게를 삶아 먹은 날 밤이었다 말이다. 변소에서 나와가 2층으로 올라가면서 보이께네 가베의 방에 불이 켜져 있더라 말이다. 그때는 그런가 보다 하고 그냥 올라갔다 아이가."

주변에 아무도 없는데도 슬쩍슬쩍 주변을 두리번거려가며 요시에가 말을 이어 갔다.

"올라가 누웠는데 잠이 들기도 전에 또 배가 살살 아파가 다시 변소엘 내려왔다 아이가. 변소에 쪼그리고 앉으면 문짝 틈으로 가베의 방문이 보인다 말이다. 그치? 맞제?"

그랬다. 화장실에 쪼그리고 앉으면 문틈으로 그의 방문 한편이 보였다.

"응. 맞아, 언니."

하루코가 얼른 대답을 했다.

"내가 평생을 두고 눈칫밥을 먹고 살아온 년 아이가. 무슨 소리가 나는 거 같기도 하고 뭔가 좀 수상쩍다 카는 생각이 안 들겠나. 그래서 변소에서 나와가 살그머니 다가가서 문틈으로 들여다봤다 말이다."

"그랬더니?"

하루코가 얼굴을 요시에의 앞으로 바짝 들이밀며 그녀의 입을 바라보았다.

"하이고. 밀도 마라 카이."

마사코는 벌어진 입을 다물지 못하고 듣고 있을 뿐이었고, 요시에는 신명이 나서 이야기를 계속해 나갔다.

"가베 저노마가 다리가 빙신 아이가. 양귀비 그년이 글쎄 말이다, 가베 저놈아의 배때기에 올라타고 앉아가 아예 저노마를 죽일 듯이 그 짓거리를 하더라 카이. 이렇게 말이다."

요시에가 앉은 채로 허리를 돌려 가며 흉내를 내보였다. 듣고 있는 하루코의 눈이 휘둥그레졌다.

그날의 모습을 눈앞에 그려 가며 이야기에 열을 올리던 요시에가 슬그머니 엉덩이를 뒤로 빼고 자세를 낮추며 두 사람의 표정을 번갈아 가며 살폈다. 맞은편에 앉은 두 사람은 요시에의 얼굴에서 눈을 떼지 못한 채 다음 이야기를 기다렸다.

"그런데 방에 불을 훤하게 켜 놓고 그 짓을 하는데 말이다. 양귀비 그년이 몸매는 정말 이쁘드만. 내가 봐도 말이다."

숨소리마저도 죽여 가며 자기의 이야기를 들어 주는 두 사람의 자세가 마음에 들었는지 요시에는 흡족한 표정이었고, 잠시 뭔가를 생각하는 듯하더니 두 사람에게 물었다.

"니들은 어떻게 생각하노?"

"뭘……?"

무얼 묻는지 도저히 모르겠다는 표정으로 하루코와 마사코가 물끄러미 그녀를 바라보며 물었다.

"가베 저노마도 매독 안 걸렸겠나?"

이야기 끝에 요시에는 입을 삐죽거렸고 하루코와 마사코는 매독이라는 말에 두 귀를 곤두세웠다.

"느그들도 조심하거래이."

팔장을 낀 요시에가 눈을 가늘게 뜨며 두 사람을 바라보았다.

"하루코, 니도 말이다."

"응, 언니."

하루코가 서너 차례 고개를 끄덕였다.

"맞아 디져도 샷꾸 안 하는 놈 하구는 절때루 하지 마래이. 큰일 난다 카이. 알긋나?"

"응. 알았어, 언니."

요시에가 다시 한 번 주변을 돌아보고 나서 두 사람을 가까이 오라고 손짓했다. 두 사람이 머리를 조아리자, 요시에가 목소리를 낮추며 말했다.

"아마도 말이다. 가베 저놈아가 양귀비년은 4대 6으로 해 줬을 끼다. 안 봐도 뻔한 일 아니겠나?"

위안부들은 5대5의 비율로 관리인과 수입을 나누었다. 숙식비와 관리비 명목으로 위안부가 올린 수입금의 절반을 가베가 공제했는데, 양귀비한테는 아마 4할만 받았을 것이라는 것이었다.

아침 식사가 끝나기도 전 이른 아침에 위안소에 들어서는 한 무리의 군인들을 가베가 반갑게 맞았다. 금니를 드러내며 히죽거리는 상등병의 눈길을 하루코가 슬그머니 피했다. 간밤의 꿈자리도 뒤숭숭했기에 고약해 보이는 군인은 가능하면 피하고 싶었다. 그렇게 불안하기만 한 날들이 이어졌다.

군인들이 작전을 나가거나 부대에 비상이 걸리는 날이면 위안소는 한가했다. 여인들은 위안소 뒷마당의 나무에 해먹을 걸어 놓고 낮잠을 자기도 하고, 시장에 나가 군것질거리를 찾아다니거나 옷을 사기도 했다.

위안소 앞의 길에서 부대로 가는 반대방향으로 조금만 걸어가면 작은 시장이 있었다. 위안소의 여인들은 그 시장에 가서 뽕띠어라고 하는 삶은 오리알이나 짱끄랏을 사서 먹기도 했다. 짱끄랏은 조선의 메뚜기튀김 같은 것이었다, 아니, 메뚜기가 아니라 귀뚜라미와 똑같았다.

하루코와 마사코는 짱끄랏을 징그럽다며 먹지를 않았지만, 요시에는 '이렇게 맛있는 것을 왜 안 먹느냐?'며 한 주먹씩 입에 넣고는 우걱우걱 먹어 대곤 했다. 돌아올 때는 불란서 빵이라는 바게트를 사 가지고 돌아오기도 했다. 요시에는 작은 시장에서 한 5리 정도를 더 가면 아주 큰 시장이 있다고 하면서, 다음에는 큰 시장을 구경시켜 주겠다고 했다.

설이 지나고 석 달, 음력 삼월의 보름날이 마사코의 생일이었다. 조선 여인들은 마침 위안소가 한가하기도 하고 해서 그 큰 시장에 구경을 가기로 했다. 처음에는 가베가 외출을 허락해 주지 않았지만, 역시 요시에가 기어코 허락을 받아 냈다. 시클로를 타고 커다란 호숫가를 지나쳤다. 기모노를 입고 파란 양산을 받쳐 쓴 요시에는 마치 일본의 귀부인 같았다. 화장도 요란스러웠다. 옆에 앉아 주변을 두리번거리던 하루코가 목을 길게 빼고 뒤에 따라오는 시클로의 마사코를 찾았다. 마사코는 아이리스와 함께였다.

캄보디아 사람들이 '쁘사 뜨마이'라고 하는 큰 시장은 둥그런 돔형의 지붕 위로 햇살이 빗질하듯 쏟아져 내리고 있었다.

시장 안으로 들어서니 그곳에는 없는 게 없었다. 외출을 나온 군인들도 보였다. 눈이 휘둥그레진 하루코는 요시에의 옆에 바싹 붙어 따라다녔다. 하루코와 마사코는 구경하기에 바빴고, 아이들이 기모노 차림의 그녀들을 신기한 듯 따라다녔다. 시장의 사람들도 유난히 그녀들을 친절하게 대했다. 그냥 네마키 차림으로 나서려고 했는데 요시에가 기모노를 입고 가자고 했던 이유를 알 것 같았다.

하루코는 예쁜 원피스를 사서 마사코에게 선물하였고, 요시에는 조선에서는 쌀 서 말 값이 넘는다고 하는 불란서제 화장품 코티분을 선물했다. 그리고 스타킹 세 개를 사서 하나씩 나누어 주었다. 요시에는 씀씀이도 제법이었다. 한동안 시장의 구경거리에 정신이 팔려 있다 보니, 아이리스가 보이지 않았다.

"언니, 우리 올 때 아이리스가 같이 왔는데 보이질 않네?"

하루코가 두리번거리며 마사코에게 물었다.

"쉿, 조용히 해. 요시에 들을라."

모자를 파는 가게에서 이것저것 써 보고 있는 요시에를 힐끗 바라보며 마사코가 속삭였다. 영문을 몰라 어리둥절해 하는 하루코에게 작은 목소리로 이야기했다.

"군표를 몰래 가지고 나와서 달러로 바꾸러 갔어."

"아니, 그럼?"

"응. 도망가려고 준비하는 거 같아. 너만 알고 있어라. 절대로 다른 사람에게 이야기하면 안 돼. 알았지?"

하루코가 손으로 자신의 입을 막으며 고개를 끄덕였다. 왠지 아이리스의 행동이 자연스럽지 못했던 것 같다는 생각이 들었다.

그날 저녁 위안소로 돌아와 마사코의 방에 세 사람이 모여 앉았다. 삶은 옥수수와 수박, 망고 등의 과일을 담아 놓은 바구니 옆에 언제 구했는지 요시에가 술병 하나를 슬그머니 갖다 놓았다. 술병에 대나무가 그려진 중국술이었다.

한사코 사양하는 마사코에게 요시에는 기필코 먹이고야 말겠다고 작정하기라도 했는지 생일 축하 술이라며 끈질기게도 술을 권했다.

"야. 니만 야소도 닦나? 내도 야소도 닦는 사람 많이 아는데 잔치 같은 때는 술도 한 잔씩 하고 그 카더라."

"언니, 나도 한 잔 마셔 볼까?"

하루코가 두 사람의 사이에 끼어들었다.

"그래, 마사코 한 잔 주고 니도 한 잔 하그라."

요시에의 재촉에 한 잔을 마신 마사코는 잘 익은 자두처럼 얼굴이 빨갛게 달아올랐다. 하루코도 술의 쓴맛에 오만상을 찌푸렸지만 요시에는 연거푸 마셔 대도 얼굴이 멀쩡했다. 술기운이 돌자 자연스레 전쟁에 관한 이야기가 나왔다.

"이놈의 전쟁이 언제나 끝나려는지, 휴-."

마사코가 말끝을 흐리며 길게 한숨을 늘어뜨렸다.

"요시에 언니, 전쟁이 끝나면 우린 어떻게 되는 거야?"

하루코가 마사코의 긴 한숨을 슬그머니 피하면서 요시에를 바라보고 물었다.

"전쟁이 끝나는 게 문제가 아이고 일본이 지느냐 이기느냐가 문제 아이가?"

마치 전쟁에서 일본이 꼭 이겨야만 한다는 투로 말을 하는 요시에를 바라보는 마사코는 못마땅하다는 표정이 역력했다.

"요시에 언니는 일본이 꼭 이겨야만 한다는 이야기지?"

술 두 잔을 마시고 취한 모습의 하루코가 반쯤 감긴 눈으로 요시에를 바라보았다.

"당연하지. 일본이 이겨야만 그나마 우리도 살 수 있다 아이가. 만약에 지게 되믄 우리들은 모두 낙동강 오리알 꼴이 되고 만다 카이."

"일본이 지면 왜 우리가 그 꼴이 된다는 거야?"

"니는 아무리 나이가 어리다케도 우째 그리도 생각이 없노. 일본이 지게 된다 카믄 우리가 이 고생을 하는 것에 대한 보람도 음꼬 보상도 몬 받게 된다 아이가."

쏘아보는 요시에의 눈빛을 피해야 했던 하루코의 시선이 방 안을 빙 돌아 자신의 무릎 위에 앉았다. 요시에는 하루코의 철없는 생각이 못마땅했고, 하루코는 요시에의 이야기를 알 듯도 하고 모를 듯도 했다. 마신 술 때문만은 아니었다.

"언니. 비율빈에서는 일본군이 미군들한테 쫓기며 도망을 쳐 다닌

대."

필리핀 여인 아이리스에게서 나온 이야기를 하루코가 꺼냈다.

"니 그 소리 어디에서 들었노?"

"비율빈 애 있잖아. 아이리스라고. 그 애가 그랬대."

하루코는 마사코를 통해 아이리스가 한 이야기를 얻어 들을 수 있었다. 필리핀에서 일본군이 고전을 하고 있다는 이야기였다.

일본은 미국에서 목화를 들여오는 게 중단되자 점령지인 필리핀에서 강제로 사탕수수밭을 갈아엎고 목화를 심게 했는데, 병충해로 농사를 완전히 망쳐 버렸다는 것이었다. 그리고 쌀을 얼마나 심하게 공출을 해댔는지 일 년에 2모작 이상을 하는 필리핀에서 굶어 죽는 일이 속출했다고 했다. 그리고 구리광산으로 젊은이들을 내몰아 죽도록 일을 시키다가, 저항이 심해지자 지난해에 필리핀을 독립시켰다는 것이었다.

"비율빈뿐만 아니라 미국 놈들한테 여기저기서 지고 있는 모양이더라. 그래서 걱정이다."

듣고 있던 마사코의 표정이 굳어졌다.

"요시에. 너야말로 도대체 생각이 있는 거니, 없는 거니?"

잔뜩 불쾌감이 들어찬 얼굴로 요시에를 똑바로 바라보며 마사코가 쏘아붙였다. 예상치 못했던 그녀의 말투에 요시에가 어이없어 하는 표정을 지었다.

"마사코, 니 벌써 술이 취했나?"

"나보고 취했느냐고?"

작정이라도 한 듯 마사코가 요시에를 마주하고 자세를 고쳐 앉았다.

"일본 놈들 말이야, 조선에서 쌀이란 쌀은 구경도 못 하게 일본으로 실어 내가고 조선 사람들에게는 겨울에 꽁꽁 언 감자 쪽이나 짐승이나 먹이는 푸석푸석한 깻묵을 배급이랍시고 주는 놈들이다. 조선 사람들의 집구석에서 날마다 밥 먹을 때 쓰는 놋그릇이나 숟가락 몽둥이까지 공출을 해다가 무기를 만들어 가며 치르는 전쟁인데, 이기든 지든 전쟁이 빨리 끝나야지 일본 놈들이 꼭 이기기를 바라는 너는 도대체 어느 나라 사람이니?"

마사코의 이야기에 깜짝 놀란 요시에의 얼굴이 벌겋게 달궈지며 한동안 할 말을 잃고 물끄러미 바라만 보았다.

하루코는 고향에 있을 때 배급받은 언 감자를 먹던 기억이 떠올랐다. 꽁꽁 언 감자에서 얼음을 빼내려면 찬물에 담가 두어야 했다. 찬물에 밤새 담가 두어서 얼음을 뺀 다음에 삶아 먹곤 했는데, 지금 마사코의 이야기를 들어 보니 일본 사람들이 배급으로 준 것이라는 것을 알게 된 것이다.

여지없이 당했는가 싶었던 요시에가 정신을 가다듬고는 빈정거리는 말투로 맞섰다.

"마사코, 니는 글을 좀 읽은 년이라는 것은 내 미리 알고 있었다만, 니 혼자 잘난 척하고 충신이라도 된 것 같은 생각을 해 봐야 맬짱 도루묵이다. 니보다 글을 더 많이 읽고 똑똑한 여자들도 우찌 되었건 일본이 전쟁에서 이겨야 된다 카며 금비녀와 금가락지를 뽑아 바치는

판국이다 말이다. 그리고 그 일에 제일 앞장 선 사람이 너와 같은 야
소도를 닦는 김활란이라는 여자란 말이다. 니는 '내선일체(內鮮一體)'
라는 말도 모르나? 어차피 일본과 조선은 한 배를 탄 거 아이가. 우
찌 되었든 이 전쟁에서 일본이 꼭 이겨야만 된다. 내는 학교도 몬 다
녔고 야소도인도 아니지만, 알만큼은 안다 카이."

요시에가 쿵쿵 소리가 나도록 손바닥으로 자신의 가슴을 쳐댔다.

"……."

"지지난해 가뭄 때만 해도 일본 사람들이 만든 수리조합이 아니
었으면 농사를 우째 지었겠노? 그리고 일본 사람들이 철도도 얼마나
많이 놓았노? 그런 것에 대한 고마운 생각도 해야 하지 안 되겠나?"

요시에의 이야기를 듣고 있던 마사코가 기가 막힌다는 표정으로
더 이상 대화를 하지 않겠다는 뜻을 내비치고 있었다. 마사코가 대꾸
도 없이 가만히 앉아 듣고만 있자, 요시에는 자기가 이겼다는 기분에
젖어 목소리를 한껏 높였다.

"니도 생각해 봐라. 조선의 왕이라는 사람 말이다. 그 영친왕도 일
본 군복을 입고 어깨에 별을 떡 달고는 일본군 장군이 되어 있는 마
당에 어디다가 대고 충성을 한단 말이고? 나라가 있고 나라님이 있어
야 충성을 해도 할 거 아이가."

마사코가 한심하다는 표정으로 요시에를 바라보았다.

"봐라. 하루코 내 말이 틀리나?"

이번에는 하루코가 대답을 못 하고 어물거리자, 요시에는 고함을
질러 대듯 한마디를 더 쏟아 냈다.

"우리가 태어날 땐 조선이라는 나라는 있지도 않았단 말이다."

화가 잔뜩 난 요시에가 퍼부어 대며 마사코에게 그 무서운 눈길이 돌아가자, 하루코는 옥수수 알갱이를 뜯어 한 알씩 입에 밀어 넣으며 요시에가 마사코에게 선물한 코티분을 가만히 내려다보고만 있었다. 코티분이야 무슨 할 말이 있겠는가.

"내는 그저 바람이 불면 부는 대로 물결이 치면 치는 대로 이렇게 살아가지만, 전쟁이 끝난다 캐도 조선으로 돌아가지는 않을 끼다. 이 꼴로 고향에 가서 우찌 살겠노?"

"……."

마사코나 하루코가 계속 아무런 반응도 보이지 않는 것을 보고는 요시에는 자기가 좀 심했었다는 생각이 들었는지 잠시 머뭇거렸다. 조용히 방바닥만 내려다보던 마사코가 벼르고 있던 한마디를 뱉어냈다.

"일본은 우리 조선 사람들에게 복수심과 증오를 가르쳤을 뿐이야."

그녀가 하고 싶은 이야기의 결론인 듯한 짧은 말에는 왠지 무게가 실려 있었다.

"마사코야, 일본 사람도 좋은 사람도 있고 못된 놈도 있지만 무턱대고 일본 사람을 미워할 필요야 없지 않겠나. 조선 사람을 그나마 특별히 대우해 주는데."

"뭐라고? 일본 사람이 조선 사람을 특별히 대우해 준다고?"

마사코가 말꼬리를 치켜들었다.

"그래. 만주에서 살다가 돌아온 사람 이야기를 들어 봤는데, 거기서는 조선인을 2등 국민이라 카고 중국인들은 3등 취급을 한다 카더라. 여기서도 마찬가지라 말이다. 베트남 년들이 캄보디아 년들을 우습게 보는 거 알제? 그것도 불란서 놈들이 베트남 사람들은 불란서 말도 잘하니까 2등 취급을 하고 캄보디아 사람들은 3등 취급하는 거 아이가 말이다."

요시에가 멋지게 찍어다 붙였다. 마사코의 어이없어하는 표정을 읽어 내지 못하고 요시에는 하루코에게도 언니다운 한마디를 던졌다.

"그러니까 하루코 니도 일본말 더 열심히 배워야 한다. 알긋제?"

하루코가 코티분을 만지작거리며 고개를 끄덕이는 것으로 대답을 대신했다.

"앞으로는 없어질 조선의 말이나 조선 글씨는 잊어버리고 일본말을 더 열심히 배워야 살 수 있다 말이다. 알긋제?"

마사코는 피식 웃고 말았다.

"마사코. 니, 와 웃노? 여기서도 딴 년들은 1엔을 받고 우리들은 1엔 50전을 받는 것도 특별대우 아이가?"

마사코는 여전히 씁쓸한 표정으로 웃고 있었다.

"쳇. 충신이 날라 카믄 나라가 어지러워야 한다 카드만, 어이구! 여기 충신 나왔네."

요시에가 혼잣말처럼 중얼거렸다.

"언니들 이제 다른 이야기 하자. 응? 재미있는 이야기."

하루코의 애교스러운 목소리가 두 사람 사이의 냉기를 부드럽게 녹였다.

"그래. 우리 다른 이야기 하자. 마사코 니는 학교도 많이 댕긴 거 같은데 어찌다가 여기에 오게 됐노?"

다혈질의 요시에이지만 오늘이 마사코의 생일이라는 생각에 슬그머니 마사코의 기분을 살피며 물었다.

"……."

"말 좀 해 보거라."

"그래, 마사코 언니. 그 이야기 좀 해 봐. 나도 궁금해."

요시에는 서둘러 화제를 돌리려 했고, 하루코도 요시에의 이야기가 이해하기에는 좀 어렵다는 생각이 들었다. 분위기가 왠지 자꾸 살벌해지는 것 같아서 요시에의 말에 한마디를 보태며 나선 것이다. 언니들이 더 이상 다투지 않을 것 같은 분위기에 하루코는 가슴을 쓸어내렸다.

사실 하루코도 위안부로 오게 된 사연이랄까, 그런 이야기를 좀 해 보고 싶지만, 자신도 위안부로 오게 된 게 어찌 된 영문인지 알지를 못했다. 그래서 다른 사람들의 사연이 궁금하기도 했지만, 특히나 마사코가 이곳에 오게 된 사정에 대하여는 더욱 궁금했었다. 누구 때문에 위안부로 오게 되었다든가, 무엇 때문에 오게 되었다든가, 아니면 재수가 나빠서 오게 되었다는 등의 이야기를 신세타령처럼 하는 여인들이 있었지만, 마사코에게서는 단 한마디도 그런 식의 이야기를 들어 보지 못했다. 그녀에게서 들을 수 있었던 것은 그녀의 남동생이 많이 아프다는 것이 전부였다.

천천히 고개를 들어 두 사람의 얼굴을 번갈아 바라보는 마사코의 눈앞에는 누워서 신음을 하는 바짝 마른 남동생이 타들어 가는 입술을 들먹이며 '누나, 미안해.' 하며 가쁜 숨을 몰아쉬고 있었다.

'계석아. 누나가 돌아올 때까지 꼭 건강을 되찾아야 한다.'

그것이 마사코가 집을 떠나며 잠든 동생의 귀에 남긴 마지막 말이었다.

마사코의 두 줄기 눈물이 볼을 타고 흘러내렸다. 지켜보던 마음 여린 하루코도 덩달아 눈물을 쏟아 냈다. 분위기가 그쯤 되자, 요시에는 마사코에게 생일을 축하한다는 말을 하고는 커억- 하는 트림 소리를 남기며 일어섰다. 하루코도 눈물을 찍어 내며 따라 일어났고, 두 사람은 각자의 방으로 돌아갔다.

얼마나 시간이 흘렀을까. 옆의 방에서 울고 있을 마사코 생각에 아직 하루코는 잠을 이루지 못하고 있었는데, 건너편 요시에의 방에서 노랫소리가 흘러나오고 있었다.

시나노요루, 시나노요루요   (중국의 밤, 중국의 밤이여)

미나토노 아카리 무라사키노요니   (항구의 등불 보랏빛 밤에)

노보루 쟝크노 유메노 후네   (떠오르는 꿈의 정크선이여)

아~ 아~ 와스라레누 코큐노 네   (아~ 잊히지 않는 호궁 소리)

시나노요루, 유메노 요루   (중국의 밤, 꿈의 밤이여)

언제부터인지 장교가 와서 자고 가겠다고 하면 가베는 항상 요시에를 우선 추천하였다. 그런 날은 요시에가 밤새워 그 장교에게 노래도 불러 주고 온갖 치다꺼리를 다 해주며 정성을 들였다. 그리고 다음 날 아침 피로한 기색이 역력한 요시에의 손에는 팁으로 받은 여러 장의 군표가 들려 있었다.

요시에가 부르는 '시나노요루'라는 노래를 들으며 누워서 천장을 바라보는 하루코의 눈가에 고향의 모습이 가만히 내려앉았다.

키미마츠 요이와 오바시마노 아메니   (임 기다리는 밤은 난간의 비에)
하나모 치루치루 베니모 치루   (꽃도 지고 지고 연지도 지네)

집 앞의 냇가에서 송사리를 잡아 보겠다며 께벗은 동생이 이리저리 뛰어다니는 모습을 그려 보던 하루코가 몸을 뒤척이며 돌아누웠다. 하지만 어찌 돌아눕는다고 잊혀지겠는가.